내 사랑 휘트니

2

Whitney
my love

Judith McNaught

내사랑
휘트니

2

특별판

주디스 맥노트 지음
김문유 옮김

현대문화센타

17

휘트니는 천천히 눈을 떴다. 늦은 아침, 주름진 커튼을 통해서 들어오는 햇빛에 정신이 몽롱하여 눈을 깜빡거렸다. 머리가 아프고 멍한 느낌이었다. 그리고 이상하게도 뭐라 설명할 수 없는 우울한 느낌이 들었다. 정신을 똑바로 차리기가 힘들었다. 시커먼 구름 떼가 천천히 해를 가렸다. 휘트니는 얼굴을 찡그렸다. 쓰디쓴 고독이 자신을 짓누르는 것 같았다. 지난밤 서재에서 있었던 일이 흐릿한 의식 속에 뚜렷이 떠올랐다.

휘트니는 정신적 공황상태에 빠진 채, 불길한 마음을 떨쳐내려 애쓰며 두 눈을 질끈 감았다. 그러나 그 불길함은 좀처럼 털어낼 수가 없었다.

휘트니는 일어나 앉아 베개들을 등 뒤에다 차곡차곡 쌓은 다음 몸을 기댔다. 방향을 정하고 계획을 세우기로 마음을 굳게 먹은 그녀는 알고 있는 사실을 찬찬히 따져보기 시작했다.

우선 핫지 가의 별장을 세낸 사람은 '행방불명된' 클레이모어 공작인 클레이튼 웨스트모어랜드였다. 그녀가 별생각 없이 무심하게 넘어갔던 그의 고급스런 옷들과 지나치다싶을 정도로 뻣뻣한 하인들의 태도도 이제 이해가 되었다.

클레이튼은 아르망 가의 가면무도회에서 만났던, 그 오만하고 호색한 같은 남자였던 것이다. 휘트니는 끓어오르는 적개심을 간신히 누르고 현실로 돌아왔다. 가면무도회에서 만난 뒤, 클레이튼 웨스트모어랜드는 돈을 주고 자신을 아내로 삼으려고 아버지를 직접 찾아갔던 것이 틀림없다. 아버지는 지난밤 모든 것이 '정해졌고' 약혼 계약서에 이미 서명을 했다고 말했다.

일단 원하는 대로 자신을 아내로 삼고 나면, 말할 수 없이 상스러운 그 남자는 휘트니 자신이 사는 집에서 엎이면 코 닿을 거리에서 하녀들과 불미스러운 짓을 저지를 게 뻔했다.

"믿을 수 없어!"

휘트니가 힘없이 외쳤다. 사람들의 비웃음을 살 게 분명한 터무니없는 일이었다. 그러나 어쨌든 그것은 어김없는 사실이었다. 휘트니는 교묘하게, 흉계에 빠져, 어쩔 수 없이 방탕하기로 악명 높은 난봉꾼 클레이모어 공작과 약혼을 하게 된 것이다.

왜 그랬을까? 휘트니는 아버지를 미워하는 것만큼이나 클레이튼이 미웠다. 아버지! 아버지의 무정한 처사를 떠올리자니 괴로워 견딜 수가 없었다. 휘트니는 두 무릎을 모아 가슴께로 당겼다. 그리고 양손을 깍지 끼어 그 위에 얹었다. 꼭꼭 숨어서 자신을 보호하는 고치 속의 누에 같은 모습이었다.

"아, 아빠. 나한테 어떻게 이러실 수가 있어요?"

휘트니는 더듬더듬 중얼거렸다. 눈물을 참고 있자니 눈이 따가웠고 목구멍은 참을 수 없이 아팠다. 그러나 휘트니는 눈물을 흘리지 않았다. 무너지지 않으려고 안간힘을 썼다. 강해져야 했다. 2대 1로 반대자들의 수가 많았다. 앤 이모조차 그 끔찍스러운 대결 구도에서 반대편에 선다면 상황은 3대1이 될 것이다. 사랑하는 이모 역시 자신을 배신할지 모른다고 생각하자 정신이 아찔할 지경이었다. 휘트니는 거칠게 숨을 들이쉬며 창문 밖을 내다보았다. 지금은 수적으로 열세일지 모른다. 그러나 폴이 돌아오면 그도 함께 맞설 것이다.

휘트니는 단호하게 자신의 용기와 결단에 의지해야 한다는 사실을 다시 한 번 떠올렸다. 내겐 굳센 용기와 결단력이 있어. 그리고 고집도 있어. 지금까지 클레이튼 웨스트모어랜드는 내 고집을 대수롭지 않게 여겼지만 이젠 어림도 없어. 그래, 폴이 돌아올 때까지 나 혼자 버텨나갈 수 있을 거야.

휘트니는 즐거이 클레이튼의 계획을 방해하고 좌절시키고 그를 화나게 할 방법을 찾기 시작했다. 친절하게 나오는 클레이튼도, 나와의 관계가 끝날 무렵에는 알게 될 거야. 그가 남아 있는 세월을 평화롭고 즐겁게 보내기를 소망한다면, 내가 적당한 아내감이 아니라는 사실을 알게 되겠지. 지금부터 현명하게 처신하기만 한다면 폴이 돌아올 때쯤에는 공작이 손을 떼게 할 수 있을지도 몰라. 그럼 그 야비한 인간은 불쾌한 기억으로밖에 남지 않을 거야.

그때 가볍게 문을 두드리는 소리가 나더니 앤이 들어왔다. 애처로워하면서도 용기를 북돋워주는 미소를 머금은 모습이었다. 이모는 내 편일까, 공작 편일까? 휘트니는 이모를 보면서 궁금해했다. 그래서 일부러 아무 감정도 실리지 않은 목소리로 물었다.

"이모, 그 사실을 언제 아셨어요?"

앤이 침대에 앉으며 입을 열었다.

"네 이모부에게 편지를 보내고 런던 여행을 취소했던 바로 그날 알았다."

"아!"

휘트니가 목이 잠긴 신음 소리를 냈다. 이모는 도움을 청하기 위해 이모부의 행방을 찾고 있었던 것이다. 휘트니는 뼈에 사무치는 따뜻함이 온몸으로 퍼지는 것을 느꼈다. 경계심은 깨끗하게 사라졌고 안도감과 슬픔으로 어깨가 흔들리기 시작했다. 그리고 이모가 안아주자 긴장이 풀리면서 흐느끼기 시작했다.

"다 잘될 거야, 휘트니."

앤은 머리를 쓰다듬어주며 조카를 달랬다.

눈물을 쏟고 나니 기분이 한결 나아진 휘트니가 애처롭게 웃으며 말했다.

"이모, 정말 일이 이렇게 꼬일 수도 있나요?"

앤은 조카의 말에 동감을 표하고는 옆에 있는 욕실로 사라졌다. 그리고 잠시 후 부드러운 천에 차가운 물을 적셔서 가지고 나왔다.

"여기, 이걸 눈에 갖다 대렴. 그럼 눈이 붓지 않을 거야."

"전 폴과 결혼할 거예요."

휘트니가 물에 젖은 천을 고분고분 얼굴로 가져가며 작은 목소리로 말했다.

"그건 제가 어릴 때부터 세웠던 계획이라구요. 하지만 그렇게 할 수 없더라도 전 그 방탕한 난봉꾼과는 결혼하지 않을 거예요!"

천을 얼굴에서 떼던 휘트니는 이모가 우울한 표정을 재빨리 감추는 것을 보았다.

"이모도 폴 편이죠, 그렇죠?"

휘트니는 확실한 의견을 말하지 않는 이모의 얼굴을 조심스레 살피며 불안하게 물었다.

"얘야, 나는 네 편이야. 오로지 너한테 최선인 것을 원할 뿐이란다."

앤이 밖으로 나가며 말했다.

"클라리사를 올려 보내마. 정오가 다 되었구나. 1시에 공작 각하가 온다는 전갈이 있었거든."

"공작 각하라구요?"

클레이튼의 높은 지위를 상기시켜주는 각하라는 호칭에 화가 난 휘트니가 소리쳤다. 다른 높은 귀족들은 단지 '경'으로 불렸지 각하라고 불리지는 않았다. 공작은 다른 모든 귀족들보다 높은 지위였기 때문에 훨씬 더 정중하게 불려야 했다.

'각하'라고 말이다.

"휘트니, 이 새 옷을 다리라고 하련?"

앤이 물었다.

휘트니는 쓸쓸하게 창밖을 바라보았다. 하늘의 반은 햇빛으로 눈부셨지만 나머지 반은 구름에 덮여 어두웠다. 바람이 불어와 나뭇가지를 간간이 흔들어댔다. 휘트니는 지금은 자신이 예쁘게 보일 때가 아니라고 생각했다. 클레이튼 웨스트모어랜드의 칭찬을 받고 싶지 않았다. 그러니 예쁘게 보이는 대신 최대한 추하게 보여야 했다! 휘트니는 수수하고 허름한 옷, 무엇보다 클레이튼이 사준 것이 아닌 옷을 입기로 했다.

"그 새 옷은 싫어요. 다른 옷을 찾아볼래요."

클라리사가 들어올 즈음 휘트니는 어떤 옷을 입을 것인지 결정을 내렸다. 그리고 스스로의 결정에 대단히 만족했다.

"클라리사, 하버셈이 계단을 청소할 때 입었던 검은 드레스를 기억해요? 그게 어디 있나 찾아봐줄래요?"

클라리사가 어리둥절한 표정을 지었다.

"아가씨, 지난밤에 무슨 일이 있었는지 이모님이 말해주셨답니다. 하지만 그 사람 뜻에 거슬리게 행동할 생각이라면 아가씨는 큰 실수를 저지르는 건지도 몰라요."

휘트니는 충직한 하녀의 얼굴에 어린 연민의 빛을 보니 다시 눈물이 나려고 했다.

"클라리사, 제발 말씨름하게 만들지 말아요."

휘트니가 애원하듯 덧붙여 말했다.

"그저 나를 돕겠다고만 해줘요. 내가 추한 모습을 보인다면,

그리고 마음을 다져먹고 슬기롭게 대처하면 공작이 포기하고 가버릴지도 몰라요."

클라리사가 고개를 끄덕였다. 클라리사는 눈물을 참느라 굵고 탁해진 목소리로 대답했다.

"무슨 일이 있어도 전 아가씨 편이에요."

"고마워요, 클라리사."

휘트니가 진지하게 말했다.

"이제 내 편이 되어줄 친구가 적어도 두 명은 되는군요. 폴까지 있으면 셋이고."

한 시간쯤 지난 뒤, 목욕을 끝내고 화장대에 앉은 휘트니는 클라리사가 자신의 숱 많은 머리를 두껍게 땋아 가느다란 검은 리본으로 묶자 거울을 보며 만족스럽다는 듯 웃었다. 휘트니의 머리 모양은 고전적으로 조각된 얼굴 모습과 높은 광대뼈를 강조해주고 있었다. 커다란 비취빛 눈은 그 검은 속눈썹과 함께 창백한 얼굴에서 더 크게 보였고, 전반적으로 연약하고 가녀린 효과를 더해주었다. 휘트니는 자신이 헬쑥해 보인다고 생각했다.

"완벽해!"

휘트니는 자신이 의도한 모습에 스스로 만족해하며 소리쳤다.

"서두를 필요는 없어. 공작더러 목을 빼고 기다리라지. 그것도 내 계획 중 하나야. 그 사람에게 쓰라린 가르침을 안겨줄 생각이야. 첫째, 그 사람의 저명한 이름과 작위 따위에 내가 조금도 흔들리지 않는다는 것. 둘째, 그 사람 명령에 따라 움직일 생각이 전혀 없다는 것."

휘트니는 오후 1시 30분에 작은 응접실로 내려갔다. 클레이튼이 도착하면 안내하라고 휘트니가 일부러 집사에게 일러둔 곳이었다. 휘트니는 금속으로 된 문손잡이를 잡고 잠시 멈추어 섰다가는 턱을 들고 조용히 안으로 들어갔다.

클레이튼은 초조한 듯 무두질한 장갑으로 넓적다리를 탁탁 치며 등의 한 부분을 보인 채 서 있었다. 그는 창밖의 잔디를 바라보고 있었다. 각이 진 넓은 어깨와 강인해 보이는 턱은 그가 결단력이 있는 사람임을 드러내고 있었다. 창밖을 내다보며 생각에 잠겨 있는 중에도 클레이튼에게서는 강인함과 굽힐 줄 모르는 권위가 느껴졌다. 그것은 휘트니가 마음속으로 항상 느꼈고 두려워했던 모습이었다.

휘트니는 한 방울, 한 방울 자신감이 말라가는 것을 느꼈다. 어떻게 저 남자를 흔들어 목적한 바를 포기하게 할 수 있단 말인가? 그건 한낱 망상에 불과했다. 클레이튼은 싸늘한 미소나 깍듯한 무관심으로 관계를 정리할 수 있는, 멋 내기 좋아하고 낭만적인 젊은 남자가 아니었다. 휘트니는 클레이튼을 만난 뒤 어떤 싸움에서든 그를 이겨본 적이 없었다. 휘트니는 기운을 추스르며 폴이 올 때까지 혼자서 클레이튼과 대적해야 한다는 사실을 다시 한 번 떠올렸다.

휘트니는 문을 닫고 감정이 섞이지 않은 칼 같은 목소리로 말을 건넸다.

"저 때문에 사람을 보내셨나요?"

클레이튼은 휘트니가 자신을 약 20분 동안 적선을 구하러 온 거지처럼 조그맣고 허름한 방에서 기다리게 한 것에 대한 솟구치는 노여움과 싸우고 있었다. 그는 지난밤 휘트니가 상처와 모욕을 받았으니 오늘 틀림없이 도전해올 것이라고, 성깔을 부리며 적대감을 표하리란 걸 몇 번이나 속으로 되뇌며 분노를 삭이려고 애썼다.

클레이튼은 휘트니의 목소리를 듣고 몸을 돌렸다. 그러면서 휘트니가 무슨 말을 해도, 어떤 행동을 해도, 참고 이해하리라고 마음을 다지고 또 다졌다. 그러나 휘트니를 보는 순간 어쩔 수 없이 화가 났다. 휘트니는 도전적인 모습으로 제 앞에 서 있었다. 하녀처럼 수수하고 다 떨어진 옷을 입고 가느다란 허리에는 하얀 앞치마를 두른 채 말이다. 그리고 하녀들이나 쓰는 흰 모자를 쓰고는 그 밑에 탐스러운 머리카락을 감추고 있었다.

"휘트니, 옷차림 한번 볼 만하군. 도대체 그 옷차림은 뭐요?"

휘트니가 클레이튼의 말에 벌컥 화를 냈다.

"이 집에 있는 우리는 모두 공작님의 하인들이죠. 그리고 저는 그 중에서도 제일 낮은 하녀지요. 왜냐하면 저는 공작님이 채무자한테서 사들인 종이니까요."

"그런 식으로 말하지 마시오. 나는 당신 아버지가 아니오."

"물론 아니죠. 주인님이시죠."

휘트니가 비아냥거렸다.

클레이튼은 긴 다리로 성큼성큼 걸어서 둘 사이의 거리를 좁혔다. 휘트니의 분노는 처음에는 어리석은 아버지를 향했다가 이제는 클레이튼에게로 옮겨졌다. 화가 난 클레이튼이 휘트니를 잡고 흔들어댔다.

휘트니가 머리를 들었다. 클레이튼의 분노는 차츰 수그러들었다. 자신을 바라보는 휘트니의 도전적인 눈에 눈물이 반짝거리고 있었던 것이다. 투명하던 피부에는 어두운 그림자가 드리워져 있었고, 평소의 환하게 빛나던 얼굴은 창백하게 변해 있었다. 클레이튼은 휘트니의 사랑스럽고 반항적인 얼굴을 내려다보며 조용히 물었다.

"내 아내가 된다는 생각만 해도 그렇게 비참한가?"

휘트니는 클레이튼이 예상 밖으로 부드럽게 나오자 충격을 받았다. 더욱이 어떻게 대답을 해야 할지 알 수 없어 당혹스러웠다. 휘트니가 원한 것은 오만하고, 차가울 정도로 거리를 두는 것이었다. 비참함은 그녀가 의도했던 게 아니었다. 그것은 약함과 무력함의 다른 이름이기 때문이었다. 그러나 그것 때문에 비참한 게 아니에요, 라고 말할 수는 없었다.

시끄러운 웃음소리가 복도를 타고 울려퍼졌다. 그리고 이어서 발자국 소리와 재잘거리는 목소리가 들려왔다. 손님 세 사람이 응접실을 지나 식당으로 가고 있었다.

"같이 밖으로 나가고 싶군."

클레이튼이 말했다.

클레이튼은 상대의 의견을 묻지 않았다. 그는 자신의 의견을 밝혔을 뿐이다. 휘트니는 분노 속에서 그 사실을 깨달았다. 밖으로 나간 두 사람은 사설도로를 지나 잔디밭 한가운데 있는 연못을 향해 비탈진 저택 전면의 잔디밭을 걸어내려갔다. 클레이튼은 연못가에 있는 오래된 느릅나무 아래에서 걸음을 멈추었다.

"적어도 여기라면 어느 정도 사람들 눈을 피할 수 있겠군."

휘트니는, 이 세상에서 가장 바라지 않는 일이 바로 당신과 둘만 있는 것이라는 말이 혀끝에서 맴돌았지만 자신은 결코 그렇게 말할 수 없으리라는 감정적 혼란에 빠져 있었다.

클레이튼이 저고리를 벗어 풀밭에 놓았다.

"앉으면 이야기가 더 잘 풀릴 거요."

"그냥 서 있겠어요."

휘트니가 냉랭하고 도도하게 말했다.

"앉으라고 했소!"

휘트니는 클레이튼의 오만한 말투에 화가 났지만 할 수 없이 잔디 위에 앉았다. 그러나 클레이튼의 옷 위에 앉지는 않았다. 대신 잔디 위에 털썩 주저앉은 다음 무릎을 꿇고 앉았다. 그리고 연못을 똑바로 쳐다보았다.

"생각 잘했소. 당신이 입고 있는 옷을 더럽히는 게 내 저고리에 흙을 묻히는 것보다 훨씬 나을 테니."

클레이튼이 무미건조하게 말했다. 그러면서 저고리를 집어 들어 휘트니의 어깨 위에 걸쳐주었다. 그런 다음 휘트니의 옆에 자리를 잡았다.

"춥지 않아요."

휘트니가 클레이튼의 윗도리를 걷어내려 하면서 말했다.

"알았소. 그렇다면 당신이 쓰고 있는 이 어울리지 않는 모자도 필요 없겠군."

클레이튼은 휘트니가 썼던 모자를 벗겨버렸다. 그러자 매끄러운 뺨을 새빨갛게 물들이며 휘트니가 분노를 터뜨렸다.

"무례하고 거만……."

휘트니가 분을 삭이며 입을 굳게 닫았다. 그 모습을 본 클레이튼의 회색 눈에는 웃음기가 어렸다.

"어서 계속해보시지. '거만'에서 그친 것 같은데."

휘트니는 이죽거리는 클레이튼의 얼굴을 한 대 후려치고 싶은 것을 간신히 참았다. 그러고는 길게 숨을 들이마셨다.

"당신과 당신이 보여주는 모든 언행을 내가 얼마나 혐오하는지 표현할 수 있는 적당한 말을 찾았으면 좋겠어요."

"계속 찾아보시오. 말리지 않을 테니."

클레이튼이 계속 이죽거렸다. 그러자 휘트니가 연못에 시선을 고정시킨 채 말했다.

"그거 알아요? 나는 당신을 가면무도회에서 처음 만난 순간부터 싫어했어요. 그리고 그때 이후 당신을 만날 때마다 당신이 더욱더 싫어졌어요."

클레이튼은 무릎을 당겨세우고 그 위에 손목을 올려놓았다. 그런 다음 태연하게 휘트니를 오랫동안 찬찬히 뜯어보았다.

"그런 소리를 듣다니 무척 유감이군. 나는 당신을 신이 만든 가장 사랑스럽고 매혹적인 창조물이라고 생각했는데 말이오."

클레이튼의 목소리에 담긴 부드러움에 놀란 휘트니는 고개를 세게 저으며 그의 얼굴에서 조롱의 기미를 찾아보려고 애썼다.

클레이튼이 손을 뻗어 휘트니의 뺨을 어루만졌다.

"그리고 내 품에 안겨 있을 때는 당신이 항상 느꼈다고 주장하는 그런 증오의 표시를 보여주지 않았어. 사실 당신은 내 품에 있는 것을 즐기는 것 같았소."

"난 결코 당신의 손길을 즐기지 않았어요! 사실 난 항상 ……."

휘트니는 적당한 말을 생각해내려고 필사적으로 머릿속을 뒤졌다. 그러나 마음과 따로 노는 몸이 이미 클레이튼의 애무에 반응하고 있었다. 그리고 그 때문에 적당한 말이 생각나지 않았다.

"나는 항상 당신이 하는 이런 짓들이…… 가장 더럽다고 생각했단 말이에요!"

클레이튼은 천천히 휘트니의 턱과 귓불을 어루만졌다. 짜릿한 쾌감이 척추를 타고 몸 아래로 전해졌다.

"당신이 그렇게 느꼈을 때는 내게도 그런 행동들이 '더럽게' 느껴졌소."

클레이튼이 나직하게 말했다. 그러자 휘트니가 버럭 화를 냈다.

"하지만 당신은 지금도 계속 그 짓을 하고 있잖아요. 하지 말라고 해도 말이에요! 심지어 지금도, 바로 이 순간에도 당신은 그저 나를 덮칠 기회만 노리고 있잖아요!"

"사실이오."

클레이튼이 쿡쿡 웃으며 인정했다.

"나는 불꽃을 향해 달려드는 나방처럼 당신에게 끌렸지. 당신이 나한테 그랬던 것처럼."

휘트니는 금방이라도 감정이 폭발할 것 같았다.

"이 잘난 체하는 사생⋯⋯."

클레이튼은 휘트니의 떨리는 입술에 손가락을 갖다 대어 조용히 시켰다. 그리고 씩 웃으며 고개를 저었다.

"내가 당신한테서 당신이 즐기는 욕을 빼앗는 것이 슬픈 일이긴 하지만 내 정통성에 관해서는 그 누구도 의심하지 못할 거요."

휘트니는 자신의 삶이 누더기처럼 너덜너덜해졌는데 클레이튼이 마냥 웃고 있는 것처럼 느껴졌다. 그녀는 클레이튼이 손을 잡아당기는 것을 뿌리치고 일어서려고 하면서 무뚝뚝하게 말했다.

"피곤해요. 당신이 괜찮다면 안으로 들어갈래요. 난 지금 당신과 농담을 할 기분이 전혀 아니에요. 나는 팔린 몸이에요. 내 아버지가⋯⋯ 처음 보는, 내 감정 따위는 안중에도 없는 오만하고 냉정하고 이기적인 악마에게 날 팔아버렸다구요."

클레이튼은 표범처럼 빠르게 일어섰다. 그리고 노예에게 수갑을 채우듯 휘트니의 팔을 붙잡더니 그녀의 얼굴을 자신에게로 돌렸다.

"휘트니, 내가 당신한테 저지른 죄를 항목별로 정리하는 것을 도와주겠소."

클레이튼의 목소리는 차분하고 조용했다.

"나는 마음이 너무나 차가운 사람이라서 당신 아버지의 빚을 다 갚아주고 감옥에 갇히는 신세를 면하게 해주었소. 나는 또 너무나 이기적이라서 당신이 폴 세버린과 시시덕거리는 것을 지켜보며 서 있었고 너무나 거만해서 그 망할 놈의 야유회에서 당신이 그 자 옆에 앉아 있게 놔두었소. 그리고 나를 비난하고 공격하도록 그냥 두었지. 그것도 당신 입술의 따뜻한 감촉이 채 가시지도 않았을 때 말이오. 내가 왜 그랬겠소? 잔인하고 악마 같은 방식으로라도 나는 당신에게 튼튼한 보호대를 만들어주고 싶소. 그리고 내 능력 안에서 당신이 호사를 누리며 삶을 만끽하게 하고 싶소."

말을 끝낸 클레이튼이 휘트니를 침착하게 바라보았다.

"이래도 내가 당신에게 미움을 받아야 한다고 생각하나?"

휘트니의 어깨가 수그러졌다. 휘트니는 침을 삼키고 얼굴을 돌렸다. 정신이 아득해졌다. 그리고 혼란스럽고 비참했으며 더 이상 전적으로 자기가 옳다고 주장할 수가 없었다. 그리고 클레이튼의 말이 완전히 틀린 것도 아니었다.

"나, 나는 당신을 어떻게 대해야 할지 잘 모르겠어요."

클레이튼이 휘트니의 턱을 들어올렸다.

"그렇다면 내가 말해주지. 미워해도 좋소. 이게 내가 지금 당신에게 부탁할 전부요."

휘트니의 눈에는 눈물이 그렁그렁 맺혔다. 손으로 눈물을 훔쳐낸 휘트니는 고개를 저으며 클레이튼이 내미는 손수건을 거절했다.

"피곤해요. 어젯밤에 잠을 제대로 못 잤어요."

"나도 그랬소."

클레이튼이 휘트니를 집으로 다시 데려다주면서 다정하게 말했다. 스웰이 정문을 열었다. 응접실에서 사람들이 카드 게임을 하며 대화를 나누는 소리와 웃음소리가 들려왔다.

"내일 아침에 승마를 할 거요. 하지만 당신네 손님들이 쑥덕거리지 않게 하려면 저 아래 마구간에서 만나는 게 가장 좋을 것 같소. 열 시에 만납시다."

휘트니는 제 방으로 올라와 하얀 앞치마와 보기 싫은 검은 드레스를 벗어버렸다. 아직 두 시도 안 되었는데 기운이 없고 피곤했다. 그녀는 아래층에 모습을 드러내야 한다는 것을 알고 있었지만 억지로 웃고 억지로 남의 이야기를 들어줄 생각을 하니 망설여졌다. 누가 클레이모어 공작에 대해 한마디라도 한다면 미쳐버리고 말 것 같았다.

침대 위에는 금빛 이불이 가지런히 정돈되어 있었다. 침대가 손짓해 부르고 있었다. 한숨 자고 나면 정신이 맑아져서 생각을 좀 더 명쾌하게 할 수 있을 것이다. 그렇게 하기로 마음을 정한 휘트니는 이불 속으로 미끄러지듯 파고 들어간 다음 눈을 감았다.

중간에 잠깐 잠이 깨었을 때 까만 벨벳 같은 하늘에는 달이 높이 떠 있었다. 휘트니는 몸을 둥글게 말고는, 잠이 깨어 고통스러운 상념들이 밀려오면 누리지 못할 잠의 평화 속으로 빠져들었다.

18

이튿날 아침 휘트니가 마구간에 도착했을 때 클레이튼은 담에 기대서서 토마스와 이야기를 나누고 있었다. 휘트니는 토마스에게 미소를 지어 보였다. 그러나 그 옆에 느긋하게 서 있는 남자를 보니 입가에 어려 있던 웃음이 싹 가셨다.

클레이튼은 휘트니가 자신의 아침 인사에 대답을 하지 않자 한숨을 내쉬며 자세를 똑바로 했다. 그는 마구간 밖으로 이끌려나오고 있는 칸을 향해 고갯짓을 하며 말했다.

"당신이 타고 갈 말이오."

두 사람은 굽이진 시골길을 나란히 지나가다가 곧 전속력으로 달리기 시작했다. 신선한 가을바람이 휘트니의 처진 기분을 되살려주었다. 이틀 전보다 훨씬 기운이 났다.

시냇가와 이어진 초원에 다다르자 클레이튼이 먼저 말에서 내려 휘트니를 내려주었다.

"이번 승마가 당신에게 기분전환이 된 것 같군."

클레이튼이 휘트니의 뺨에 생기가 도는 것을 보고 말했다.

휘트니는 클레이튼이 어색한 분위기를 깨려고 아주 평범한 대화를 하려는 것을 알 수 있었다. 휘트니는 태어날 때부터 우울한 것과는 거리가 멀었다. 그리고 오랫동안 침묵을 지키는 것을 끔찍하게 싫어했다. 그렇지만 클레이튼과 이야기를 하려니 몹시 거북했다. 하지만 결국은 입을 열었다.

"정말로 기분이 나아졌어요. 난 승마를 좋아해요. 말을 타는 게 참 좋아요."

"나는 당신을 바라보는 것이 좋아."

시냇가 둑을 걸으며 클레이튼이 말했다.

"당신은 내가 이제껏 본 여자들 중에서 가장 말을 아름답게 타는 여성이야."

"고맙군요."

그러나 휘트니는 곧 화들짝 놀라서 시냇가 옆의 작은 언덕 위에 우뚝 서 있는 무화과나무에서 눈을 떼지 못했다. 야유회가 있던 날, 클레이튼의 품에 안겨 누워 있던 바로 그곳이었다. 하지만 이제는 클레이튼과 두 번 다시 가고 싶지 않은 곳으로 바뀌었다. 클레이튼이 윗도리를 벗더니 정확히 지난번 두 사람이 누웠던 풀밭 위에 펼쳐놓았다. 그러자 휘트니가 다급하게 말했다.

"괜찮다면 난 서 있겠어요."

휘트니는 한 걸음 물러서서 무화과나무 둥치에 어깨를 기댔다. 마치 그곳이 세상에서 가장 아늑한 장소라도 되듯 말이다.

클레이튼이 말없이 고개를 끄덕이며 허리를 펴고 섰다. 그리고 두세 걸음 떨어지더니 장화 신은 발을 개울 옆에 있는 커다란 바위 위에다 올려놓았다. 무릎을 세운 다음 그 위에 팔을 올린 채 잠자코 휘트니를 뜯어보았다.

그 순간 처음으로 휘트니에게 이 사람이 장차 자신의 남편이 될 약혼자라는 생각이 골수 깊이 파고들었다. 하지만 잠깐 동안만이야. 폴이 돌아와서 내가 짠 계획을 함께 실행할 수 있을 때까지만이야. 지금 내가 할 수 있는 일이라고는 조심스럽게 걷는 것과 때를 기다리는 것뿐이야.

나무둥치에 오래 기대앉아 있다 보니 나무껍질이 어깨를 파고들어 아팠다. 그리고 움직임이 없는 클레이튼의 시선에 무력감이 들기 시작했다. 적당한 얘깃거리가 떨어지고 긴장된 침묵 때문에 불안해진 휘트니는 클레이튼의 밤색 종마를 묶어둔 곳으로 고갯짓을 하며 입을 열었다.

"나와 경주할 때 왜 저 말을 타지 않았죠? 저 말이 경주할 때 탔던 밤색 말보다 훨씬 빠른데 말이에요."

휘트니가 택한 대화의 주제가 클레이튼을 즐겁게 한 모양이었다.

"야유회가 있던 날 타보니 당신네 검은 종마는 너무 쉽게 지쳐버리더군. 그래서 체력과 속력에서 당신의 종마와 비슷한 말을 골랐던 거야. 경주는 공정해야 하니까. 그 경주에서 만약 내가 저 밤색 말을 탔다면 당신은 나를 이기지 못했을 거요.

반대로 당신의 종마보다 눈에 띄게 기량이 떨어지는 말을 탔다면 그 역시 공정한 경주라고 할 수 없겠지.”

휘트니가 입술을 일그러뜨리며 웃었다.

“당신이 염소를 탔더라도 나는 당신을 이기기만 하면 그만이라고 생각했을 거예요!”

클레이튼이 쿡쿡 웃으면서 고개를 저었다.

“당신을 알고 지낸 3년 동안 당신은 언제나 나를 즐겁게 했지.”

휘트니가 눈을 가늘게 뜨고 물었다.

“3년이라구요? 어떻게 그렇게 되지요? 3년 전이면 사교계에 나간 지 얼마 안 됐을 땐데.”

“내가 당신을 처음 보았을 때 당신은 이모와 함께 여성용 모자 가게에 있었소. 그 여주인은 포도와 딸기무늬가 섞인, 별로 좋지 않은 모자를 당신에게 떠넘기려 하고 있었지. 만약 당신이 공원에서 그 모자를 쓴 채 걷고 있으면 틀림없이 신사들이 당신 발 앞에 무릎을 꿇을 거라고 하면서 말이오.”

“기억이 잘 안 나요. 그런데 내가 그 모자를 샀나요?”

“아니오. 대신 모자가게 주인한테 이렇게 말했소. 만약 신사들이 제 발 앞에 무릎을 꿇는다면 그건 모자의 과일 무늬를 보고 몰려든 벌 떼를 피하기 위해서일 거예요, 라고 말이오.”

“내 성격상 그렇게 말하고도 남았을 거예요.”

휘트니는 장갑으로 장난을 치며 수줍게 제 짓궂은 성정을 인정했다. 그리고 그 이야기를 하는 클레이튼의 태도에서 애정을 느끼고는 당황했다.

"그래서 나에 대해 좀 더 알아보기로 마음먹었나요?"

"분명히 말하지만 그건 아니었소."

클레이튼이 휘트니의 약을 살살 올렸다.

"나는 당신의 반짝이는 비취빛 눈초리를 견뎌야 할 사람이 내가 아니라 그 여주인이라는 사실에 안심했다오."

"그런데 당신은 그 여성용 모자 가게에서 뭘 하고 있었죠?"

휘트니는 질문이 채 끝나기도 전에 제 어리석은 혀를 깨물고 싶었다. 당시 함께 어울리던 연인을 기다리는 것 말고 무엇을 하고 있었겠는가?

"당신 표정을 보니 내가 그 질문에 답할 필요는 없는 것 같군 그래."

휘트니는 클레이튼이 다른 여자와 그 상점에 있었다는 사실에 불쾌함을 느꼈지만 그런 감정을 밖으로 드러내지 않으려고 애쓰면서 물었다.

"그 뒤에 우리가 다시 만났나요? 내 말은, 가면무도회 전에 말이에요."

"그해 봄에 나는 당신을 가끔 보았소. 당신은 보통 공원에서 말을 타고 있었지. 그리고 1년 뒤에 듀프레 가의 무도회장에서 당신을 다시 보았소. 몰라보게 성숙해 있더군."

"당신 혼자 왔었나요?"

이 질문은 무의식중에 갑자기 튀어나온 것이었다. 휘트니는 자기혐오 때문에 주먹을 꼭 부르쥐었다.

"아니오."

클레이튼이 솔직하게 인정했다.

"그러나 그때는 당신도 혼자가 아니었소. 사실 당신은 당신에게 찬사를 바치는 남자들한테 둘러싸여 있었지. 그런데 내 기억으로는 그 친구들 모두 몹시 애처롭게 보였다오."

화가 난 휘트니가 성난 눈으로 노려보자 클레이튼이 키득키득 웃었다.

"그렇게 무서운 얼굴로 쳐다보지 마시오. 당신 역시 그 친구들을 애처롭다는 듯 쳐다보았으니까. 그날 저녁 늦게 나는 당신이 그들 중 한 명과 이야기하는 것을 어쩌다 들었소. 당신 장갑에서 나는 향내가 너무 좋아서 자살이라도 할 것 같다고 말하는 남자였지. 당신이 그 친구한테 그러더군. 비누냄새 때문에 자살을 할 정도라면 미쳤거나 씻기를 무척 싫어하는 분이로군요, 하고 말이오."

"내가 그렇게 무례하게 굴었을 리가 없어요."

휘트니가 반박을 했다. 휘트니는 벌써 결혼이라도 한 것처럼 클레이튼이 자신을 '당신'이라고 부르는 게 불편했다.

"그처럼 어리석은 사람은 그런 욕을 먹을 가치도 없어요. 그리고……."

말하려던 것을 잊어버린 휘트니는 흐릿한 기억을 되살리려고 애쓰며 클레이튼을 바라보았다.

"그 남자 걸음걸이가 어땠어요?"

"그 친구 걸음걸이보다 당신 얼굴에 훨씬 더 관심이 많았기 때문에 기억이 잘 안 나는데…… 그런데 그건 왜 묻는 거요?"

클레이튼이 아무 감정을 담지 않고 되물었다.

"지금 그런 말을 했던 기억이 나서요. 그 남자가 종종걸음을

치며 가버렸던 게 기억나요. 내가 그 남자를 얼마나 끔찍하게
싫어했던가 하는 것두요. 그런데 그 남자가 가버린 다음 돌아
서는데 키가 크고 머리색이 짙은 남자가 문 앞에 서 있었어요.
재미있는 구경을 했다는 듯 웃고 있었죠. 바로 당신!"

휘트니는 이제 씩씩거리고 있었다.

"당신이 그 문 앞에서 엿보고 있었던 거예요!"

"엿보고 있었던 게 아니라 당신이 그 날카로운 혀 때문에
피를 불러올 경우, 정신을 못 가누는 가엾은 악마를 도와주려
고 지켜보고 있었을 뿐이지."

"쓸데없는 수고를 하셨군요. 그 남자는 그런 모욕을 당해도
싼 작자였으니까요. 그 남자 이름을 기억하지는 못하지만 그
전날 저녁은 기억해요. 그 작자가 내게 키스를 하려고 했어요.
구역질나게 내 몸을 더듬으면서 말이에요."

"그 작자 이름을 기억 못하다니, 유감스럽군."

클레이튼이 느린 말투로 차갑게 말했다.

새침하게 내리뜬 속눈썹 사이로 기분이 좋지 않은 클레이튼
의 얼굴을 살짝 훔쳐본 휘트니는 지금 질투하고 있는 사람은
자신이 아니라 그라는 사실을 깨달았다. 휘트니는 흐뭇했다.
만약 자신이 변덕스러워 보이거나, 어쩌면 약간 헤프게 보인
다면 클레이튼이 청혼을 포기할지도 모른다는 생각을 했다.

"말해두지만 파리에 있을 때 내 사랑을 얻어보려고…… 내
게 지나치게 열중한 남자가 그 남자만 있었던 건 아니에요. 내
게 심각하게 구혼을 했던 남자는 열 명도 넘어요. 이름조차 다
기억하지 못할 정도예요."

"그럼 내가 도와주리다."

차분한 목소리로 이렇게 말한 클레이튼은 휘트니가 놀라서 바라보는 동안 그녀에게 청혼했던 남자들의 이름을 하나하나 큰 소리로 주워섬겼다.

"뒤비에는 뺐소. 그 친구는 아직도 때를 기다리고 있는 중이니까. 하지만 세버린은 포함해야겠지. 그 친구도 당신에게 청혼하려고 애쓰는 중이니까."

클레이튼은 마치 이미 제 아내가 된 여자에게 하듯 스스럼없이 말을 계속했다.

"내가 보기에 당신은 지각 있는 여성답지 않게 아무 남자의 구애나 허락했소."

휘트니는 폴에 대한 이야기가 나오는 것을 피하려고 클레이튼의 암묵적인 비판의 초점을 니콜라에게 맞추었다.

"만약 당신이 니콜라 뒤비에를 두고 말하는 거라면 그 사람 집안은 프랑스에서 가장 유서 깊고 명망 있는 집안 중 하나라는 걸 알아야 해요!"

"나는 세버린을 말하고 있는 중이요. 그리고 그건 당신도 알고 있소."

클레이튼이 냉기가 도는 위압적인 말투로 말했다. 그런데 클레이튼의 그 권위적이고 고압적인 말투는 휘트니가 특히 분개하는 점이었다.

"내가 언급한 남자들 중 세버린이 당신과 가장 맞지 않는 인물이오. 그런데도 당신한테 선택권이 주어지면 당신은 그 친구를 택하겠지. 하지만 그 친구는 당신의 지성이나 활기 있는 성정, 기질, 그 어떤 것과도 맞지 않소. 게다가……."

여기서 클레이튼은 의미심장하게 말을 끊었다가 다시 이었다.

"세버린은 남자로서 당신을 만족시켜줄 위인도 못되지."

"그건 무슨 말이죠?"

휘트니가 물었다.

클레이튼은 휘트니를 품에 안고, 수줍어하던 그녀와 함께 대담한 성적 자유를 누렸던 풀밭으로 의미 있는 눈길을 흘렸다.

"당신이 내 말뜻을 정확하게 이해하고 있다고 생각하는데."

휘트니의 뺨이 슬그머니 붉어지는 것을 보며 클레이튼이 말했다.

휘트니는 확신하지는 않았지만 그것이 자신이 이야기하고 싶은 화제가 아니라는 걸 분명히 알 수 있었다. 그래서 다른 방향으로 화제를 돌렸다.

"프랑스에서 내게 그렇게 끌렸다면 이모부에게 접근해서 청혼을 하지 그랬어요?"

"당신이 결혼하기에는 너무 어리다거나 아직 아버지 곁을 떠날 준비가 되어 있지 않다는 말 같지 않은 구실로 나를 기만하도록 말인가?"

클레이튼이 재미있다는 듯 말을 이었다.

"아버지 곁을 떠날 준비? 전혀 되어 있지 않겠지!"

그러자 휘트니가 반박을 하고 나섰다.

"당신이 정말 말하고 싶은 건 내게 소개되기에는 당신의 지위가 너무 높고, 또……."

"우린 소개를 받았었소."

클레이튼이 휘트니의 말허리를 잘랐다.

"그날 밤, 듀프레 부인이 우리를 소개시켜주었소. 그런데 당신이 내 이름에 별 주의를 기울이지 않았을 뿐이오. 당신은 내게 고개를 살짝 숙이고 어깨를 한번 으쓱해 보이는 게 다였소. 그러고 나서는 당신 치마 자락에 매달려 아첨을 떠는 숭배자들을 끌어모으는, 좀 더 긴요한 업무를 보러 갔다오."

클레이튼은 그런 차가운 대접을 받고 기분이 나빴을 거야. 휘트니는 그 생각을 하며 속으로 고소해했다.

"그때 내게 춤을 추자고 했나요?"

휘트니는 클레이튼의 부아를 살살 돋웠다.

"아니, 그땐 나와 춤을 출 여자들이 모두 정해진 뒤였지."

클레이튼이 아무 감정도 실리지 않은 목소리로 대답했다.

휘트니는 다른 상황이었다면 그 농담에 깔깔 웃었을 것이다. 그러나 클레이튼이 자신 역시 여성들에게 인기가 있다는 사실을 따끔하게 상기시켜줄 생각으로 그런 말을 했다는 것을 깨달았다. 마치 그녀가 알 필요가 있다는 듯 말이다! 휘트니는 클레이튼에게 조롱 섞인 눈길을 던지며 빈정거렸다.

"다른 남자들이 같이 춤출 여성을 찾느라 바쁠 때도 당신과 춤출 여자들은 항상 대기 중일 것만 같군요! 그러니까 생각나는데 남자가 다른 여자와 춤을 추고 싶을 때 동행한 애인은 어떻게 하나요?

"내가 기억하기로 그날 밤 아르망 가의 가면무도회에서, 당신은 내게 동행한 여자가 있다는 사실을 알았더라도 나와 춤을 추었을 거요."

휘트니가 쥐고 있던 장갑을 풀밭에 떨어뜨렸다.

"어떻게 감히 무례하게 그런……."

"그런 얘기까지 *끄집어내느냐구?*"

클레이튼이 조용히 되물었다.

"이런 걸 두고 '눈에는 눈'이라고 하는 것 아니오?"

그러자 휘트니가 비웃었다.

"내 귀가 의심스럽군요! 당신은 마치 성서를 인용하는 악마의 산 표본 같아요."

"내가 졌소."

클레이튼이 씩 웃었다.

그런데 클레이튼이 즐거워할수록 휘트니는 더욱 화가 났다.

"당신은 당신의 추한 행위들을 웃어넘길 수 있을지 모르지만 나는 그렇게 할 수 없어요. 내 기억에 당신은 아르망 가의 가면무도회에서 내게 치근댔어요. 레이디 유뱅크 댁에서는 나를 모욕했고 바로 이곳에서는 내게 음탕한 짓을 했어요."

휘트니는 몸을 숙여 풀밭에서 장갑을 집어들었다.

"당신이 다음에 어떤 행동을 할지는 오직 신만이 아실 거예요."

휘트니의 마지막 말에 클레이튼의 눈은 번득였다. 그러자 그 자리를 떠날 때라고 결정을 내린 휘트니는 클레이튼의 곁을 지나 말이 있는 곳으로 걸어가기 시작했다. 그러나 클레이튼이 손목을 잡고 끌어당겼다.

"아르망 가의 가면무도회는 예외로 하고 나는 항상 당신의 행동에 어울리는 대접을 해주었소. 그리고 우리 사이는 항상 그런 식이었지. 나는 당신이 날 깔고 뭉개도록 내버려 둘 생각이 조금도 없다구. 그렇게 하면 세버린에게 하듯 내게도 털끝만큼의 존경심도 갖지 않겠지? 당신이 불행하게 그 친구와 결혼할 경우의 얘기지만 말이오.”

휘트니는 클레이튼이 자신의 기분을 어처구니가 없을 정도로 뻔뻔스럽게 넘겨짚는 데 충격을 받았다. 그리고 끔찍한 마지막 말에도 충격을 받았다. 클레이튼은 폴과 결혼하려는 자신의 계획을 가능성이라고는 전혀 없는, 불행을 부르는 변덕으로 보았던 것이다. 설상가상으로 클레이튼은 바로 그 순간 자신을 껴안으려 했다.

“내가 당신을 사랑하지 않아도 아무 상관없나요?”

휘트니가 필사적으로 반항하며 물었다.

“물론 당신은 날 사랑하지 않소. 사랑은 고사하고 나를 증오하지. 당신은 그 말을 내게 적어도 열두 번은 했어. 바로 여기, 이곳에서 말이오. 그것도 뜨겁고 열정적인 여인이 되어 당신 팔로 나를 부둥켜안기 바로 몇 분 전에 말이오.”

클레이튼이 휘트니의 약을 슬슬 올렸다.

“그날 있었던 일은 기억하고 싶지 않아요.”

클레이튼이 휘트니를 끌어당겨 부드러운 눈길로 바라보았다.

“내 힘이 닿는 한, 당신에게 무엇이든 해주겠소. 하지만 당신이 그날 일을 잊도록 하지는 않을 거요. 절대로. 그러니 그것 말고 다른 부탁을 해보시오. 다 들어줄 테니”

"그것 말고 다른 부탁을 하라고요?"

휘트니는 코웃음을 치면서 클레이튼의 가슴과 제 가슴이 밀착되는 걸 막으려고 그 사이에 손을 끼워넣었다.

"좋아요. 부탁하겠어요. 나는 당신과 결혼하기 싫어요. 그러니까 내 아버지와 했던 거래를 없던 걸로 하고 부디 날 놓아주시겠어요?"

"아니, 그렇게는 못하겠소."

휘트니는 쓰라린 슬픔과 적의를 좀처럼 누를 수가 없었다.

"그럼 내가 바라는 게 뭔지 관심이 있는 척하면서 날 가지고 놀지 말란 말이에요! 난 당신의 약혼자가 되고 싶지 않은데 당신은 날 그 약혼계약에서 놓아주려고 하지 않아요. 난 당신과 결혼하고 싶지 않은데 당신은 어떻게 해서든 나를 결혼식장으로 끌고 가려 해요. 나는……."

클레이튼이 갑자기 손을 놓는 바람에 휘트니는 비틀거리며 뒷걸음질을 쳤다.

클레이튼이 무뚝뚝하게 포문을 열었다.

"내가 당신을 결혼식장으로 끌고 갈 생각이 조금이라도 있었다면, 계약이 성립된 즉시 당신은 영국으로 돌아오라는 지시를 받았을 거요. 웨딩드레스를 맞추러 말이요. 하지만 분명히 말하는데 내가 싫어서 냉랭하고 반항적으로 구는 아내를 억지로 침대에 들일 생각은 없소."

이 말을 들은 휘트니는 너무나 마음이 놓이고 기쁜 나머지 클레이튼이 암시적으로 부부관계를 언급한 것을 깨끗이 용서했다. 그리고 두 손을 번쩍 들어올리며 말했다.

"세상에, 왜 그 말을 진작 하지 않았죠? 당신 생각이 그렇다면 나 때문에 더 이상 애쓸 필요가 없어요."

"그건 무슨 소리요?"

"무슨 소리냐 하면 난 당신이 상상할 수 있는 가장 냉랭하고 반항적인 아내가 될 거란 말이에요."

그러자 클레이튼이 짙은 한쪽 눈썹을 치켜올리며 물었다.

"지금 나를 협박하는 거요?"

휘트니가 미소를 지으며 급히 고개를 저었다.

"물론 아니죠. 나는 오직 당신에 대한 내 감정이 변하지 않을 거라는 말을 하려는 거예요."

"그렇게 확신하오?"

"그렇고 말구요."

휘트니가 명랑하게 말했다.

"그렇다면 결혼식을 늦출 이유가 전혀 없겠군. 그렇지 않소?"

"뭐라구요?"

휘트니가 기겁을 하며 소리쳤다.

"하지만 내가 냉랭하고 반항적으로 굴면 결혼하지 않겠다고 했잖아요."

"그렇게 하고 싶지 않다고 말했지, 그렇게 하지 않겠다고 말하지는 않았소. 그것밖에 방법이 없다면 말이오."

그렇게 말하고 그는 돌같이 굳어 있는 휘트니를 남겨두고 돌아서서 걷기 시작했다. 클레이튼은 곧장 집으로 다시 돌아가서 비서를 불러 나와의 결혼을 공식적으로 처리하도록 할 생각인 거야. 틀림없이 벌써 결혼을 위한 특별 허가증을 받아 놓았을 거야! 휘트니는 그런 상황에서 벗어날 방법을 미친 듯이 찾았다. 도망? 당장 뒤쫓아 와 잡을 거야. 위협? 클레이튼은 위협 같은 것에는 꿈쩍도 하지 않을 사람이지. 결국 아무리 버텨봐도 클레이튼은 나와 결혼하려 들 거야.

휘트니는 자기에게 열려 있는 하나 남은 해결책을 선택했다. 비록 그것이 애원을 하고 감언이설로 유혹해야만 하는 일이라 치욕스러웠지만 할 수 없었다. 휘트니는 손을 뻗어서 클레이튼의 옷소매를 잡았다.

"당신한테 부탁이 있어요. 조금 전에 말했잖아요, 당신 힘이 닿는 한 내게 무엇이든 해주겠다구요."

"내 힘이 닿는 한에서요. 또 정당한 이유가 있어야겠지."

클레이튼이 냉정하게 말했다.

"그러면 내게 시간을 줄 수 있나요? 내가 당신과 아버지가 두고 있는 체스 게임의 무기력한 볼모라는 끔찍한 느낌을 극복하려면 시간이 필요해요. 그리고 우리가 결혼한다는 사실에도 적응할 시간이 필요하구요."

클레이튼은 그 요구를 선선히 받아들였다.

"그렇다면 시간을 주겠소. 당신이 우리의 결혼을 신중하게 생각해본다는 조건에서 말이오."

"그렇게 할게요."

휘트니는 천연덕스럽게 거짓말을 하면서 클레이튼에게 믿음을 주려 했다.

"아, 그리고 한 가지 더 있어요. 당신의 신분과 우리가 약혼

관계에 있다는 사실을 당분간 비밀로 했으면 해요."

클레이튼은 냉정하게 생각해보고 나서 물었다.

"이유는?"

다음 주 폴과 함께 도망을 가면 클레이튼은 격분할 것이다. 그런데 마을 사람들이 둘의 약혼 사실을 알고 있는 가운데 폴과 도망을 쳐서 클레이튼을 공개적으로 망신시켜 철저히 바보로 만든다면 짐작도 할 수 없는 무서운 보복이 뒤따를 터였다.

휘트니가 조심스럽게 입을 뗐다.

"만약 사람들이 우리가 약혼한 사실을 알게 되면 당신이 어떤 사람이며, 나와는 어떻게 만났으며, 우리가 언제 결혼하는지 궁금해하겠죠? 그렇게 되면 나는 이미 느끼고 있는 것보다 더 큰 부담을 느끼게 될 거예요."

"좋소. 그럼 당분간 비밀로 합시다."

클레이튼은 휘트니와 말이 있는 곳으로 함께 걸어간 다음 그녀를 가뿐히 안아서 말안장에 앉혔다. 이야기가 끝났다고 생각한 휘트니는 칸의 고삐를 모아쥐고 빠져나갈 궁리만 했다. 그러나 클레이튼의 이야기는 아직 끝난 게 아니었다. 휘트니는 클레이튼의 부드럽고 정중한 말투 속에 감추어진 위협에 온몸이 굳어졌다.

"나는 당신이 시간을 달라고 해서 들어주었소. 당신이 우리가 결혼한다는 사실을 받아들이는 데 시간이 필요하다고 말했기 때문이지. 만약 당신이 다른 목적으로 시간을 달라고 부탁했다면 나는 그 부탁을 들어주지 않았을 거요."

"이야기 다 끝났어요?"

휘트니가 짐짓 거만하게 물었다.

"일단은 끝났소."

클레이튼이 한숨을 쉬더니 한마디 덧붙였다.

"남은 얘기는 내일 더 합시다."

휘트니는 그날 나머지 시간을 친지들과 함께 보냈다. 온 미래가 실낱같은 한 줄 희망에 매달려 있는 조마조마한 상황에서, 미소를 띤 채 호의 넘치고 유쾌하게 구는 친지들과 이야기를 나누고, 뭔가 아는 듯한 아버지의 눈길을 못 본 체하려니 초인적인 힘이 필요했다. 저녁 식사가 끝나자 휘트니는 양해를 구하고 먼저 자리를 떠서는 도망치듯 자기 방으로 올라갔다.

저녁 늦게, 앤이 휘트니를 보러 왔다. 이모에게 그날 일을 낱낱이 털어놓은 휘트니는 울적해하며 장의자에서 뛰어내려와 이모의 두 손을 잡고 세게 흔들었다.

"이모, 그 오만하고 무자비한 독재자가 사실상 강제로 저와 결혼하려고 해요. 오늘 아침 그렇게 말했어요."

장의자에 앉은 앤이 휘트니를 잡아끌어 옆에 앉혔다.

"얘야, 공작은 너와 강제로 결혼을 할 수는 없단다. 내가 알기로 영국법상 그것은 분명히 불법이다. 이모가 보기에 문제는 공작이 강제로 너와 결혼하려는 데 있는 게 아니라 오히려 네가 공작과 결혼하지 않으면 아버지가 어떻게 되는가에 있단다."

"아버지는 제 처지 같은 건 안중에도 없이 약혼에 동의하셨어요. 그러니 저도 아버지 처지를 걱정할 필요를 조금도 느끼지 않아요. 아버지는 저를 사랑한 적이 한번도 없어요. 그리고 저도 더 이상 아버지를 사랑하지 않아요."

"알았다. 그렇다면 차라리 잘됐구나."

"왜 그렇게 말씀하시죠?"

"아버지는 공작한테서 받은 돈을 이미 써버렸다. 만일 네가 약혼 계약을 이행하지 않으면 공작은 당연히 돈을 돌려달라고 요구하겠지. 그런데 아버지는 그 돈을 돌려줄 능력이 없으니 쥐 떼가 들끓는 감옥에서 말년을 보낼 가능성이 아주 높단다. 네게 아버지에 대한 사랑이 조금이라도 남아 있다면 아버지가 처한 곤경에 대한 책임이 너한테 있다는 것을 알면서 폴과 행복하게 살 수 있겠니? 하지만 네가 죄책감을 전혀 느끼지 않으리라고 확신한다면 너나 나나 네 아버지가 어떻게 되든 신경 쓸 필요가 없을 게다. 그렇지?"

앤은 말을 마친 뒤 휘트니의 방을 나갔다. 혼자 남은 휘트니는 불결하고 축축한 방에서 누더기를 입은 채 시들어가는 아버지의 모습을 상상하자 괴로워졌다.

클레이튼 웨스트모어랜드가 아버지에게 준 돈을 돌려줄 방법이 있어야 했다. 자신과 폴이 아주 검소하게 산다면 몇 년이 걸리더라도 아버지 대신 빚을 갚을 수 있을지 몰랐다. 훨씬 더 좋은 방법은 공작 스스로 그 약혼에서 손을 떼도록 만드는 것이었다. 그렇게 되면 돈을 돌려줄 필요가 없으니 말이다. 그런데 그게 가능할까? 휘트니는 약혼 계약서의 내용이 궁금했다.

"맞아, 에드워드 이모부가 계셨지!"

갑자기 신통한 생각이 떠오르자 휘트니는 기뻐서 숨이 넘어갈 것만 같았다. 이모부는 아버지가 진 빚 때문에 내가 억지로 팔려가게 되었다는 사실을 알게 되면 결코 가만있지는 않으실 거야. 어쩌면 이모부가 클레이튼의 빚을 갚으라고 아버지에게 미리 돈을 대어줄지도 몰라. 그럴 경우엔 내가 직접 부동산이 담보로 설정되는 과정을 지켜봐야겠어.

하지만 클레이튼에게 진 빚을 갚아줄 만큼 이모부에게 충분한 돈이 있을까? 얼마나 많은 돈이 오갔는지 알 수만 있다면 얼마나 좋을까. 틀림없이 엄청난 거래였을 거야. 대대적인 집수리에다 스물네 필의 말과 열 명이 넘는 하인들, 거기다 아버지의 빚까지 갚아주었다지 않는가. 2만5천 파운드? 3만 파운드? 휘트니는 가슴이 철렁 내려앉았다. 에드워드 이모부에게 그만한 돈이 있을 리가 없었다.

다음 날 아침 클라리사가 휘트니를 깨우러 왔을 때 휘트니는 벌써 책상에 앉아 깃펜 끝을 잘근잘근 씹으며 생각에 잠겨 있었다.

이윽고 생각을 정리한 휘트니는 편지를 쓰기 시작했다. 승리를 거둔 데 대한 만족감으로 눈을 빛내며, 무릎을 다쳐 침대에 누워 있어야 한다고 클레이튼에게 정중하게 설명했다. 그리고 내일 만날 것을 고대한다는 달콤한 말로 편지를 끝맺었다. 다친 무릎이 나아지면 말이다. 그러고는 간단히 '휘트니'라고 서명한 다음 돌아앉아 흐뭇해했다.

무릎을 다쳤다는 핑계는 비할 데 없이 신통한 꾀였다. 무릎 부상 같은 것은 고통도 고통이지만 치료기간을 예측할 수 없을 정도로 치료가 더뎠기 때문이다. 이튿날 휘트니는 클레이튼에게 또 다른 슬픈 소식을 전할 것이다. 어떻게 부상을 당하게 되었는지 클레이튼이 납득할 수 있는 상세한 내용을 덧붙일 터였다. 운이 좋으면 폴이 돌아올 때까지 클레이튼을 전혀 만나지 않을 가능성도 있었다!

"오늘 공작님을 만날 때 어떤 옷을 입을 거죠?"

클라리사가 물었다.

휘트니는 환하게 웃으면서 대꾸했다.

"클라리사, 오늘은 공작을 만나지 않을 거예요. 어쩌면 내일도, 또 모레도. 한번 들어봐요."

휘트니는 재빨리 클라리사에게 편지를 읽어주었다.

"어때요?"

휘트니는 편지를 접은 다음 촛농을 떨어뜨려 봉인을 하며 클라리사에게 물었다.

클라리사의 목소리는 팽팽하게 긴장되어 있었다.

"공작님은 아가씨가 무슨 일을 꾸미고 있는지 금세 알아차릴 거예요. 그러면 집안이 흔들리도록 날벼락을 치겠지요? 저는 일이 그렇게 되는 건 조금도 원치 않아요. 그 편지를 보내기 전에 이모님께 먼저 여쭤봐야 할 거 같은데요."

"이모가 일어날 때까지 기다릴 수는 없어요. 그리고 이 계획에 클라리사도 한몫해야 해요. 무슨 말이냐 하면 클라리사가 직접 이 편지를 공작한테 전해야 한다구요."

클라리사의 얼굴은 백짓장처럼 하얘졌다.

"제가요? 그 일을 왜 제가 해야 하죠?"

"공작이 이 편지를 읽고 어떤 반응을 보이는지 정확하게 알아야 할 필요가 있거든요. 그런데 클라리사 말고 누굴 믿고 그 일을 맡기겠어요?"

"전 일이 잘못되면 어쩌나 생각만 해도 가슴이 벌렁거려요."

클라리사는 이렇게 불평을 해대면서도 공작에게 전할 편지를 받아들었다.

"공작이 아가씨 부상에 대해서 뭘 묻기라도 하면 어쩌죠?"

"그냥 대충 꾸며대세요."

휘트니가 명랑하게 충고를 했다.

"클라리사가 공작한테 했던 말만 잘 기억했다가 그대로 전해줘요. 들통 나지 않도록 우리 둘이 입을 맞춰야 하니까요."

클라리사가 떠나고 나자 휘트니는 마치 멍에라도 벗어놓은 듯 마음이 홀가분했다. 그래서 콧노래를 흥얼거리며 옷을 골라 입으려고 옷장으로 향했다.

채 한 시간도 안 되어 클라리사가 돌아왔다. 휘트니는 얼른 옷 방에서 뛰어나왔다.

"공작이 뭐래요? 표정은 어땠죠? 뭐든 다 말해봐요."

휘트니가 조바심을 치며 물었다.

"음, 제가 도착했을 때 공작께서는 아침 식사 중이셨어요."

클라리사가 풀 먹인 칼라를 신경질적으로 만지작거리며 말문을 열었다.

"하지만 집사한테 제가 누군지 말하자마자 저를 직접 공작께로 안내하더군요. 공작께 편지를 전해드렸더니 그 자리에서 바로 읽으시더군요."

"화를 내지는 않았나요?"

클라리사가 말이 없자 휘트니는 안달이 나서 재촉했다.

"딱히 화를 내셨다고는 할 수 없지만 달가워하시는 것 같지도 않았어요."

"클라리사, 제발. 공작이 뭐라고 했는지 말해봐요."

"편지를 전해주어서 고맙다고 하시더군요. 그런 다음 도도한 하인 한 명에게 고개를 까딱해 보이시더군요. 그러자 그 하인이 저를 배웅했답니다."

휘트니는 클라리사가 전하는 클레이튼의 반응에 안심을 해야 할지 걱정을 해야 할지 알 수가 없었다. 그리고 시간이 흐를수록 클레이튼을 보지 않게 된 것이 기대했던 만큼 행복한 것만은 아니라는 사실을 깨닫게 되었다.

휘트니는 정오가 될 때까지 복도에서 발자국 소리만 들려도 클레이튼이 문병을 온 게 아닌가싶어 가슴이 철렁했다. 클레이튼이 제 침실로 함께 가자고 이모를 붙들고 조를 것만 같았다. 비록 그런 행동이 법도를 심각하게 어기는 것이라도 말이다.

클라리사가 저녁 식사를 쟁반에 담아 방으로 가져왔다. 휘트니는 지루하고 외롭게 저녁을 먹었다. 휘트니는 난생 처음으로 종일토록 폴 생각을 했다. 가엾은 폴, 휘트니는 폴에게 미안한 마음이 들었다. 지금 벌이고 있는 연극에서 클레이튼 웨스트모어랜드의 의도를 꿰뚫어보고 그의 허를 찌르는 데만 골몰한 나머지 사랑하는 남자를 생각할 겨를이 없었던 것이다.

19

이튿날 아침 휘트니는 급히 약혼자에게 보내는 두 번째 편지를 썼다. 계단에서 발을 잘못 디뎌 굴러떨어지는 바람에 겪고 있는 통증에 대해서도 자세하게 썼다. 그리고 그 때문에 만나지 못하게 되는 것을 용서해달라고, 다소 애교스럽게 빌었다. 혹시라도 클레이튼이 친지들 한 사람 한 사람에게 자신의 무릎 부상에 대해 알아보기로 작심할지도 몰라 섣불리 아래층에 내려갔다가 친지들의 눈에 띄게 되는 위험을 무릅쓸 수가 없었기 때문에 휘트니는 또 하루를 종일토록 방안에서 혼자 보내야 했다. 하지만 휘트니는 그런 강요된 고독이 차라리 나았다. 그렇게 하면 클레이튼을 피할 수 있는 것은 물론, 동시에 그를 속여넘긴다는 통쾌한 만족감을 느낄 수 있기 때문이었다!

"휘트니, 이게 정말 현명한 방법이라고 생각하니?"

앤은 조카의 편지를 읽고는 얼굴을 찌푸렸다.

"만약 네가 쓸데없이 공작을 화나게 하면 공작이 어떻게 나올지 모르겠구나."

"이모, 그 사람도 어쩔 수 없어요."

휘트니가 편지를 봉하여 클라리사에게 건네면서 자신 있게 말했다.

"이모도 벌써 이모부에게 빨리 오시라고 편지를 쓰셨잖아요. 이모부가 돌아오시면 이 곤경에서 벗어날 방법을 찾아주실 거예요. 그 사이 저는 끌 수 있는 만큼 오랫동안 무릎이 아픈 척 연기를 할 거예요. 그 방법이 먹혀들지 않게 되면 또 다른 방법을 생각해봐야겠죠. 공작이 제풀에 지쳐 가버릴 수도 있지 않겠어요?"

휘트니가 깔깔거리며 대답했다.

두 번째 편지를 전하러 갔던 클라리사가 돌아왔다. 클라리사는 불안한 목소리로 공작이 편지를 훑어보고 나서 아주 이상한 표정으로 자신을 쳐다보았다고 전했다.

"클라리사, 제발 자세히 좀 설명해봐요. 어떻게 이상했다는 거죠?"

휘트니가 애가 타서 물었다. 그러자 클라리사가 자세히 설명하기 시작했다.

"글쎄 편지를 읽으시더니만 절 보고 마치 금방 웃을 것 같은 표정을 지으시더군요. 하지만 딱히 웃지는 않으셨어요. 그리고 어제와는 다른, 거만한 하인에게 저를 배웅하라고 지시

하셨지요."

휘트니는 이해할 수 없는 클레이튼의 반응에 당혹스러워하며 입술을 깨물었다. 하지만 곧 아무 문제도 없다는 듯 생긋이 웃고 어깨를 으쓱해 보이며 결론을 내렸다.

"우리가 공작의 말 한 마디, 몸짓 하나하나에 마음을 졸일 필요는 없지."

휘트니가 소파에 털썩 주저앉으며 씩씩하게 말했다.

"공작이 내가 거짓말을 하고 있다는 사실을 안다고 해도 뭘 어쩌겠어요?"

그 질문에 대한 대답은 점심 식사 직후에 있었다. 은제 마구(馬具)로 치장한 네 마리의 검은 말이 끄는, 번쩍번쩍 윤이 나는 웨스트모어랜드 집안의 유람마차가 휘트니의 집 앞에 멈춰 섰다. 점잖게 옷을 입은 풍채 좋은 신사가 마차에서 내려 휘트니의 저택으로 활기차게 다가왔다. 그는 왼쪽 손에 크고 검은 가죽 가방을, 오른손에는 자잘한 글씨가 새겨진 명함을 들고 있었다. 그는 명함을 스웰에게 건네며 말했다.

"나는 휘티콤 박사요. 런던에서 왔는데 레이디 길버트를 찾아뵈라는 지시를 받았소."

앤이 응접실에서 휘티콤을 맞이했다. 휘티콤은 앤의 당황한 눈을 마주보며 공손하게 웃어 보였다.

"클레이모어 공작 각하께서 스톤 양의 무릎을 살펴보라고 보내셨습니다."

그 말을 들은 앤의 얼굴이 어찌나 하얗게 변했던지 휘티콤은 휘트니가 아니라 앤이 아픈 게 아닌지 걱정할 정도였다. 앤은 휘티콤에게 잠시 기다리도록 한 뒤 응접실을 나오더니 치 맛자락을 움켜쥐고는 전속력으로 복도를 달려갔다. 그런 다음 그 나이의 절반밖에 먹지 않은 건강한 여자가 그랬다 해도 놀 라울 정도로 민첩하게 계단을 뛰어올라갔다.

"공작이 뭘 어쨌다구요?"

휘트니가 새된 소리를 지르며 벌떡 일어섰다. 그 바람에 무 릎 위에 놓고 읽고 있던 소설책 ≪오만과 편견≫이 바닥에 툭 떨어졌다.

"저런 야비하고 지긋지긋……."

"욕은 나중에 해도 늦지 않다. 그것도 우리가 이 곤경을 벗 어났을 때야 가능한 일이다만."

이렇게 말하던 앤은 떨리는 손가락으로 휘트니의 드레스 단 추를 끄르더니 사정 볼 것 없이 머리 위로 확 벗겨버렸다. 그 사이 클라리사는 이불을 젖힌 다음 옷장으로 달려가 양털 실 내복을 급히 꺼내왔다.

"제가 잠들었다거나 뭐 그런 핑계를 대서 그 사람을 다시 런던으로 돌려보낼 수는 없을까요?"

침대로 뛰어든 휘트니가 이불을 끌어당기며 말했다.

앤이 숨을 고르기 위해 애쓰며 대꾸했다.

"휘티콤 박사는 바보가 아니다. 그 사람은 네 무릎을 치료하 라는 공작의 지시를 받고 왔어. 그러니 자기 임무를 제대로 이 행하려고 할 게다."

앤은 휘트니를 재빨리 위아래로 훑어보더니 말했다.

"클라리사, 베개 두 개를 가져와서 휘트니 무릎 밑에 넣도록 해요. 그런 다음 내 방에서 각성제를 가져와 탁자 위에 놓아둬요. 그러면 좀 그럴듯하게 보이겠지."

앤이 문을 향해 걸음을 떼며 말했다.

"될 수 있는 대로 시간을 벌어보마. 하지만 몇 분 이상은 기대하지 마라."

클라리사는 발이 방바닥에 붙기라도 한 듯 꿈쩍 못하고 서 있었다. 눈은 흐리멍덩했고 두 손으로 의자 등을 꽉 붙잡고 있었다.

"클라리사!"

앤이 소리를 쳤다.

"기절할 생각은 하지도 말아요!"

"레이디 길버트, 감사합니다만 사양하겠습니다."

휘티콤은 앤이 강권하다시피 하는 다과를 세 번째 거절하며 말했다. 런던의 날씨와 이곳의 바깥 날씨에 대해, 또 런던에서 이곳까지 여행은 즐겁게 했는지 묻는 앤의 질문에 이미 답변을 한 뒤에도 앤이 올겨울에는 눈이 얼마나 많이 올 것 같으냐는 화제로 또다시 붙들고 늘어지려 하자 휘티콤이 무뚝뚝하게 물었다.

"이제 스톤 양을 볼 수 있겠습니까?"

앤은 휘티콤을 안내해서 위층으로 올라간 다음 복도를 따라가다 왼쪽에서 네 번째 문 앞에 멈춰 섰다. 이상하게도 한참이 지나서야 푸짐하게 생긴 나이 든 하녀가 문을 열었다. 그런데 하녀의 뻣뻣하고 희끗희끗한 머리 위에 올라앉은 모자가 삐뚜

름하니 한쪽으로 치우쳐 있었다. 부잣집에서 자라 제멋대로 구는 아가씨들 성미를 겪어볼 만큼 겪어본 휘티콤은 하녀의 어수선한 모습을 보고는 당장 스톤 양이 가엾은 늙은 하녀를 지쳐 나가떨어질 때까지 달달 볶았을 것이라는 결론을 내렸다.

그런 결론은 환자의 외모를 보고 더욱 확고해졌다. 천개로 덮인 커다란 침대에 누워 있는 환자는, 발그레한 얼굴의 절세미인이었다. 그런 환자가 반감을 제대로 숨기지 못한 채 자신이 다가오는 것을 지켜보고 있었다. 휘트니는 비취빛 눈을 가늘게 뜨고 휘티콤을 슬쩍 쳐다보았다. 그런 다음 그의 까만 프록코트를 냉랭한 눈길로 훑어보다가 손에 들려 있는 검은 가방을 보고는 흠칫하더니 눈을 떼지 못했다.

휘티콤은 환자가 두려움에 떨지 않게 하려는 뜻으로 진료가방을 침대 옆에다 내려놓은 다음 위로하듯 말을 꺼냈다.

"클레이모어 공작 각하께서 아가씨를 무척 걱정하고 계십니다."

휘트니의 높이 솟은 양쪽 광대뼈가 발그레하게 빛났다. 휘트니가 꽉 잠긴 목소리로 속삭이듯 말했다.

"친절과 배려 그 자체이신 분이군요."

"물론이지요."

그렇게 동감을 표시한 휘티콤은 환자의 말이 언뜻 빈정거림으로 들렸지만 그럴 리가 있겠느냐며 쾌활하게 말을 이었다.

"계단에서 심하게 구르셨다지요, 스톤 양?"

이불로 손을 뻗으며 휘티콤이 말했다.

"무릎 좀 잠깐 살펴볼까요?"

"안 돼요!"

휘트니는 그렇게 소리치며 이불을 예쁜 턱 쪽으로 끌어당겼다. 그러고는 휘티콤을 반항적인 눈초리로 쏘아보았다.

휘티콤은 잠깐 동안 어리둥절해서 휘트니를 바라보았다. 그러나 곧 무엇 때문에 환자가 곤란해하는지를 깨닫고는 얼굴을 부드럽게 폈다. 그는 침대 옆에 있는 의자를 끌어당겨 앉고는 상냥하게 말을 꺼냈다.

"아가씨, 지금은 의사가 남성이라는 이유만으로 여성 환자가 유능한 의사의 진찰을 거부하는 그런 암흑시대가 아닙니다. 부끄러움을 아는 아가씨의 조신한 태도는 칭찬받아 마땅합니다. 사실 요즘 젊은 숙녀들한테서는 정숙함을 좀처럼 찾아볼 수 없지요. 하지만 지금은 부끄러워할 때가 아닌 것 같습니다. 아가씨의 이모님도 틀림없이 나처럼 말씀하실 겁니다. 자, 그럼……"

휘티콤이 다시 손을 뻗어 이불을 걷어내려고 하자 휘트니는 온 힘을 다해 이불을 꽉 움켜쥐고는 휘티콤과 맞먹는 힘으로 이불을 잡아당겼다.

이쯤 되자 화가 난 휘티콤은 등을 펴고 똑바로 앉아 얼굴을 찌푸렸다.

"저는 공작 미망인을 비롯해서 많은 여성 환자들을 치료하고 있는 유능한 의사올시다. 안심하시지요, 스톤 양."

"글쎄, 아무리 그래도 안심이 안 돼요!"

휘트니가 극심한 통증을 겪고 있는 환자라고는 믿기 힘든 짜랑짜랑한 목소리로 쏘아붙였다.

그러자 휘티콤이 점잖게 경고를 했다.

"아가씨, 나는 공작님으로부터 아가씨의 무릎을 살펴보고 적절한 치료를 하라는 특명을 받았습니다. 그리고……."

그가 엄하게 덧붙였다.

"필요하다면, 강제로라도 특명을 이행하라는 지시를 받았습니다."

"강제로라도라구요?"

휘트니가 대뜸 소리를 질렀다.

"이 뻔뻔스럽고 지독한 철면피 같으니! 도대체 자기가 뭔데 감히 그런……."

휘트니는 미처 말도 끝맺지 못한 채 클레이튼이 예의범절과 교양을 무시하고 제 침실로 성큼성큼 걸어들어오는 모습을 머릿속에 그리고 있었다. 휘티콤이 무릎을 살펴볼 수 있도록 자신을 강제로 침대 위에다 꼼짝 못하게 붙들어두는 모습을 말이다.

휘트니는 휘티콤이 무릎을 진찰하는 것을 막을 방법을 찾는 데 부심했다. 아주 약한 모습을 보이는 것만이 유일한 희망으로 남았다. 휘트니는 눈꺼풀을 파르르 떨면서 눈을 감았다가는 난처해하는 휘티콤을 향해 떴다. 그리고 부끄러워하며 이불을 확 당겼다.

"박사님, 제가 박사님 눈에 얼마나 어리석고 바보 같아 보일지 알고 있어요. 하지만 비록 일부라고는 해도 처음 보는 남자에게 제 몸을 보여주느니 차라리 죽는 게 나아요. 박사님이 아무리 훌륭한 의사라 해도요."

"아가씨, 결국 우리는 아가씨 무릎 '노출' 문제로 실랑이만 계속하고 있군요."

"하지만 저도 어쩔 수가 없는 걸요. 박사님은 저를 몰라서 그러신다지만 저를 아시는 공작님은 이런 문제에 제가 얼마나 민감한지 고려하셨어야 한다구요. 공작님의 무감각한 처사에 무척 충격을 받았어요. 그러니까 제, 제……."

"처녀의 감수성 말인가요?"

공작이 이 아가씨와 결혼 초야를 치르려면 고생 좀 하겠군. 그나마 공작이 여자들에 대해 도가 튼 사람인 게 참 다행이지, 하고 휘티콤은 생각했다.

"바로 그거예요! 박사님은 이해하실 줄 알았어요."

휘티콤은 어쩔 수 없이 항복을 하고 말았다.

"좋습니다, 스톤 양. 아가씨의 무릎을 진찰하지는 않겠어요. 단, 아가씨가 이 지역 의사에게 진찰을 받아야 한다는 조건에서 말입니다."

"당장이라도 그렇게 할게요!"

휘트니는 휘티콤에게 환하게 웃어 보이며 동의했다.

휘티콤이 왕진가방을 집어들면서 말했다.

"삔 관절이나 부러진 뼈를 치료해본 사람을, 그것도 아가씨가 편안한 마음으로 진찰을 받을 수 있는 의사를 알고 있나요?"

"삔 관절이나 부러진 뼈를 치료해본 사람이라구요?"

휘트니는 휘티콤의 말을 되풀이하며 휘티콤에게 알려줄 이름을 찾아 머릿속을 부지런히 뒤졌다.

"아, 네! 그런 사람을 알고 있어요."

휘트니가 기쁨에 겨워 말했다.

"누구지요? 이름이 어떻게 됩니까?"

휘티콤이 끈질기게 물었다.

삔 관절이나 부러진 뼈를 치료해 본 사람이라…….

"토마스예요."

휘트니는 당장 토마스라는 이름을 대고는 갑작스레 신통한 생각을 떠올린 자신이 대견스러웠다.

"저는 그분을 절대적으로 신뢰해요. 주위 사람들 모두 그렇듯 말이죠. 사람들은 관절이 삐거나 뼈가 부러지는 부상을 입으면 언제나 토마스에게 가서 치료를 받아요."

우아한 미소를 지으며 휘트니가 말했다.

"휘티콤 박사님, 안녕히 가세요. 와주셔서 고맙습니다. 그리고 번거롭게 해드려서 정말 죄송해요. 클라리사가 배웅해드릴 거예요."

"내게 작별 인사를 하시기엔 이른 것 같군요. 토마스라는 의사와 이야기를 한 뒤에 아가씨를 보러 올 테니까요."

"맙소사!"

클라리사가 침대 기둥을 붙잡으며 신음 소리를 냈다.

휘티콤은 클라리사의 신음 소리를 못 들은 체하고는 조끼주머니에 손을 넣어 무거운 금시계를 꺼내 시간을 확인했다.

"각하가 보내주신 마부와 마차가 대기하고 있답니다. 누구든 저를 토마스라는 의사한테 안내해준다면 그 의사를 만나 자격 증명서를 확인하고 난 뒤 함께 오지요."

휘트니는 양쪽 팔꿈치를 굽혀 몸을 기대고 휘티콤을 노려보았다.

"무엇 때문에 그러시죠? 그분은 자격이 있는 의사라고 말씀드렸잖아요. 제 말을 믿으세요."

"아뇨, 유감스럽지만 그건 안 됩니다. 물론 그럴 리도 없지만, 내가 다른 동료 의사에게 아가씨의 치료를 기꺼이 맡기려 할지라도 공작님이 절대 허락하시지 않을 테니까요. 사실 우리는 그룬드하임이라는 독일 의사를 불러들일까 의논을 했답니다. 관절 부상 치료에 능한 의사지요. 그리고 스웨덴의 요한센이라는 의사는……."

"어떻게 그렇게 뻔뻔스러울 수가!"

휘트니가 악에 받쳐 소리를 쳤다.

그러자 휘티콤이 애처로운 눈으로 휘트니를 바라보며 다음과 같이 털어놓았다.

"사실 아가씨의 무릎을 진찰하도록 그 사람들을 불러들인다는 것은 내 생각이었어요. 하지만 클레이모어 공작님은 내가 먼저 아가씨를 살펴보는 게 좋을 것 같다고 생각하셨답니다. 공작님은 아가씨의 부상이 심하다는 점에 그러니까…… 의혹을 품고 계시지요. 레이디 길버트, 토마스라는 의사의 병원이 어딘지 가르쳐주시겠습니까?"

이렇게 말하고 문을 향해 걸음을 떼던 휘티콤은 환자의 입에서 억눌린 신음 소리가 새어나오는 데 이어 "악당, 철면피, 불량배, 위선자" 같은 욕설이 들리자 걸음을 멈추었다.

고개를 돌린 휘티콤은 깜짝 놀랐다. 불과 몇 초 전만 해도 쇠약해 보이는 몸으로 침대에 누운 채 한숨을 내쉬던, 수줍고 새침하던 숙녀는 온데간데없이 사라지고 대신 폭풍과도 같은 분노를 뿜어대는 사나운 미녀가 베개에 기댄 채 똑바로 앉아 있었다. 휘티콤은 놀란 와중에도 웃음을 참느라 입술을 씰룩였다.

"휘티콤 박사님, 정말이지 더 이상은 못 참겠어요. 제발, 그 남자가 제 침대 맡으로 유럽의 의사란 의사들을 죄다 불러들이기 전에 제 무릎을 진찰하세요!"

"그러지요."

휘티콤이 다시 침대로 걸어와 진료가방을 내려놓았다. 이번에는 휘티콤이 이불을 끌어당겨도 휘트니는 저항하지 않았다. 잠옷을 걷어올리자 길고 날씬한 다리가 드러났다. 한쪽 다리가 베개 위에 올려져 있었다.

"이상하군요."

휘티콤은 나오려는 웃음을 눌러 참으며 환자를 힐끗 쳐다보았다.

휘트니가 휘티콤을 보고 얼굴을 찡그렸다.

"베개로 부상당한 무릎을 받쳐놓은 게 뭐가 이상한가요? 제가 보기에는 하나도 이상할 게 없는데요."

"그 점에 대해서는 절대적으로 동감합니다."

휘티콤이 눈을 반짝이며 말을 이었다.

"하지만 아가씨가 각하께 보낸 편지에 따르면 부상당한 무릎은 왼쪽 무릎이었지요. 그런데 베개 위에 얹혀 있는 무릎이 오른쪽 무릎이군요."

휘트니의 얼굴은 빨갛게 물들었다.

"아, 그건 왼쪽 무릎하고 부딪히지 않게 오른쪽 무릎을 올려놓은 거예요."

"머리회전이 참 빠르군요, 아가씨."

휘티콤이 쿡쿡 웃으며 말했다.

휘트니는 원통해하며 눈을 감았다. 이제 휘티콤을 속이는 것은 단연코 불가능했기 때문이다.

"부은 곳은 없는 것 같군요."

휘티콤은 먼저 휘트니의 오른쪽 무릎을, 이어서 왼쪽 무릎을 천천히 만져보았다.

"여기에 통증이 느껴지나요?"

"휘티콤 박사님, 제가 아프다는 걸 조금이라도 믿으시나요?"

휘트니가 체념한 듯한 미소로 입술을 파르르 떨며 물었다.

"아니오, 유감스럽지만 믿지 않아요."

휘티콤도 솔직하게 시인했다.

"하지만 일이 뜻대로 풀리지 않을 때 계획을 포기하고 실패를 받아들일 줄 아는 대범함은 칭찬받아 마땅합니다."

휘티콤은 걷어올렸던 이불을 다시 덮어준 다음 의자에 등을 기대고 앉았다. 그리고 곰곰이 생각에 잠긴 채 휘트니를 바라보았다.

휘티콤은 휘트니의 정신력에 감복했다. 휘트니는 계획을 짜고 그것을 끝까지 밀고 나가려고 전력을 다했다. 그런데 이제 그 계획이 좌절되자 적의를 보이거나 샐쭉하거나 뾰로통해하지도 않고, 눈물로 호소하거나 소맷자락을 붙들고 애원하지도 않았다. 그저 선선히 상대방의 승리를 인정했다. 그런 모습을 보고 어찌 좋아하지 않을 수 있겠는가! 휘티콤은 자세를 바로 하고는 쾌활하게 말했다.

"앞으로 할 일에 대해서 이야기를 나눠야 할 것 같군요."

그러자 휘트니가 고개를 저었다.

"설명하실 필요 없어요. 저는 박사님의 임무가 뭔지 알고 있어요."

휘티콤은 재미있다는 얼굴로 휘트니를 보더니 말을 이었다.

"우선 앞으로 24시간 동안 일절 움직이지 말고 침대에 편안히 누워 있기를 명합니다. 아가씨를 위해서가 아니라……."

휘티콤은 휘트니가 기뻐하는 모습을 보면서 하던 말을 계속했다.

"아가씨 때문에 속이 까맣게 탄, 내 뒤에 서 있는 가엾은 하녀를 위해서입니다. 손에 닿는 대로 뭐라도 집어들어 내 뒤통수를 내려쳐 의식을 잃게 할까 아니면 그냥 기절해버릴까 마음고생을 한 저 하녀 말입니다."

휘티콤은 침대 옆 협탁에서 각성제 병을 집어들더니 클라리사에게 건네주며 엄하게 말했다.

"진료비가 꽤 비싼 의사가 무료로 해주는 충고를 잘 들어둬요. 앞으로는 이 말괄량이 아가씨가 꾸미는 음모에는 가담할 생각 말아요. 댁은 체질상 그런 일과는 맞지가 않아요. 게다가 댁은 속마음이 얼굴에 그대로 나타나서 주인 아가씨의 음모에는 전혀 도움이 못 돼요."

휘티콤은 클라리사가 방을 나가자 앤에게로 눈길을 돌렸다.

앤은 침대를 빙 돌아와 피고석에 서 있는 죄수처럼 휘트니 옆
에 서 있었다.

"레이디 길버트, 부인도 저 하녀보다 잘하신 게 하나도 없습
니다. 앉으시지요."

"전 괜찮습니다."

앤이 개미 소리만큼 작은 목소리로 말했다. 그러나 말과는
달리 무너지듯이 침대에 주저앉았다.

"괜찮다며 서 있는 것보다 훨씬 낫지요?"

휘티콤이 쿡쿡 소리를 내며 웃었다.

"참으로 훌륭한 연기였습니다. 조카를 위해 눈 하나 꿈쩍 않
고 연기를 잘도 하시더군요."

사람 속을 훤히 꿰뚫는 휘티콤의 날카로운 눈길을 받을 다
음 차례는 휘트니였다.

"장차 남편 되실 분께서 아가씨의 이런 속임수에 어떤 반응
을 보일 거라고 생각하나요?"

휘트니는 격분한 클레이튼의 무서운 얼굴을 떠올리고는 눈
을 감아버렸다. 가뜩이나 차가워 보이는 회색 눈은 얼음처럼
싸늘하고 목소리는 차디찬 분노로 떨릴 터였다.

"무섭게 화를 내겠지요. 하지만 그건 각오한 일이에요."

"그렇다면 각하를 속였다고 사실대로 털어놓는다고 손해 볼
건 없겠군요. 안 그런가요?"

휘트니가 화들짝 눈을 떴다.

"제가 사실을 털어놓는다구요? 전 박사님이 말씀하실 줄 알
았는데요."

"아가씨, 내가 각하께 전해드려야 할 사실은 이렇습니다. 관절 부상은 그것이 어떤 것이든 진단하기 어렵다는 것, 심지어 불가능할 경우도 있다는 것이지요. 그리고 부은 곳은 없지만 아가씨 무릎이 본인 주장대로 부상당했을 가능성을 전적으로 배제할 수도 없구요. 그 밖의 사실들은, 그게 어떤 것이든 아가씨가 말씀드려야 해요. 나는 의사의 자격으로 여기 왔지 스파이로 온 건 아니니까요."

날아갈 듯 기분이 가벼워진 휘트니는 옆에 있던 베개를 가져다 가슴에 안고는 안도와 감사의 웃음을 지어 보였다. 그리고 휘티콤에게 세 번이나 고마움을 전한 뒤 이렇게 말했다.

"공작 각하께 제 상태가 침대에 누워 있을 정도라고 말씀드려주시진 않으시겠죠?"

"물론이지요."

휘티콤이 딱 잘라 말했다.

"그렇게 할 수도 없지만 그렇게 하지도 않을 거예요."

"충분히 이해가 가요. 그냥 한번 생각해본 거예요."

휘트니가 수긍한다는 듯 말했다.

휘티콤이 휘트니의 손을 잡고 부드럽게 미소를 지었다.

"나는 오랫동안 웨스트모어랜드 가문 분들과 친구로 지냈답니다. 아가씨도 곧 그렇게 되겠지요. 그러면 우리 두 사람 역시 친구가 됐으면 하는데, 그렇게 될까요?"

휘트니는 웨스트모어랜드 가문 사람은 절대 되지 않을 것이다. 그러나 친구가 되자는 휘티콤의 제안에는 고개를 끄덕였다.

"좋아요. 그럼 우정을 나누는 친구로서 들려주고 싶은 말이 있답니다. 그게 무엇이든, 아가씨가 원하는 것을 얻으려고 약혼자를 멀리하는 것은 어리석을 뿐 아니라 위험한 처신이에요. 내가 볼 때 각하께서는 아가씨를 무척 사랑하시는 게 분명해요. 그리고 아가씨가 그분에게 지금 짓고 있는 그런 사랑스러운 미소를 지어 보이기만 하면 그분은 아가씨가 원하는 것이라면 무엇이든 들어주실 거예요."

휘티콤은 더욱 힘주어 말을 이었다.

"각하를 속이고 거짓말을 하는 것은 아가씨에게 아무런 득이 되지 않아요. 더군다나 그런 것들은 각하께 절대로 안 통해요. 그분은 아가씨보다 거짓말과 속임수에 훨씬 능한 여성들을 알고 계셨지요. 하지만 그런 여성들과는 아주 잠시 어울리다 헤어지셨답니다. 반면 내가 느끼기로 아가씨는 솔직한 행동으로 다른 여성들이 그토록 바라던 것을 얻었지요. 바로 각하의 청혼이랍니다."

휘트니의 눈에서 불꽃이 튀고 귓전에서는 종소리가 쨍그랑쨍그랑 요란하게 울렸다. 왜 사람들마다 자신이 방금 왕비로 간택되기라도 한 것처럼 행동하는 걸까? 운 좋게도 지체 높으신 클레이튼 웨스트모어랜드 공작께서 이 누추한 곳까지 내려와 가난하고 보잘것없는 자신에게 청혼이라는 은혜를 베풀어주셨기 때문에? 휘트니에게 그건 모욕이었다. 자존심을 멍들게 하는 비참함이었다! 휘트니는 간신히 고개를 끄덕이며 말했다.

"좋은 뜻으로 해주신 말씀인 줄 잘 알아요. 생각해볼게요."

휘티콤은 일어서서 휘트니를 보고 웃었다.

"물론 생각해보겠지요. 하지만 내 말을 따를 생각은 아니지요, 그렇죠?"

휘트니가 아무런 대답도 하지 않자 휘티콤은 휘트니의 어깨를 토닥여주며 말을 이었다.

"각하를 대하는 최선의 방법이야 아가씨가 더 잘 알고 있을 겁니다. 각하의 마음을 완전히 빼앗은 장본인이니까요. 사실, 나는 각하가 무언가 혹은 누군가 때문에 안절부절못하시는 날이 오리라고는 생각지도 못했답니다. 하지만 아가씨는 각하를 거의 그 지경으로 몰아붙였더군요. 오늘 아침 런던을 출발해 이곳에 도착한 나는 화를 냈다가는 금세 웃고, 웃다가는 곧 화를 내는 각하의 모습을 보았답니다. 각하의 표현을 빌자면 이 '어리석은 계책'을 꾸몄다고 아가씨의 아름다운 목을 금방이라도 부러뜨릴 기세였다가 금세 기분이 바뀌어 껄껄껄 웃으며 아가씨 이야기를 해주셨답니다. 각하는 그렇게 유쾌함과 불쾌함 사이에서 갈피를 못 잡고 헤매셨지요."

"그렇게 갈팡질팡 헤매고도 결론을 내릴 수 없게 되자 박사님을 여기로 보낸 거로군요?"

휘트니가 어두운 얼굴로 결론을 내렸다.

"음, 그런 셈이지요."

휘티콤이 싱글거리며 말했다.

"나는 그것이 각하의 의도였다고 봐요. 자, 고백을 하지요. 환자를 치료하러 집에서 끌려나오다시피 해 국토의 절반이나 되는 먼 거리를 부랴부랴 달려와 보니 환자라는 아가씨가 십

중팔구 꾀병을 앓고 있더군요. 다소 불쾌했지요. 하지만 여기 있다고 해서 하는 말이 아니라, 이곳에 오기를 정말 잘한 것 같군요!"

휘트니는 그날 저녁 손님들과 식사를 하면서 유쾌함이 비참한 기분을 달래주지는 못한다고 생각했다. 유쾌함은 그저 기분을 자극해주는 자극제에 불과했다. 하지만 달리 기분 전환에 도움이 될 것도 없었다. 축 처진 기분을 되살리려고 휘트니는 평소보다 시간을 더 들여 단장을 하고 새로 맞춘 연한 푸른색 드레스를 입었다. 그리고 파리를 떠나기 바로 전에 샀던 푸른색 사파이어 귀걸이와 목걸이로 치장을 했다. 앞머리는 빗어올려 다이아몬드 핀으로 묶고 남은 머리는 어깨 너머로 자연스럽게 흘러내려 등 뒤에서 찰랑거리게 했다.

나는 첩이나 다를 게 없어. 휘트니는 속이 꽉 들어찬 굴을 포크로 깨작거리며 생각했다. 자신의 옷과 보석, 심지어 속옷까지 모두 클레이튼의 돈으로 산 것이기 때문이었다. 기분이 이렇게 엉망인데, 설상가상으로 사촌 커스버트가 드레스의 목둘레선 안쪽을 훔쳐보며 웅큼한 눈길을 계속 흘리고 있었다.

휘트니는 손님들에게 와주셔서 너무나 기쁘다고, 또 손님들이 내일 떠나게 되어 너무나 슬프다고 큰 소리로 말하며 일부러 쾌활하게 행동하는 아버지를 지켜보았다. 아버지는 손님들이 돌아가는 것이 못내 유감스러우리라. 한마디로 아버지는 딸이 당장이라도 터뜨릴 분노에 대한 방패로 손님들을 이용하고 있었던 것이다. 그러나 휘트니는 아버지와 싸우고 싶은 생각도 없었다. 지금 휘트니는 아버지에게 아무런, 정말이지 아무런 감정도 느끼지 않았다.

식후 포도주와 시거를 즐기고 난 남자 손님들이 거실에 있는 여자들에게 다가와 합류했다. 거실에는 카드놀이를 할 수 있도록 테이블이 준비되어 있었다. 커스버트는 휘트니를 보고는 바로 휘트니가 있는 테이블로 다가왔다. 휘트니의 눈에는 거들먹거리고 머리가 벗겨진 그가 너무 혐오스럽게 보였다. 휘트니는 카드놀이가 하고 싶지 않은 이유를 꾸며대고는 서둘러 자리를 떴다.

휘트니는 정처도 없이 건물 뒤쪽 복도를 거닐다가 도서실로 향했다. 그러나 서가에 꽂혀 있는 수많은 책들 가운데서 흥미를 끄는 책은 한 권도 없었다. 응접실에서는 사람들이 가벼운 게임을 하고 있었고, 거실에는 커스버트가 있었다. 휘트니는 어떤 상황에서도 커스버트와 함께 있는 것을 참아낼 수가 없었다. 침실로 가서 골치 아픈 문제들과 씨름을 하거나 아버지의 서재로 가는 것 외에는 선택의 여지가 없었다.

휘트니는 후자를 택했다. 스웰이 카드를 가져다주고 활활 타고 있는 벽난로에다 장작을 집어넣어주었다. 휘트니는 난로 옆에 있는, 등받이가 높이 솟은 의자에 앉았다. 은둔자가 되어가는 중이군, 이렇게 생각하며 휘트니는 천천히 카드를 섞은 뒤 한 번에 한 장씩, 탁자 위에 카드를 펼쳤다. 그러고 있는데 뒤에서 문 열리는 소리가 들렸다.

"스웰, 무슨 일이에요?"

휘트니는 돌아보지도 않고 물었다.

"스웰이 아니야, 휘트니."

노래하는 듯한 목소리가 들렸다.

"나야, 커스버트."

커스버트는 어슬렁거리며 다가와서는 휘트니의 젖가슴을 훔쳐보기에 딱 좋은 의자 옆에 섰다.

"뭐 하고 있어?"

"솔리테어란 걸 하고 있어. 세인트 헬레나의 나폴레옹이라고도 하지. 혼자서 하는 게임이야."

휘트니가 차갑고 퉁명스럽게 대꾸했다.

"처음 들어보는데. 어떤 게임인지 좀 볼까."

휘트니는 이를 갈며 게임을 계속했다. 그런데 휘트니가 탁자에 카드를 놓으며 몸을 앞으로 숙일 때마다 커스버트도 게임에 흥미가 있는 척하며 몸을 앞으로 숙였다. 그러면서 휘트니의 목둘레선 안쪽을 뚫어져라 보는 것이었다. 더 이상 참을 수 없게 된 휘트니가 카드를 내팽개쳐버리고 벌떡 일어섰다. 그런 다음 분노로 치를 떨며 커스버트에게 쏘아붙였다.

"꼭 그렇게 빤히 쳐다봐야겠어?"

"그래."

커스버트는 능글능글한 목소리로 대답하며 휘트니의 팔을 붙잡고 제 쪽으로 끌어당겼다.

"커스버트, 3초 줄 테니 내 몸에서 손 떼. 그러지 않으면 집이 무너져내리게 비명을 지를 거야."

휘트니가 엄중하게 경고했다.

뜻밖에도 커스버트는 휘트니의 말에 순순히 따랐다. 그런데 팔을 내려놓는 동시에 몸도 따라 굽혔다. 그러고는 한쪽 무릎을 꿇고 한 손을 가슴에 갖다 댔다. 청혼하는 자세였다.

"휘트니, 내 마음속을 털어놓아야……."

커스버트는 휘트니의 몸을 머리끝에서 발끝까지 눈으로 더듬으며 달뜬 목소리로 말을 꺼냈다.

"네 마음속이 어떤지는 말 안 해도 다 알아."

휘트니는 야멸차게 커스버트의 말을 잘랐다.

"몇 시간 동안이나 내게 추파를 던졌잖아. 자, 일어서!"

"그래도 해야겠어."

커스버트가 목소리를 높여가며 계속 말을 했다. 커스버트가 짧은 손으로 드레스자락을 만지작거리자 그가 치마를 들치고 그 속을 들여다볼지도 모른다고 생각한 휘트니는 치마를 확 잡아뺐다. 커스버트가 무색해진 손을 다시 가슴에 얹으며 입을 열었다.

"내 몸과 마음을 다 바쳐 너를 찬미해. 나는 진심으로……."

커스버트가 갑자기 바짝 긴장하더니 말을 멈추었다. 휘둥그레진 눈이 휘트니의 뒤에 있는 한 점에 못 박히듯 고정되었다.

"진심으로 바라네."

재미있어하는 듯한 느릿한 목소리가 문 쪽에서 들려왔다.

"내가 헌신적으로 기도하는 남자를 방해하지 않았기를 말일세."

휘트니 쪽으로 성큼성큼 걸어온 클레이튼은 화가 난 커스버트가 비틀거리며 일어날 때까지 그를 내려다보았다.

"휘트니는 나에게 새로운 카드 게임을 가르쳐주고 있었어요. 혼자서만 할 수 있는 게임이지요."

커스버트가 말했다.

클레이튼의 얼굴에서 너그럽게 즐기는 듯하던 표정이 사라지더니 문을 향해 무뚝뚝하게 고갯짓을 해 보이며 말했다.

"이제 게임을 배웠으니 가서 연습이나 하시지요."

주먹을 꽉 쥐고 머뭇거리던 커스버트는 연적의 싸늘하고 단호한 표정을 다시 한 번 쳐다보고는 방을 나갔다. 휘트니는 방문이 닫히는 것을 보고 마음을 놓으며 고마운 마음으로 클레이튼을 올려다보았다.

"고마워요. 난……."

"목을 부러뜨려도 시원치 않아!"

클레이튼이 휘트니의 말을 자르며 버럭 호통을 쳤다.

휘트니는 '부상당한' 무릎으로 그렇게 계속 서 있어서는 안 되었다는 사실을 깨달았지만 너무 늦었다.

"오늘 하루 대단한 일을 해내셨더군요. 부디 제 축하를 받아주시지요, 마담."

클레이튼이 딱딱하게 말했다.

"채 20시간도 안 돼서 휘티콤을 당신 편으로 만들고 커스버트가 치맛자락을 붙들고 청혼을 하도록 만들었군."

휘트니는 클레이튼을 빤히 쳐다보았다. 말투는 아주 근엄했지만 한쪽 입가가 씰룩거리는 게 아무래도 웃고 있는 것처럼 보였기 때문이다. 자신이 화를 내서 내가 두려워하고 있다고 생각하는 걸까?

"이 악마!"

휘트니가 속삭이듯 작은 소리로 말했다. 웃어야 할지 화를 내야 할지 모르는 채 말이다.

"나도 당신을 천사로 묘사하고 싶은 생각은 조금도 없어."

클레이튼이 빈정거렸다.

하루 종일 휘트니의 감정은 분노, 공포, 두려움, 안도 사이에서 오락가락했다. 그리고 화를 내는 대신 재미있다는 얼굴을 하고 있는 잘생긴 남자를 올려다보는 지금, 예상대로 휘트니는 마지막 한 방울 남아 있던 자제심마저 잃어버렸다. 휘트니의 비취빛 눈에 지친 안도의 눈물이 그렁그렁 맺혔다.

"오늘은 정말이지 끔찍한 날이었어요."

"하루 종일 내가 보고 싶었나보군."

클레이튼이 얄궂게 놀려대자 휘트니가 어깨를 흔들며 웃었다.

"당신을 보고 싶어 했다구요?"

휘트니는 믿을 수 없다는 듯 키득거렸다.

"당신이 죽어버렸으면 속이 시원하겠어요."

"그러면 나는 유령이 되어 당신을 따라다니겠지?"

클레이튼이 씩 웃으며 으름장을 놓았다.

"그래서 당신을 죽일 꿈도 안 꾸는 거예요."

휘트니는 처음에는 키득키득 웃더니 나중에는 꺼이꺼이 흐느꼈다. 눈물이 뺨을 타고 흘러내렸다.

클레이튼이 한쪽 팔로 휘트니를 부드럽게 감싸안았다. 휘트니는 그런 그의 위로를 받아들였다. 몸을 돌려 클레이튼 품으로 파고든 휘트니는 그의 윗도리에 얼굴을 묻고 그동안 겪었던 괴로움을 씻어버렸다. 그 괴로움을 겪게 만든 장본인의 품에 안긴 채 말이다. 슬픔이 가라앉자 휘트니는 편안한 벽 같은 클레이튼의 가슴에 한쪽 뺨을 대고는 가만히 있었다.

"기분이 조금 나아졌소?"

클레이튼이 속삭이듯 작은 소리로 물었다.

휘트니가 수줍게 고개를 끄덕였다. 그리고 클레이튼이 건네주는 손수건을 받아들고는 눈가를 가볍게 두드렸다.

"열두 살 이후로 울었던 기억이 없었어요. 하지만 몇 주 전 이곳으로 온 뒤로는 울음보가 터진 것만 같아요."

클레이튼을 잠깐 올려다본 휘트니는 그의 눈에 고통스러운 후회의 빛이 서려 있는 것을 보고 놀랐다.

"뭐 좀 물어봐도 되요?"

휘트니가 상냥하게 물었다.

"뭐든지."

"물론 당신의 힘이 닿는 한에서, 그리고 정당한 이유가 있어야겠지요."

휘트니는 눈물이 글썽한 눈으로 웃을 듯 말 듯 하며 클레이튼이 했던 말을 흉내 냈다.

클레이튼은 휘트니의 가벼운 조롱을 재미있다는 듯 고개를 한쪽으로 기울이며 받아넘겼다.

"도대체 왜 이런 야만스러운 일을 한 거죠?"

휘트니가 악의 없이 조용히 클레이튼에게 물었다.

"나에 대해 잘 알지도 못하면서 내겐 말 한마디 없이 도대체 어떻게 아버지한테 갈 생각부터 했죠?"

클레이튼의 표정에는 변화가 없었지만 휘트니는 그의 근육이 긴장하고 있음을 느꼈다. 그러자 얼른 설명을 덧붙였다.

"난 그저 당신이 무슨 생각으로 이런 일을 벌였는지 알고 싶을 뿐이에요. 우린 아르망 가에서 열린 가면무도회에서 잘 어울리지 못했어요. 나는 당신의 작위를 조롱했고 당신의 접근을 거부했어요. 그런데도 당신은 모든 여자들 중에서 나와 결혼하고 싶다고 마음을 정했어요. 왜 나죠?"

"당신은 내가 당신을 선택한 이유가 뭐라고 생각하오?"

"모르겠어요. 단지 여자를 비참하게 만들고 여자 인생을 망쳐놓으려고 청혼하는 남자는 없겠죠. 분명 다른 이유가 있었을 거예요."

비록 고의는 아니더라도 휘트니의 말 속에 조롱이 담겨 있음에도 불구하고 클레이튼은 싱긋이 웃었다. 그는 휘트니가 제품에 그대로 안겨 있자 마음이 더없이 너그러워진 상태였다.

"당신을 원했다고 나를 비난할 수는 없소. 그렇다면 당신을 원했던 모든 남자들을 비난해야 할 테니. 양가의 합의에 의한 결혼을 이상하게 여길 수도 있소. 하지만 그런 결혼은 지체 높은 가문에서는 몇백 년 동안 내려온 관습이요."

휘트니가 한숨을 쉬며 말했다.

"당신 가문에서는 아마도 그랬을지 모르지만 우리 집안에서는 아니에요. 그리고 그렇게 해서 결혼한 두 사람이 서로를 사랑할 수 있을까요? 사랑은커녕 서로에 대한 애정을 쌓아갈 수 있을지조차 의심스러워요."

"솔직히 말해서 당신도 가끔은 내게 애정을 느끼지 않았소?

비록 그게 당신의 의지에 반하는 것이었더라도 말이오."

클레이튼은 부드럽지만 고집스럽게 휘트니의 대답을 들으려했다.

클레이튼의 말투에는 반발심을 일으키는 조롱이나 항의는 담겨 있지 않았다. 그리고 천성적으로 공평한 것을 좋아하는 휘트니도 클레이튼이 먼저 자극을 하지 않는 이상 쓸데없는 공격을 삼갔다. 그녀는 어색하게 어깨를 으쓱하고는 얼굴을 돌렸다.

"때론 그랬어요."

"하지만 당신의 의지에 반해서 그랬겠지? 언제나 말이오."

클레이튼이 약을 올리듯 말했다.

휘트니는 저도 모르게 웃고 말았다.

"내 의지에 반해서요. 그리고 그보다 나은 판단력에도 반해서요."

클레이튼의 눈이 열정으로 뜨겁게 빛났다. 그러자 휘트니는 조심스럽게 화제를 바꾸었다.

"당신은 왜 나와 결혼하고 싶은지 말해주겠다고 약속해놓고 아직 안 해줬어요."

"당신이 이곳에 온 나를, 보는 순간부터 혐오하기로 작심할 줄을 어떻게 알았겠소?"

"클레이튼!"

휘트니가 버럭 소리를 질렀다. 그런 다음 그의 이름을 부르는 제 목소리에 놀라 빳빳하게 얼어붙었다가는 황급히 고쳐 말했다.

"공작님……."

"그것 말고 다른 이름으로 불리는 게 나는 훨씬 더 좋소."

"공작님."

휘트니는 일부러 고집을 부렸다. 그러자 두 사람 사이에 깃들었던 평온하고 따뜻한, 일시적인 평화가 무너지기 시작했다.

"당신은 내 모든 질문에 질문으로 대답하는군요! 도대체 왜 여기로 와서 내게 청혼을 한 거죠?"

그런데 그제야 휘트니는 클레이튼이 자신을 부둥켜안고 있다는 사실을 깨달았다. 그녀는 얼른 클레이튼의 품에서 빠져나왔다.

"수고스럽게 날 사랑한다고 생각해서 그랬다는 말을 할 필요는 없어요."

"당신을 사랑했다고 생각한 적 없소. 당신이 방금 지적한 대로 나는 그때 당신을 거의 알지 못했으니까."

클레이튼이 침착하게 대답했다.

휘트니는 그에게 등을 돌리고 있었다. 그래서 클레이튼은 자신의 대답이 휘트니에게 상처를 줬다는 사실을 알지 못했다.

"대단하시군요! 이제 모든 것이 명백해졌어요. 당신은 나를 한두 번밖에 만난 적이 없었어요. 그리고 나에 대해 아무것도 모르면서, 다시 말해 나에 대해 별 관심도 없으면서 영국으로 건너와 탐욕스럽지만 무일푼이었던 내 아버지한테서 나를 샀어요. 그리고 아버지는 유리한 조건으로 거래를 끝낸 다음 날 당신에게 넘기기 위해 영국으로 불러들였어요!"

휘트니는 싸울 기세로, 아니 간절히 싸우고 싶어서 몸을 돌렸다. 그러나 클레이튼은 휘트니의 도전을 받아들이기를 거부하면서 냉정하고 둔감할 정도로 태연하게 서 있을 뿐이었다.

분노와 절망에 빠진 휘트니는 조금 전 앉아 있던 의자에 다시 앉았다. 그리고 카드를 집어들었다.

"이건 솔리테어예요."

휘트니는 끝내지 않은 채 손을 놓았던 카드 게임을 다시 시작하면서 클레이튼과는 더 이상 볼일이 없다는 듯 행동했다.

"프랑스에서 크게 유행하고 있죠. 하지만 혼자서만 할 수 있는 게임이에요."

클레이튼은 휘트니를 가만히 지켜보았다.

"이 경우에는 두 사람이 필요해 보이는군."

클레이튼은 상체를 숙여 커스버트가 얼쩡거리는 바람에 휘트니가 못 보고 지나친 것을 능숙하게 바로잡아주었다.

"알려줘서 고마워요. 그래도 이 게임은 나 혼자 하겠어요."

클레이튼이 몸을 돌려 문 쪽으로 걸어갔다. 휘트니는 그가 드디어 떠나는가보다 생각했다. 그러나 클레이튼은 서재를 나가는 대신 하녀에게 낮은 목소리로 무언가 지시를 했다. 그리고 조금 뒤 탁자로 돌아와 복잡한 무늬가 새겨진 장미나무 상자를 탁자 위에 올려놓았다. 휘트니 아버지 소유의 상자였다. 클레이튼은 상자 뚜껑을 톡 쳐올리고 나무 칩 더미를 꺼내놓았다. 휘트니는 그 나무 칩들이 에드워드 이모부와 이모부의 친구들이 내기 카드놀이를 할 때 썼던 것과 같은 것임을 알아보았다.

휘트니는 클레이튼이 자신에게 그 카드 게임을 가르쳐줄 생각이라는 것을 알아차렸다. 흥분으로 온몸이 떨렸다. 클레이튼이 내기 카드를 가르쳐주다니! 그것은 대단히 충격적인 일이다. 사람들이 알기라도 하면 보나마나 입방아를 찧어댈 것이다. 아니, 그런 생각을 하는 것만으로도 충격적인 일일 터였다. 하지만 너무나 호기심을 자극하는 일이라 휘트니는 아무 저항도 하지 않았다. 휘트니는 클레이튼이 저고리를 벗어서 아버지의 책상 위에 대충 걸쳐놓는 것을 지켜보았다. 그는 반대편에 앉아 조끼 단추를 풀고 의자에 기대앉더니 카드 더미 위로 고개를 숙였다.

"자, 패를 나누시오."

자신이 심각하게 예법을 어기고 있다는 생각에 너무나 초조해진 휘트니는 그런 상황에서는 도저히 카드를 제대로 섞을 수 없으리라는 것을 잘 알고 있었다. 그래서 카드를 모아 클레이튼 쪽으로 밀어 보냈다. 그리고 카드가 클레이튼의 손에서 살아 움직이는 것을 넋을 잃고 지켜보았다. 클레이튼이 카드를 쥔 손목을 움직이기 시작하자 카드가 쉭, 탁, 소리를 내며 제자리로 날아들어갔다. 비록 내켜서 그런 것은 아니었지만 이제 휘트니의 목소리에는 감탄의 빛이 실려 있었다.

"분명 당신은 런던에 있는 도박장이란 도박장은 모르는 곳이 없을 거예요."

"알고 있는 정도가 아니라 훤히 꿰고 있다오."

클레이튼이 인정했다. 그는 탁자 위에 놓인 카드의 표면을 손바닥으로 쓰다듬고는 휘트니를 향해 도전적인 검은 이마를 들어올렸다.

"패를 떼시오."

휘트니는 냉큼 달려들지 않고 주저하며 클레이튼 앞에서 냉정하고 오만한 태도를 유지하려고 애썼지만 뜻대로 되지 않았다. 넋이 나갈 정도로 잘생겨 보이고 방탕한 모습조차 우아해 보이는 클레이튼의 모습에 휘트니는 도저히 제 의지대로 냉정하고 오만하게 굴 수가 없었다. 조끼 앞단추를 열어놓은 채 태연한 자세로 느긋하게 의자에 기대앉아 있는 클레이튼은 도박장에 앉아 있는 귀족 신사의 모습 그대로였다. 그런데 그런 그가 자신에게 내기 카드 게임을 가르쳐주려 하고 있었다. 더구나 휘트니는 클레이튼이 자신의 기분을 밝게 해서 근심을 잊게 해주려 한다는 사실을 내심 잘 알고 있었다.

"당신도 알고 있는 게 좋겠어요."

휘트니가 상체를 앞으로 기울여 카드를 더듬더듬 만지며 말했다.

"누군가 이런 내 모습을 보면 내 평판은 땅에 떨어지고 말 거라는 사실을요."

클레이튼은 의미 있는 눈길로 휘트니를 오래도록 바라보고 나서 입을 열었다.

"공작 부인은 자기가 하고 싶은 대로 해도 아무도 뭐라고 하지 않는 법이오."

"나는 공작 부인이 아니에요."

"하지만 앞으로 될 거잖소."

휘트니가 이의를 제기하려고 입을 벌렸지만 클레이튼은 아랑곳하지 않고 카드뭉치를 향해 고개를 끄덕이며 말했다.

"패나 떼요."

두 시간 뒤 쌓아 놓은 칩 더미에서 나무 칩들을 내려놓으며 휘트니는 결론을 내렸다. 도박은 사람들로 하여금 기분 좋을 정도로 사악하고 퇴폐적인 기분이 들게 만드는 것이라고 말이다. 휘트니는 내기 카드 게임에 익숙지 않았음에도 게임을 아주 잘 풀어갔고 돈도 조금밖에 잃지 않았다. 휘트니는 자신이 게임의 룰을 빨리 익혀가는 것을 보며 클레이튼이 흐뭇해한다는 사실을 느낄 수 있었다. 그러나 자신이 알고 있는 다른 남자들, 심지어 니콜라조차도 자신이 도박에 취미가 있는 것처럼 보였다면 끔찍하게 여겼을 것이다. 휘트니는 멍하니 클레이튼이 조끼 단추를 채우고 저고리를 입는 모습을 지켜보며 궁금증이 일어났다. 왜까? 왜 클레이튼은 다른 구혼자들이라면 충격을 받거나 끔찍하게 여길 만한 면들에 감탄하는 걸까? 폴과 함께 있을 때면 여성이 지켜야 할 예의범절에 세심한 주의를 기울여야 했다. 그런데 클레이튼은 여성으로서는 뻔뻔스러울 정도로 적절하지 않은 모습을 보일 때의 자신을 가장 좋아하는 것 같았다. 만약 자신이 카드를 가지고 도박을 했다는 사실을 알게 되면 폴은 충격을 받고 불쾌해할 것이다. 하지만 클레이튼은 오히려 도박을 가르쳐주었고 잘해낼 때면 드러내 놓고 칭찬을 하며 싱긋이 웃어주었다.

클레이튼이 휘트니 쪽으로 상체를 기울여 위로 들린 그녀의 이마에 살짝 입맞춤을 하는 바람에 휘트니의 생각은 흩어져버렸다.

"날씨가 괜찮으면 내일 11시에 말이나 타러 갑시다."

이 말을 끝으로 클레이튼은 자리를 떴다.

클레이튼이 돌아왔을 때 휴 휘티콤은 벽난로 앞에서 공작의 고급 브랜디 한 잔을 즐기고 있었다.

"제 어린 환자는 어떻게 지내던가요?"

휘티콤은 브랜디를 따르는 클레이튼에게 짐짓 지나가는 말인 양 물었다.

의자에 앉은 클레이튼은 두 사람 사이에 놓인 낮은 탁자 위에 발을 걸쳤다. 그리고 휘티콤을 차갑게 바라보았다.

"박사가 오늘 오후에 보았던 모습과 큰 차이가 없었을 거요. 멀쩡하게 잘도 서 있습니다."

"아가씨 다리가 멀쩡해서 기분이 별로 안 좋으셨다는 말씀처럼 들리는군요."

휘티콤이 어정쩡하게 말했다.

그러자 클레이튼이 명쾌하게 설명을 했다.

"사촌한테서 청혼을 받고 있더군요."

휘티콤은 브랜디를 마시다 사레가 들린 척하면서 애써 웃음을 참았다.

"무척 놀라셨겠군요?"

"휘트니가 하는 짓을 보고 놀랄 때는 지나도 한참 지났어요."

그렇게 말하는 클레이튼의 말투에는 달관했다는 듯한 말과는 대조적으로 분노가 섞여 있었다.

잠시 망설인 뒤에 휘티콤이 입을 열었다.

"저는 객관적인 관찰자입니다. 그리고 여자를 다루는 경험이 없지도 않습니다. 집안의 오랜 친구가 주제넘게 구는 것을 용서해주신다면 충고 한마디 드려도 될까요?”

공작의 침묵을 동의로 받아들인 휘티콤이 이야기를 계속했다.

“스톤 양은 각하께서 흔쾌히 주시려 하지 않는 무엇인가를 원하고 있더군요. 스톤 양이 원하는 게 뭐지요?”

“휘트니가 원하는 것은 약혼 계약으로부터 해방되는 것이오.”

클레이튼이 냉소적으로 대답했다.

그러자 휘티콤이 너털웃음을 터뜨렸다.

“세상에! 각하를 붙잡아두려면 어떻게 처신해야 하는지 넌지시 귀뜸해주는 저한테 스톤 양이 언짢은 얼굴을 한 게 다 이유가 있었군요.”

휘티콤은 쉽게 이해되지 않는 몇 가지 생각들을 곰곰이 더 듣어보았다. 그 아가씨는 놀랍게도 영국에서 가장 바람직한 결혼 상대자이자 최고로 인기 있는 총각의 청혼에 트집을 잡았다. 그런데 그 아가씨의 맹랑한 태도에 공작은 감탄할 정도의 인내심을 보이고 있다. 끝으로 영국인들이 목을 빼고 간절히 기다려온 공작의 약혼 발표를 계속 쉬쉬하고 있다니 어리둥절할 노릇이었다.

“그 사랑스런 아가씨가 각하의 청혼을 거절하는 이유가 뭡니까?”

휘티콤이 한참을 생각한 끝에 물었다. 의자 등에 머리를 기댄 클레이튼은 눈을 감고 한숨을 쉬었다.

"먼저 본인의 의사를 물었어야 했는데 그렇게 하지 않았다는 것."

"그런 걸 가지고 꼬투리를 잡는 이유는 뭘까요? 그런데 각하는 그 아가씨의 독립적인 성격을 알고 계시면서 왜 먼저 본인의 의사를 묻지 않으셨던 겁니까?"

클레이튼이 눈을 떴다.

"당시 휘트니는 내 이름조차 알지 못했소. 그래서 그런 상태로 휘트니와 결혼 이야기를 하는 것이 섣부르게 느껴졌소."

"그 아가씨가 각하의 존함을 몰랐……. 설마 유럽의 미혼 여성 절반이 각하의 관심을 끌어보려고 안달을 하는데 정작 각하께서는 알지도 못하는 아가씨에게 청혼을 했다는 말씀인가요?"

"나는 휘트니를 알고 있었소. 휘트니가 나를 몰랐던 거지."

"그래서 그 아가씨가 일단 각하께서 엄청난 부와 공작이라는 작위를 지니고 있는 사람이라는 사실을 알고 나면 당연히 결혼에 동의할 거라고 생각하셨군요."

일이 재미있게 돌아가는구나싶은 휘티콤은 눈을 이리저리 굴리며 추측을 해보았다. 그러나 사람을 주눅 들게 하는 공작의 찌푸린 얼굴을 보고는 잠시 입을 다물고 있었다. 그런데 그때 문득 정리되지 않은 기억이 떠오르자 자신도 모르게 망설임 없이 불쑥 물었다.

"폴 세버린이 누구지요?"

클레이튼이 오만상을 찌푸리며 물었다.

"그건 왜 묻소?"

"스톤 양을 진찰하고 나서 오후에 마을에 들러 약제사와 이야기를 나누었지요. 약제사는 좀 수다스러운 친구였답니다. 묻지도 않은 이야기를 술술 해대더군요. 간단한 질문에 대답을 하고 나서는 질문을 대여섯 개는 퍼붓더군요. 그 와중에 제가 진찰한 환자 이름을 알아내고는 몇 가지 이야기를 해주었답니다. 비록 말도 안 되는 이야기라고 치부해버리기는 했지만 말입니다."

"어떤 이야기 말이오?"

"세버린이라는 친구가 스톤 양을 열심히 쫓아다니고 있다는 이야기였습니다. 그리고 온 마을이 두 사람의 약혼 발표에 대한 기대로 조바심을 치고 있다고 하더군요. 마을 사람들은 그 약혼이 벌써 다 정해졌고, 그래서 스톤 양과 폴 세버린이 무척 기뻐하는 것으로 알고 있더군요."

"솔직히, 난 전혀 개의치 않소."

클레이튼이 느릿느릿 대꾸했다.

"소문 말입니까? 아니면 세버린 말입니까? 아니면 스톤 양 말입니까?"

휘티콤은 조심스럽지만 끈질기게 물고 늘어졌다. 그래도 대답이 없자 몸을 앞으로 기울이더니 대뜸 이렇게 물었다.

"각하께서는 그 어린 아가씨를 사랑하십니까?"

"나는 그 여자와 결혼하려고 하오."

클레이튼이 무표정하게 말했다.

"달리 무슨 말이 필요하겠소?"

클레이튼은 이 말을 끝으로 휘티콤에게 잘 자라는 인사를

하고는 방을 나가버렸다. 혼자 남은 휘티콤은 깜짝 놀라서 벽
난로를 가만히 바라보았다. 그런데 조금 뒤 휘티콤의 표정은
밝아졌다. 곧 키득거리기 시작한 그는 나중에는 큰 소리로 껄
껄껄 웃었다.

"주님, 각하를 도와주소서."

이렇게 혼잣말을 하며 휘티콤은 너털웃음을 웃었다.

"각하는 그 아가씨를 사랑하고 있다는 사실을 깨닫지 못하
고 계시군. 설령 깨닫더라도 그 사실을 인정하려 들지 않으실
거야."

침실로 올라간 클레이튼은 저고리를 벗어 의자 위에 던졌
다. 이어 조끼도 벗어던졌다. 그런 다음 셔츠의 위쪽 단추 몇
개를 풀고는 창문으로 성큼성큼 걸어가 주머니에 손을 찔러
넣었다.

클레이튼은 마을 사람들이 휘트니와 세버린의 약혼이 이미
정해진 것으로 알고 있다는 데 화가 났다. 사실 클레이튼은 세
버린이 제 뒤꽁무니를 쫓아다니는 모습을 마을 사람들한테 보
여주며 휘트니가 흡족해하기를 바랐었다. 하지만 일이 이렇게
까지 진전되리라고는 꿈에도 생각지 못했다. 휘트니는 자신을
제외한 어떤 남자와도 약혼한 적이 없다. 그렇게 생각하지 않
는 사람이 있다면 클레이튼은 가만히 있지 않을 터였다. 스스
로야 어떻게 생각하든 휘트니는 세버린을 사랑하지 않았다.
단지 세버린을 엘리자베스 애쉬튼에게서 빼앗아 오겠다는, 약
간은 바보 같은 생각이자 소녀들이나 꾸는 꿈을 가지고 있을
뿐이었다.

휘트니는 클레이튼도 사랑하지 않았다. 그러나 클레이튼은 그런 것에는 관심이 없었다. 사랑이나 사랑이라는 감정과 관련된 모든 강박적인 행동들은 어리석은 감정이었다. 클레이튼은 얼마 전 휘티콤이 사랑이라는 말을 꺼내자 숨긴 것을 들킨 사람처럼 깜짝 놀랐다. 사실 그가 속한 귀족 사회에서는 배우자 사이에도 애정이나 지속적인 애착보다 더 강렬한 감정을 입 밖에 내는 사람이 한 사람도 없었다. 사랑은 그의 삶에는 존재하지 않는, 시시하고 비현실적인 감정이었던 것이다.

클레이튼의 끓어오르던 분노는 몇 시간 전 휘트니와 함께 보낸 시간을 떠올리자 많이 누그러졌다. 그는 휘트니가 천천히 자신에게 이끌리고 있음을 느낄 수 있었다. 휘트니는 자진해서 자신의 품속에 안겨 위안을 얻으려고 했었다. 그리고 자신을 좋아한다고 인정하기까지 했다. 이제 자신과 휘트니 사이에 정말로 문제가 되는 것이 있다면 두 가지였다. 그 하나는 휘트니가 폴 세버린에게 열중하는 것이었다. 하지만 그 맹목적인 애정은 이미 차츰 빛을 잃어가고 있었다. 다음은 자신과의 약혼 사실을 전할 때 우둔한 아버지가 보인 야만스런 태도에 대한 휘트니의 분노였다. 그런데 그 분노는 수긍이 가는 분노였다.

클레이튼은 그날 밤 일을 떠올리기만 해도 화가 치밀어올랐다. 스톤의 우둔함 때문에 클레이튼은 휘트니에게 구애를 하고 결혼 승낙을 얻어내는 즐거움을 빼앗겨버렸다. 일이 생각처럼 쉽게 풀리지는 않았지만 클레이튼은 휘트니를 향한 구애를 즐기고 있던 중이었다. 도도하게 퇴짜를 놓는 휘트니의 불손하기 짝이 없는 태도도 그 즐거움 가운데 하나였다. 클레이튼이 갖은 애를 다 써야 휘트니는 손톱만큼만 자신을 내보여 주었다. 그런데 그 작은 승리가 마음을 들뜨게 했고, 그토록 힘들게 얻은 승리였기에 더욱 의미가 있었다.

그런데 최근 들어 클레이튼의 인내심이 욕망과의 싸움에서 패배할 뻔한 적이 있었다. 휘트니가 대들고 덤빌 때면 그녀를 끌어당겨 숨이 막힐 정도로 껴안고 강렬한 키스를 퍼부어 그 반항기를 제압하고픈 욕망이 꿈틀댔다. 그런데 그 욕망을 가라앉히려면 마지막 한 방울 남은 자제심까지 끌어내야 했다. 클레이튼은 각지에 널려 있는 영지들을 돌보는 일도, 사업을 해서 이익을 남기는 일도 소홀히 하고 있었다. 상황이 그런지라 휘트니가 두 사람의 약혼 사실에 대해 익숙해지는 것은 결혼부터 강행한 뒤에도 늦지 않다고 마음먹고 있던 터였다. 그런데 휘트니가 그 황홀한 비취빛 두 눈을 말갛게 뜨고 바라보자 힘과 권력을 써서 휘트니와 억지로 결혼하고 싶은 마음이 싹 가셔버렸다.

클레이튼은 한숨을 쉬며 창문에서 몸을 돌렸다. 그는 한순간도 휘트니가 자기와 결혼할 것을 의심하지 않았다. 그녀는 자의든 타의든 그와 결혼할 것이다. 만일 억지로 결혼하게 된다면 이제까지 벌였던 실랑이는 침대에서 벌어지게 될 터였다.

20

낙엽 타는 알싸한 냄새가 상쾌하고 시원한 바람에 실려 방으로 들어왔다. 욕조에서 나오던 휘트니는 기분 좋은 냄새를 음미하며 바람을 들이마셨다. 목욕 가운을 걸치고 열린 창문으로 걸어가서는 창턱에 걸터앉았다. 가을, 모든 계절 중에서 가장 찬란한 계절이 황금빛 아침을 선사하며 인사를 건네 왔다. 휘트니는 눈앞에 펼쳐진 울긋불긋 눈부시게 물든 풍경을 바라보며 해마다 가을이 되면 항상 느끼는, 넘치는 삶에 대한 희망에 가슴이 설렜다.

아쉬움을 남긴 채 창가를 떠난 휘트니는 어떤 옷을 입을까 고민을 하다 허리선이 올라간 분홍색 모직 드레스를 골랐다. 목둘레는 사각으로 파였고 소매는 길고 좁은, 치맛단에 넓은 주름 장식이 달린 드레스였다. 클라리사가 머리를 뒤쪽으로 빗어올린 다음 드레스와 어울리는 분홍 벨벳 끈으로 꼬아서 구불구불하게 감아주었다. .

폴에 대한 생각과 클레이튼과의 원치 않는 약혼에 대한 생각들이 불편하게도 마음 한구석을 어슬렁거렸지만 휘트니는 그런 생각을 과감히 떨쳐버렸다. 밤이 되면 이런 혼란스러운 상황 때문에 번민을 하더라도 지금은 그저 간절히 햇빛 속으로 나가고 싶었다. 그 무엇 때문이라도 이렇듯 멋진 날을 망치고 싶지 않았다.

11시 5분, 하인이 문을 두드리며 웨스트모어랜드 공작이 아래층에서 기다리고 있다고 알려왔다. 휘트니는 옷차림에 어울리는 숄을 얼른 걸치고 서둘러 아래층으로 내려갔다.

"안녕하세요? 날씨가 무척 화창하군요."

휘트니가 경쾌하게 인사를 건넸다.

클레이튼은 휘트니의 두 손을 잡고는 발그레한 얼굴을 가만히 내려다보며 조용하면서도 차분한 목소리로 말했다.

"당신의 눈부신 미소라면 방을 환히 밝히고도 남겠어."

클레이튼이 외모에 대해 처음으로 한 찬사였기에, 비록 프랑스 남자들이 늘어놓은 열광적인 찬사에 비하면 싱겁기 그지 없었지만 휘트니는 뭐라 설명할 수 없는 수줍음을 느꼈다.

"늦었군요. 덕분에 5분 동안이나 침실에서 기다렸다구요."

휘트니가 웃으면서 클레이튼을 나무라듯 말했다. 달리 뭐라고 말해야 할지 생각할 수가 없었기 때문이다.

클레이튼은 아무 대꾸도 하지 않았다. 휘트니는 순간적으로 클레이튼의 대담하고 매력적인 회색 눈의 마력에 빠져들었다. 그가 맞잡은 손을 더욱 꽉 쥐더니 휘트니를 가까이 끌어당겼다. 휘트니는 클레이튼이 키스를 하려는 줄 알고 흥분이 되면서도 깜짝 놀랐다.

"난 일찍 왔소."

클레이튼이 또렷하게 말했다.

휘트니가 안도감 때문에 터져나오려는 웃음을 겨우 참아내자 클레이튼이 말을 계속했다.

"하지만 당신이 날 얼마나 보고 싶어 하는지 알았으니 앞으로는 어김없이 일찍 오도록 하겠소."

두 사람이 저택을 나서는데 현관에 걸려 있는 커다란 벽시계가 열한 번 울렸다. 그러자 클레이튼이 내가 뭐랬소, 하는 눈길로 휘트니를 쳐다보았다.

휘트니는 클레이튼의 마차에 올라 푹신한 벨벳 쿠션에 등을 기댄 채 푸른 하늘을 미끄러지듯 떠가는 하얀 뭉게구름을 올려다보았다. 조금 뒤 클레이튼의 체중 때문에 옆자리가 아래로 푹 꺼지는 것이 느껴졌다. 휘트니는 그의 번쩍거리는 갈색 부츠와 최고급 재질의 담갈색 바지를 입은 근육질의 긴 다리와 적갈색 재킷과 크림색 실크 셔츠를 슬그머니 훑어보며 감탄했다.

"내 옷차림이 마음에 안 들면 누추한 내 집으로 가서 당신 마음에 드는 것으로 골라줘도 좋아요."

휘트니가 얼른 고개를 쳐들었다. 처음엔 당신이 뭘 입든 관심 없다고 쏘아주고 싶었다. 그런데 정작 입에서 튀어나온 말은 자신이나 클레이튼 모두를 깜짝 놀라게 할 만한 것이었다.

"당신이 멋있어 보인다는 생각을 하고 있었어요."

휘트니는 클레이튼이 기운이 펄펄 넘치는 회색 말들을 출발시키면서 놀란 듯 즐거워하는 얼굴을 언뜻 보았다.

시골길을 따라 양쪽으로 나무들이 죽 늘어서 있었다. 컨트리 댄스에서 남녀 파트너들이 줄지어 선 채 맞잡은 손을 들어 올린 것처럼, 양쪽 나무의 가지들이 머리 위에서 맞닿은 채 덜컹덜컹 땅을 흔들며 지나가는 마차를 위해 멋진 아치를 만들어주었다.

낙엽들이 돌풍에 휩쓸려 천천히 허공을 떠다녔다. 그 모습을 본 휘트니는 한가로이 노란 낙엽을 잡으려고 손을 뻗어 올렸다.

그러나 갈림길에서 클레이튼이 말머리를 남쪽으로 돌리자 휘트니는 자리에서 튀어오르듯 똑바로 앉더니 당혹과 공포에 찬 얼굴로 클레이튼을 돌아보았다.

"어디로 가는 거죠?"

"우선 마을부터 들를 거요."

"나, 나는 마을에 아무런 볼일도 없어요."

휘트니가 애원이라도 하듯 절박하게 말했다.

"나는 있소."

클레이튼이 딱 잘라 말했다.

다시 자리에 털썩 주저앉은 휘트니는 눈을 꼭 감았다. 이 작고 따분한 마을에서 내가 이 남자와 함께 있는 모습이 사람들 눈에 띄면 무성한 소문이 나돌 거야. 이 남자를 뺀 모든 사람들이 나와 폴이 곧 결혼을 발표할 거라고 생각하고 있을 텐데……. 휘트니는 폴이 여행에서 돌아오는 길에 마을에 들렀다가 오늘 이 나들이에 대해 사람들이 부풀려놓은 이야기를 듣게 될 생각만 해도 정신이 아찔했다.

마차는 덜커덕거리며 돌다리를 건너 마을 한가운데로 난 자갈길을 달려내려갔다. 초라한 상점 몇 개와 여인숙이 들어선, 덧문이 달린 오래된 건물들이 자갈길 양쪽에 늘어서 있었다. 클레이튼이 그 중 말쑥한 약방 건물 앞에 말을 세우자 휘트니는 그만 비명을 지를 뻔했다. 약제사는 마을에서 가장 입이 가벼운 악명 높은 수다쟁이였던 것이다!

클레이튼이 마차를 한 바퀴 돌아와서 휘트니가 내리는 것을 도와주려고 했다. 휘트니는 태연하게 들리도록 애쓰며 말했다.

"난 그냥 여기서 기다릴게요."

그러자 클레이튼이 부탁을 하듯 정중하게, 그러나 명령조로 말했다.

"당신이 함께 가준다면 무척 기쁘겠어."

기분 나쁜 예의 그 말투가 어김없이 휘트니의 속을 긁어놓아 다정하던 나들이 분위기는 순식간에 냉랭해졌다.

"그거 참 안됐군요. 난 저 가게에는 들어가지 않을 테니까요."

클레이튼이 마차 안으로 손을 뻗어 허리를 잡고 번쩍 들어올리자 휘트니는 소스라치게 놀라고 또 분개했다. 클레이튼의 품에 안긴 휘트니는 몸부림이라도 치고 손을 뿌리쳐보고 싶었지만 더 볼썽사나운 광경을 연출할까 두려워 그만두었다.

"사람들 구경거리가 되고 싶어 이러나요?"

휘트니가 발이 자갈바닥에 닿자마자 씩씩거리며 물었다.

"그렇소."

상점 유리창을 통해 두 사람을 호기심 어린 눈으로 훔쳐보고 있는 약제사 올든베리의 불그레한 얼굴이 휘트니 눈에 뜨였다. 결국 사람들 눈에 띄지 않았으면 했던 휘트니의 희망은 산산이 부서져버리고 말았다. 작고 침침한 약방 안은 톡 쏘는 암모니아 냄새가 퍼져 있는 가운데 각종 약초 냄새와 뒤섞인 묘한 약 냄새로 가득 차 있었다. 휘트니는 호들갑을 떨며 인사를 하는 약제사의 호기심으로 번득이는 눈이 아직도 제 팔꿈치를 잡고 있는 클레이튼의 손에 고정되어 있는 것을 보았다.

"폴은 어떻게 지냅니까?"

약제사가 휘트니에게 음흉스럽게 물었다.

"닷새 안에 여행에서 돌아올 거예요."

이렇게 대꾸하는 휘트니는 엿새 뒤 자신이 폴과 함께 사랑의 도피를 감행하면 요 땅딸막한 남자가 뭐라고 소문을 낼까 궁금했다.

클레이튼이 각성제 한 병을 달라고 했더니 약제사가 약병을 휘트니에게 건넸다. 휘트니는 혐오감 때문에 얼굴을 찡그리며 약병을 밀어치웠다.

"올든베리 씨, 각성제가 필요한 사람은 웨스트랜드 씨예요. 애석하게도 우울증과 두통으로 끔찍한 고통을 겪고 계시거든요."

이렇게 말하는 휘트니의 목소리는 자못 진지했다.

클레이튼은 자신의 사내다운 강건함에 대한 터무니없는 중상을 씩 웃어넘겼다.

"사실이오. 그리고 앞으로도 계속 우울증과 두통에 시달릴 생각이오."

클레이튼은 쿡쿡 웃으면서 휘트니의 팔꿈치를 잡고 있던 손을 들어 어깨를 감싸안더니 가까이 끌어당겨 꼭 끌어안았다. 그때 휘트니가 구두 굽으로 그의 발등을 비벼 밟자 그는 흠칫하면서 약제사에게 한쪽 눈을 찡끗해 보였다.

"내가 괴로워하면 이 매혹적인 아가씨가 마음씨도 곱게 무척이나 신경을 써주니 말이오."

"웃기는 소리는 집어치워요!"

휘트니가 버럭 소리를 질렀다.

클레이튼이 약제사에게 공모자끼리 주고받는 듯한 미소를 지어 보이며 말했다.

"성미 한번 대단하지 않소, 올든베리 씨?"

그러자 올든베리가 거드름을 피우며 스톤 양은 언제나 성깔이 대단한 아가씨였고 자기도 성깔 있는 여자가 좋다며 맞장구를 쳤다.

휘트니는 클레이튼이 각성제 값을 치르는 것을 지켜보았다. 그리고 교묘하게 약병을 카운터에 도로 올려놓는 것도 놓치지 않았다. 클레이튼이 약방에 들른 것은 순전히 인근에 사는, 떠벌리기 좋아하는 수다쟁이들에게 두 사람이 모종의 애정 관계에 있다고 소문을 내려는 것이었다. 그 사실을 확실하게 깨달은 휘트니는 몸을 획 돌려 약방을 나왔다. 잠시 후 클레이튼이 약방에서 나와 햇빛 속으로 걸어가는 휘트니를 따라잡았다.

"이 일을 후회하게 될 거예요."

휘트니가 나직하게 쏘아붙였다.

"글쎄, 그럴까?"

이렇게 말한 뒤 클레이튼은 휘트니를 부축해 길을 건넜다.

엘리자베스 애쉬튼과 마거릿 메리튼이 상점 한 곳에서 나왔다. 마거릿의 팔에는 하얀 종이로 포장된 짐 꾸러미들이 얹혀 있었다. 네 사람 모두 걸음을 멈추고 공손하게 인사를 주고받았다. 이번만은 마거릿도 휘트니에게 모욕적이고 악의에 찬 언사를 퍼붓지 않았다. 사실 마거릿은 휘트니에게 아예 인사를 하지 않았다. 휘트니에게 등을 돌린 마거릿은 친절하게 그녀의 짐을 받아들고 있는 클레이튼의 회색 눈을 들여다보며 미소를 짓고 있었던 것이다. 클레이튼과 함께 제 마차로 가던 마거릿이 클레이튼의 팔짱을 끼고는 휘트니에게 들으라는 듯 일부러 큰 소리로 말했다.

"그렇잖아도 요전날 저녁에 웨스트랜드 씨 마차에다 양산을 두고 내리지 않았는지 여쭤보려던 참이었어요."

클레이튼의 배신에 충격을 받은 휘트니는 그만 숨이 멎는 것 같았다. 비록 휘트니 자신은 클레이튼과의 약혼 계약을 지켜야 할 의무감을 느끼지 않았지만 클레이튼은 결혼에 버금가는 구속력이 있는 엄숙한 약혼 계약을 스스로 원해서, 또 합법적으로 맺었다. 저 남자는 난봉꾼보다 더해, 저 남자는…… 난잡해! 게다가 은밀히 만나는 여자로 하고많은 여자 중에서 자신의 앙숙을 고르다니. 고통과 분노가 휘트니의 전신으로 빠르게 퍼졌다. 그때 엘리자베스가 휘트니에게 속삭였다.

"마거릿은 너를 지독히 미워하고 있어."

엘리자베스는 클레이튼이 마거릿의 양산을 찾으러 자신의 마차로 걸어가는 것을 지켜보면서 덧붙여 말했다.

"마거릿은 파리에서 온 뒤비에 씨 때문에 널 미워하더니 이젠 웨스트랜드 씨 때문에 널 더 미워하는 것 같아."

엘리자베스 쪽에서 먼저 휘트니에게 말을 걸기는 이번이 처음이었다. 그래서 기분이 엉망으로 비참하지만 않았다면 휘트니는 좀 더 따뜻한 반응을 보였을 것이다. 대신 휘트니는 뻣뻣하게 대꾸했다.

"마거릿이 웨스트랜드 씨를 내 코앞에서 채가준다면 정말 고마울 거야."

"그럼 잘됐구나. 마거릿은 웨스트랜드 씨를 차지하고 싶어 하거든."

엘리자베스가 고운 얼굴에 근심을 띤 채 말했다.

엘리자베스와 마거릿이 마차에 올라타는 것을 도와준 뒤 클레이튼은 휘트니의 손을 다시 잡더니 팔꿈치에 끼웠다. 마치 아무 일도 없었다는 태도였다. 클레이튼과 나란히 걷고 있는 휘트니의 얼굴은 분노로 얼어붙어 있었다. 길이 끝나는 곳에 작은 여인숙이 하나 있었다. 여인숙에는 식당이 하나 따로 있었고 여러 사람들이 함께 쓰는 몇몇 공간과 격자 울타리로 둘러싸여 길에서는 보이지 않는 작은 안뜰이 있었다. 여인숙 주인의 딸 밀리가 클레이튼을 알고 있기라도 하듯 반갑게 맞더니 안뜰에 있는 탁자로 두 사람을 부리나케 안내했다.

밀리는 클레이튼을 보고 커다란 갈색 눈을 깜빡이더니 탁자 위로 몸을 숙이고는 식탁보를 판판히 편다, 꽃병의 위치를 바꾼다 하며 의도적으로 옷 밖으로 비어져나올 만큼 풍만한 젖가슴을 클레이튼 눈에 확 띄게 내보였다. 그 광경을 지켜보던 휘트니는 점점 더 화가 치밀어올랐다. 휘트니는 속을 부글부글 끓이며 밀리가 엉덩이를 흔들어대며 음식을 가지러 가는 모습을 지켜보았다.

"아무 남자한테나 저렇게 천박하게 굴다니 부모가 속깨나 썩겠군요."

클레이튼은 왜 그러는지 알겠다는 듯 골이 잔뜩 난 휘트니를 지켜보았다. 그러자 휘트니는 아슬아슬하게 억누르고 있던 화를 더 이상 참을 수 없게 되었다. 경멸하는 눈길로 클레이튼을 쏘아보며 휘트니가 한마디 덧붙였다.

"물론 당신은 밀리에게 관심을 보였겠지요?"

"도대체 그게 무슨 소리지?"

"당신 여자관계가 복잡하다는 건 세상이 다 알고 있죠. 그게 저절로 얻은 평판이겠어요?"

"하지만 식당에서 음식 시중을 드는 여자한테 관심을 보인 일은 없어."

"밀리한테 그 얘길 해보시죠."

휘트니가 쏘아붙였다. 밀리가 음식을 내오자 휘트니는 고기가 아직 살아 있기라도 하듯 마구 찔러댔다. 그리고 식사를 끝내자마자 황급히 자리에서 일어섰다.

클레이튼과 휘트니 둘 다 돌아오는 내내 팽팽한 침묵을 지켰다. 그 침묵은 클레이튼이 휘트니의 집으로 마차를 계속 몰지 않고 방향을 돌려 자기 집 앞에 세우고 나서야 깨어졌다. 클레이튼이 마차에서 내리는 것을 도우려고 다가갔을 때 휘트니는 의자에 등을 딱 붙이고 앉아서 말했다.

"내가 당신과 함께 이 집에 발을 들여놓을 거라고 생각했다면 안됐지만 오산이에요."

화를 꾹 참는 표정이 클레이튼의 얼굴을 언뜻 스치더니 그날 두 번째로 클레이튼은 휘트니의 허리를 잡아 번쩍 안아 내렸다.

"이러다 허리라도 삐는 건 아닌지 모르겠군."

클레이튼이 어물쩍거리자 휘트니가 쏘아붙였다.

"허리를 돌릴 수 있는 것만도 다행인 줄 아세요. 당신이 농락한 여자들의 상심한 아버지나 남편들 중에는 언제든지 당신 허리를 찌르려는 사람들이 분명 있을 테니까요. 내가 먼저 당신을 죽이지 않고 살려둔다면 말예요."

"나는 당신과 싸우거나 당신을 강탈할 생각으로 이곳으로 데려온 게 아냐."

클레이튼이 격하게 화를 내며 말했다.

"이곳을 한번 둘러보면 당신을 데려온 이유를 알게 될 거요."

주위를 둘러본 휘트니는 처음엔 짜증이 났다가 나중에는 놀랐다. 늘 어딘가 을씨년스러워 보이던 핫지 가의 별장이 완전히 바뀌어 있었던 것이다. 관목은 깔끔하게 가지치기가 되어 있고 잔디는 말끔하게 깎여 있었다. 산책길 위에 군데군데 빠져 있던 돌들은 제 자리를 찾았고 썩어버린 목조 건축물들은 말끔하게 수리되었다. 그 중에서도 가장 큰 변화는 예전에는 구멍처럼 작고 흐릿한 유리창 세 개만 덩그마니 나 있던 1층에 짝을 이룬 널따란 멀리온 창(창 중간에 세로 창살이 있는 창문)을 들인 점이었다.

"뭣 하러 이렇게 돈을 들였죠?"

휘트니가 물었다.

"내가 샀으니까."

클레이튼은 별장 정면 잔디밭 끝에 있는 새로 지은 정자로 휘트니를 이끌면서 대답했다.

"이 별장을 샀다구요?"

휘트니는 그만 기가 질렸다. 자신과 폴이 클레이튼과 이웃이 되어 살아갈 생각만 해도 머리가 지끈지끈 쑤셨다. 도대체 이 남자는 어디까지 내 행복을 방해할 셈이지?

"꽤 괜찮은 생각 같았소. 이 땅은 당신 땅과 이웃해 있는 데다 언젠가 두 땅을 합칠 수도 있으니 말이오."

"당신 땅과 인접해 있죠, 내 땅이 아니라! 그 땅값도 당신이 냈잖아요, 내 몸값을 낸 것처럼요!"

이렇게 쏘아붙인 휘트니는 무턱대고 정자 안으로 발을 들여놓았다. 그때 갑자기 클레이튼이 손을 뻗더니 그녀의 팔을 붙잡아 끌어당겼다. 그러고는 빨갛게 상기된 휘트니의 성난 얼굴을 잠깐 동안 찬찬히 바라보더니 침착하게 말했다.

"일전에 집으로 오다가 보니 마거릿 메리튼의 마차바퀴가 부서졌더군. 길에다 그냥 세워놓고 올 수가 없어서 내 마차를 타라고 권했소. 그렇게 마거릿을 집에 데려다주었더니 마거릿의 아버지가 무척 고마워하며 저녁 식사를 함께 하자고 청했고 나는 그 초대를 거절했소. 그게 전부요."

"난 당신하고 마거릿이 뭘 했든 눈곱만큼도 관심 없어요!"

휘트니가 발끈 성을 내며 거짓말을 했다.

"빌어먹을, 관심이 없기는! 당신은 마거릿 메리튼이 내 마차에다 양산을 두고 내리지 않았는지 물은 뒤로 나를 계속 공격하고 비난했잖아."

휘트니는 클레이튼을 외면한 채 그가 사실을 말하고 있는 건지 알려고 애쓰는 한편 그게 자신에게 왜 그렇게 중요한지 의아해했다.

"내 행동을 믿지 못하겠지만 여자를 보는 안목만큼은 믿어주시오."

클레이튼이 차분하게 덧붙였다. 그런 다음 잠시 뜸을 들였다가 다시 말했다.

"이제 용서하는 거요?"

"그런 것 같아요."

이렇게 말하는 휘트니는 이상하게 마음이 놓이면서도 바보가 된 것 같은 기분이 들었다.

"하지만 다음에 마거릿을 보게 되면……."

"들이받아버리겠소!"

클레이튼이 킬킬대며 대꾸하자 휘트니의 입가에는 보일락말락 미소가 어렸다.

"나는 그저 마거릿이 헛된 희망을 품지 않게 해달라고 부탁하려고 했어요. 만약 당신이 자기한테 관심이 있다고 생각하면 나한테 예전보다 더 지독하게 굴 테니까요. 그런데 마거릿이 그날 양산을 쓰고 있었나요?"

휘트니는 문득 미심쩍은 생각이 들어 물어보았다.

"아니오. 내 기억으로는 쓰고 있지 않았소."

휘트니가 분홍색 구두 끝을 살펴보는 것처럼 아래를 내려다보며 조심스럽게 물었다.

"마거릿이…… 예쁘다고…… 생각해요?"

"그렇게 나오니 제법 그럴듯하군."

클레이튼이 껄껄 웃으며 휘트니를 가까이 끌어당겼다.

"그게 무슨 소리죠?"

"당신이 아내, 그것도 질투 많은 아내로 보여서 기분이 좋다는 말이오."

그 말에는 휘트니의 얼굴을 화끈거리게 만들 만한 진실이 담겨 있었다.

"난 당신 때문에 질투 같은 건 안 해요, 그럴 이유도 없구요. 왜냐하면 당신은 내 남자가 아니니까요. 내가 당신의 여자가 아닌 것처럼요!"

"당신이 나와 약혼한다고 법적인 절차를 거쳐 서명한 계약이 효력을 잃으면 그렇겠지."

"그건 아무 의미도 없는 계약이죠. 약혼 당사자인 내 의사는 반영되지 않았으니까요."

"하지만 그럼에도 불구하고 당신이 지켜야 할 계약이지."

휘트니는 분노와 애원이 뒤섞인 얼굴로 클레이튼을 쳐다보았다.

"이젠 이런 입씨름도 정말이지 지겨워요. 내가 폴을 사랑한다는 사실을 왜 당신은 이해하지 못하죠?"

"당신은 세버린을 사랑하지 않잖소. 당신이 그렇게 고백했다구. 그것도 몇 번씩이나."

"절대 그런 적 없어요! 난······."

"한 적이 있어. 내 품에 안길 때마다 당신 마음속에 세버린은 없었소."

궁지에 몰린 휘트니는 결국 클레이튼을 조롱해서 주눅 들게 하려고 했다.

"그토록 여자 경험이 풍부한 남자치고는 그깟 키스 몇 번에 어울리지 않게 과분한 의미를 부여하는군요. 난 당신이 다른 남자들보다는 경험이 많은 줄 알았어요."

"물론 경험이 있지. 내가 키스하면 당신 몸이 뜨거워졌고, 당신이 그걸 두려워한다는 걸 알 정도의 경험은 있다구. 만약 세버린이 나처럼 당신 몸을 달아오르게 할 수 있다면 당신은 날 두려워할 필요가 전혀 없소. 하지만 세버린은 그렇게 할 수 없소. 그리고 당신도 그걸 잘 알고 있고."

"우선."

휘트니는 이렇게 반박의 포문을 열어놓고는 침착해지려고 숨을 깊이 들이쉰 다음 말을 이었다.

"폴 세버린은 신사예요. 하지만 당신은 아니죠. 그리고 신사인 폴은 절대 당신처럼 키스하지 않아요. 그런 키스는 상상도 하지 않는다구요. 폴은······."

클레이튼이 재미있다는 듯 입을 씰룩거리며 휘트니의 말을 끊었다.

"정말 그럴까? 그렇다면 내가 그동안 세버린을 과대평가하고 있었군."

휘트니는 클레이튼의 뺨을 냅다 갈겨주고 싶어 손바닥이 근질거렸다. 자기만족에 젖어 싱글거리는 얼굴을 한 대 후려쳐서 조롱에 찬 웃음기를 싹 가시게 하고 싶었다. 자기 마음에 들 때까지 내 말을 비꼬기만 할 게 뻔한데 왜 이 사람하고 옥신각신하는 걸까? 휘트니는 화가 나서 자문해보았다. 물론 이 남자의 능숙한 애무에 잠시나마 욕망을 느낀 건 사실이야. 하지만 음전하게 자란 순진한 여자 중에, 처음 경험하는 그의 능숙한 애무에 순간적으로 넋을 잃지 않을 여자가 어디 있어? 어디 음전하게 자란 여자뿐인가! 유럽의 닳고닳은 바람둥이 여자들 거의 절반이 그의 능숙한 애무의 제물이 됐다지 않은가! 그런 여자들에 비하면 난 엄마 품에 안긴 갓난아기에 불과하다구!

"뭐요? 싸우기 싫다는 거요?"

클레이튼이 미친 듯이 킬킬거렸다.

그 순간 휘트니는 손에 칼만 들렸다면 클레이튼의 가슴팍을 찔러버렸을 것이다. 보복할 방법은 하나뿐이었다. 휘트니는 그 마지막 수단을 쓰기로 했다. 그녀는 적당할 정도의 비웃음을 담고 클레이튼을 바라보며 입을 열었다.

"내가 당신의 키스에 몸이 뜨거워졌다고 하는데, 그 점에 대해 간단히 설명하죠. 헌데 별로 듣기 좋지는 않을 거예요. 사실 당신의 진한 키스는 더럽기도 하지만 지루해요! 난 그 지루한 키스를 견뎌내려고 당신을 폴이라고 생각하며…… 이러지 말아요!"

휘트니는 클레이튼이 체벌이라도 가하듯 양팔을 으스러지도록 붙잡자 소리를 질렀다.

클레이튼은 휘트니를 확 끌어당겨 안았다. 그 충격으로 고개가 뒤로 젖혀진 휘트니는 얼음 조각처럼 싸늘한 빛을 뿜으며 자신을 내려다보는 그의 눈을 마주보았다. 휘트니는 목 근육이 뻣뻣해져 숨쉬기가 힘들어지자 미친 듯이 사과를 했다.

"그, 그런 뜻이 아니었어요! 내 말은……."

클레이튼이 인정사정 볼 것 없이 입술을 덮치더니 무자비하게 내리누르며 키스를 퍼붓자 휘트니는 할 수 없이 입술을 벌렸다. 휘트니가 입술을 떼려고 했지만 그는 그녀의 뒤통수를 꽉 붙잡아 움직이지 못하게 하고 멍이 들 정도로 격렬한 키스 세례를 퍼부었다. 아픔을 견디다 못한 휘트니가 눈물을 흘렸다. 그러나 그 고통스런 키스는 그칠 줄 모르고 계속되었다.

"다른 사람에게는 거짓말을 해도 좋아."

클레이튼이 노한 목소리로 휘트니의 입술에 대고 말했다.

"하지만 나한테는 절대, 절대 거짓말하면 안 돼! 알아들었소?"

그는 휘트니를 안고 있는 팔을 단단하게 조여 자신의 경고를 분명히 하는 동시에 다시 입을 막고 키스를 했다.

휘트니는 숨을 들이쉬며 "그럴게요!" 하고 말하기 위해 거칠게 몸부림을 쳤다. 그렇지만 갈비뼈가 부서지도록 꼭 안긴 데다 클레이튼의 격렬한 키스로 숨이 막힌 휘트니는 말을 할 수가 없었다. 그런 줄도 모르고 휘트니가 수동적인 침묵을 고집한다고 생각한 클레이튼은 점점 더 부아가 끓어올랐다. 휘트니는 손으로 클레이튼의 가슴을 더듬어 올라가며 두 사람 사이에 손을 밀어넣어 공간을 만들려고 안간힘을 썼다. 그러다 어느새 그녀의 손가락은 클레이튼의 입술에 닿았다.

클레이튼은 휘트니가 무심결에 부드러운 손길로 얼굴을 만지자 멈칫하더니 팔을 풀었다. 하지만 휘트니는 그가 갑작스럽게 태도를 바꾼 이유를 알아채지 못한 채 뻐근한 허파 가득 공기를 들이마실 뿐이었다.

"당신과 내가 나눈 키스가 더럽고 지루했다는 당신의 현명한 판단에 경의를 표하는 바요."

클레이튼이 싸늘하게 말했다.

"헌데 우리 두 사람 중 누가 그 키스를 더 불쾌하게 여겼는지 판단하는 것은 쉽지 않을 걸."

앞뒤가 안 맞게도 그 말을 들은 휘트니는 찌르는 듯한 아픔을 느꼈다. 그녀는 등을 뻣뻣하게 펴고는 있는 힘을 다 끌어모아 도도하고 반항적인 태도를 취하고 클레이튼의 싸늘한 시선을 마주했다.

"나를 놓아줄 만큼 불쾌하고 역겨웠던 건 아니겠죠?"

클레이튼의 감정은 역겨움이 아니었다. 그것은 분노였다! 자신을 세버린이라고 생각하고 키스를 했다는 휘트니의 말에 벌컥 화가 치민 나머지 정말로 휘트니를 정자 안으로 끌고 들어가 그 자리에서 범해버릴까 싶었다. 클레이튼은 휘트니가 영국으로 돌아온 날 이후 줄곧 그녀가 반항적인 태도를 보이거나 제멋대로 성깔을 부려도 너그럽게 보아 넘겼지만 정자 바닥에 눕혀지면 휘트니는 자신을 겁 없이 함부로 대한 어리석음을 깨닫게 될 터였다. 그러나 그렇게 되면 자신에 대해 평생 씻을 수 없는 증오를 품게 될지도 몰랐다.

클레이튼은 일부러 거만한 태도를 취하며 휘트니의 날씬하고 도발적인 자태와 홈 하나 없는 동백나무 같은 피부를 찬찬히 살폈다. 그러자 휘트니의 얼굴에 어린 홍조가 더욱 짙어졌다. 클레이튼이 자신을 쳐다보고 있다는 것을 느꼈기 때문이었다. 휘트니의 짙은 갈색 머리칼이 햇빛을 받아 붉은 금색으로 반짝였다. 등 뒤로 넓게 펼쳐진 에메랄드빛 초원을 배경으로 분홍색 옷을 입은 휘트니의 모습은 고혹적일 정도로 아름다웠다. 풀빛 정원에 피어난 숨 막힐 듯 아름다운 한 떨기 장미꽃 같았다. 그러나 이 순간 그토록 생기에 찬 휘트니의 아름다움은 클레이튼을 즐겁게 하기는커녕 화만 더욱 돋웠다. 게다가 이제는 클레이튼 따위는 안중에도 없다는 듯 태평스럽게 메니큐어를 칠한 손톱만 살펴보고 있었던 것이다.

이 아가씨에겐 한 가지 교훈이 절실히 필요하군, 클레이튼은 냉정하게 결론을 내렸다. 그는 방금 전의 키스가 그녀를 집으로 보내줄 정도로 불쾌했는지 물은 휘트니의 악의에 찬 질문을 곰곰이 되새기다가 기발한 생각을 떠올렸다. 그는 휘트니를 고이 집으로 돌려보낼 생각이었다. 그러나 그러기 전에 자신의 열정은 함께 나누고 즐기는 선물임을, 그의 기분에 따라 줄 수도 있고 안 줄 수도 있는 선물임을 가르쳐줄 생각이었다. 클레이튼은 우선 휘트니로 하여금 자신에게 키스하도록 해서 그녀의 욕망을 최대한 일깨웠을 때 냉정하게 돌아설 생각이었다.

방금 전 받은 질문에 대답하듯 클레이튼이 입을 열었다.

"틀렸소. 적절한 보상만 한다면 당신을 놓아주겠소."

휘트니가 고개를 휙 돌렸다. 그녀는 지나치게 거만하고 자신만만한 클레이튼이 과연 자신과의 결혼을 포기하고 놓아줄지 의심스러웠지만 한편으로는 가슴이 뛰었다.

"어떤 보상이죠?"

휘트니가 조심스럽게 물었다.

"당신한테 키스를 받고 싶소. 우리의 이별을 따뜻하게 해줄 작별 키스로 말이오. 키스가 만족스러우면 당신을 보내주겠소. 간단하지 않소?"

"믿어지지가 않아요. 왜 갑자기 날 놓아주려는 거죠?"

"글쎄……요 몇 분 동안…… 허탈감을 맛보고 나니 당신을 돌려보내는 게 현명하다는 걸 깨달았다고나 할까?"

클레이튼은 아무래도 상관없다는 듯 어깨를 으쓱해 보이더니 말을 이었다.

"하지만 대가 없는 관용은 베풀 생각이 없소."

대가라니? 휘트니는 날아갈 것만 같았다. 그런 거라면 대가랄 것도 없지! 이 약혼에서 자유로워질 수만 있다면 그의 말에게라도 기꺼이 키스를 하겠어!

"작별 키스를 하겠어요. 그게 다인가요?"

휘트니는 클레이튼을 찬찬히 뜯어보며 조건을 확인했다.

"그러면 당신은 그 대가로 나를 놓아주겠다는 거죠?"

클레이튼이 무뚝뚝하게 고개를 끄덕였다.

"그렇소. 나는 당신 집까지 동행하지도 않을 거요. 사람을 시켜 당신을 태워다주리다."

그런 다음 조급하게 덧붙였다.

"자, 우리의 거래가 성립된 것이오?"

"그래요!"

휘트니는 클레이튼이 행여 마음을 바꾸지나 않을까싶어 얼른 대답했다.

두 사람은 팔이 닿을 정도로 가까이 서 있었다. 그러나 클레이튼은 휘트니가 기대하는 것처럼 그녀에게 팔을 뻗는 대신 혼자 팔짱을 끼고 정자 벽에 한쪽 어깨를 기댄 채 말했다.

"이제 모든 건 당신 손에 달렸소."

휘트니가 눈을 깜빡거리며 물었다.

"무슨 뜻이죠?"

"당신이 시작하라는 뜻이오."

"내가 말인가요?"

휘트니는 기가 막혔다. 하느님 맙소사! 내가 먼저 시작하게 할 생각이었단 말인가? 클레이튼의 거만한 얼굴과 조롱하는 듯한 회색 눈을 미심쩍어하며 쳐다본 휘트니는 그것이 정확히 클레이튼이 원한 것이라는 사실을 깨달았다. 그런데 이렇게 좀스럽게 마지막이자 최후의 복수를 하다니 정말 그다워! 산들바람이 머리칼을 헝클어놓자 클레이튼은 머리 위의 나무를 가만히 올려다보더니 침착한 눈으로 푸른 하늘을 바라보았다.

팔짱을 끼고 정자에 느긋하게 기대선 모습이 어찌나 오만하게 보이던지 휘트니는 그의 정강이를 냅다 걷어차주고 싶은 생각이 간절했다. 하지만 그러면 저 악마는 그 길로 당장 계약을 물러버릴 거야!

마치 기다리는 데 지쳐 계약을 취소하려는 사람처럼 클레이튼이 돌연 바로 섰다.

"기다려요!"

휘트니는 재빨리 이렇게 외치고 나더니 더듬더듬 말을 잇기 시작했다.

"나, 나는……."

휘트니는 멍하니 클레이튼을 바라보며 계속 더듬거렸다.

"난 다만……."

"어떻게 시작하는지 모른단 말이오?"

클레이튼이 빈정거리며 휘트니가 마저 끝내지 못한 말을 대신해주었다.

"한 걸음 더 가까이 오시지요, 아가씨."

휘트니는 어쩔 줄 몰라 하며 클레이튼의 말에 따랐다.

"아주 잘했소. 이제 당신 입술을 내 입술에 갖다 대면 끝나는 거요."

휘트니는 굴욕감을 이기려고 숨을 길게 내뱉고는 분노로 이글거리는 눈으로 클레이튼을 쏘아보며 그의 적갈색 재킷의 옷깃을 잡았다. 그리고 클레이튼의 입에 닿을 만큼 충분히 키를 높여 그의 입술에 살짝 입을 맞추고는 뒤로 물러서서 더없이 행복한 자유를 향해 금방이라도 날아갈 자세를 취했다.

"세버린에게도 이런 식으로 키스를 했나? 그렇다면 그 친구가 당신에게 청혼하는 데 왜 그렇게 오랜 시간이 걸렸는지 이해가 가는군."

클레이튼이 빈정거렸다.

"이런 간지러운 키스가 당신이 보여줄 수 있는 최선이라면, 미안하지만 우리 계약은 무효요."

"좋아요!"

화가 치민 휘트니는 클레이튼을 당장이라도 죽여버릴 기세로 노려보았다.

"당신이 꼼짝도 않고 뻣뻣하게 서 있으면 나도 어쩔 수가 없잖아요."

"그 말이 맞는 것 같군. 하지만 나를 자극하는 것도 당신이 해야 할 일이오."

"입 닥쳐요!"

휘트니가 눈을 부라리며 냅다 소리를 질렀다.

"당신이나 잘해요. 나는 내가 알아서 할 테니!"

"나는 당신이 이끄는 대로 따라만 갈 거요."

클레이튼이 침착하게 경고했다.

"나는 당신이 이미 배웠어야 할 것을 가르쳐주려고 애쓸 생각은 전혀 없소. 내겐 따분할 정도로 순진한 여학생의 가정교사 노릇을 하는 것보다 더 재미있게 시간을 보낼 일이 얼마든지 있으니까."

휘트니는 뺨을 한 대 얻어맞은 기분이었다. 휘트니는 복수심에 불타는 독설을 겨우 참고는 할 수 없이 이 냉담한 남자를 '자극하는' 방법을 찾는 데 전념했다. 그러면서 다시는 '여학생의 가정교사 노릇'이니 '간지러운 키스'라는 조롱을 입에 담지 못하도록 할 생각이었다. 휘트니는 머리를 숙이고 자신이 열정과 유혹에는 클레이튼만큼이나 정통한 요부이자 매춘부라고 상상하려 애썼다. 그녀는 아주 천천히 비취빛 눈을 들었다. 그 눈이 얼마나 열정으로 충만했던지 휘트니는 클레이튼과 눈을 마주칠 때 그의 냉담하고 침착한 눈에서 순간적인 동요를 읽었다.

여기까지의 성공에 고무되어 대담해진 휘트니는 클레이튼의 재킷 안으로 손을 밀어넣은 다음 실크 셔츠를 따라 위쪽으로 끌어올렸다. 휘트니는 클레이튼의 가슴 근육이 반사적으로 뛰다가 긴장해서 뻣뻣해지는 것을 손끝으로 느낄 수 있었다. 그는 억지로 버티고 있어! 휘트니는 여성 특유의 원시적 본능으로 자신이 분명 클레이튼의 성감대를 건드렸다는 사실을 알 수 있었다. 그리고 그 사실을 깨달은 휘트니는 그의 어깨와 목덜미를 어루만지며 희미하게 웃어 보였다. 그녀는 클레이튼에게서 눈을 떼지 않고 그의 목덜미께 있는 부드러운 머리칼 속에 손가락을 집어넣고는 그의 얼굴을 확 끌어당겼다. 그런 다음 부드럽게 그의 입술에 자신의 입술을 스쳤다. 빌어먹을……. 휘트니는 그가 씩 웃고 있는 걸 알아채고는 속으로 투덜거렸다. 게다가 그녀가 클레이튼의 목을 끌어안고 있음에도 그의 팔은 여전히 옆구리에 붙어 있었다.

"확실히 나아졌군."

클레이튼이 무덤덤한 목소리로 축하를 해주었다.

"하지만 아직……."

자존심에 상처를 입은 휘트니는 입으로 클레이튼의 마지막 거부의 말을 침묵시켰다. 휘트니는 무턱대고 클레이튼의 혀를 찾아서는 그가 반응을 보일 때까지 끊임없이 질질 끌며 애무를 계속했다. 마침내 그의 입은 그녀가 이끄는 대로 따라갔다. 그러나 그녀가 혀를 빼기 시작하자 클레이튼도 바로 혀를 뒤로 뺐다. 차츰, 키스를 너무 일찍 끝냈다는 두려움은 키스를 너무 오래 했다는 더 큰 두려움에 묻혀버렸다. 휘트니는 심장이 마구 뛰기 시작하고 온몸이 요동치는 것을 느꼈다. 그녀는 얼른 팔을 내리면서 뒤로 물러섰다. 그리고 처음으로, 자신이 키스를 하는 동안 클레이튼이 단 한 번도 자신을 감싸안지 않았다는 사실을 깨달았다. 이 남자는 내 키스에 조금도 영향을 받지 않았어.

"당신을 증오해요."

휘트니는 너무 수치스러운 나머지 클레이튼의 얼굴을 바로 보지도 못한 채 중얼거렸다. 그리고 그 말에 클레이튼이 냉소를 지으며 즐거워하리라고 확신했다.

그러나 클레이튼은 조금도 즐거워하지 않았다. 그는 화가 나 있었다. 성인이 된 이래 처음으로 그는 육체의 반응을 통제할 수가 없었다. 휘트니의 순진한 키스와 가벼운 애무는 즉시 그의 몸에 해일과도 같은 욕망의 파도를 일으켜 자제심을 싹 쓸어가다시피 했다. 그리고 그가 자기 몸을 통제하려고 여전히 안간힘을 쓰고 있을 때 휘트니는 그에 대한 증오를 선언하고 있었다.

클레이튼은 바짝 긴장한 채 손끝으로 휘트니의 턱을 들어올리며 부드럽게 말했다.

"훨씬 좋았어. 이제 하는 키스는 작별 인사가 될 거요."

작별이라고? 휘트니는 작별이란 말에 클레이튼을 증오한다는 사실도 금세 잊어버렸다. 두 사람은 작별을 하고 있던 것이다. 이것이 두 사람의 마지막 만남이 될 터였다.

휘트니는 대책 없이 잘생긴 클레이튼의 남자다운 얼굴을 슬픔에 가까운 감정으로 올려다보았다. 너무도 매력적인 얼굴이었다. 과단성 있어 보이는 턱과 멋지게 조각된 입 언저리에 나른한 듯 넋을 잃게 하는 미소가 어릴 때면, 소년처럼 보이기도 하는 얼굴이었다. 휘트니는 항상 그를 둘러싸고 있는 조용한 위광(威光)을 좋아했다. 그런 위광은 그의 굵은 목소리에서 울려나왔는데 그 때문에 큼직하고 민첩한 걸음걸이가 결단력 있어 보였다. 휘트니는 또한 언제나 편안하고 느긋하게 보일 수 있는 그의 능력에 탄복했다. 그녀는 클레이튼이 남자가 지녀야 할 모든 것을 갖춘 남자라고 생각하며 한숨을 내쉬었다.

클레이튼이 휘트니의 입 가까이로 제 입을 가져가며 부드럽게 제안을 했다.

"당신이 끝낸 곳에서 다시 시작하는 건 어떨까?"

휘트니는 길고 거친 숨을 들이키고는 떨리는 입술을 그의 입술 가까이 들어올렸다. 이제 거의 맞닿을 정도가 되었다. 그런데 여러 감정들이 뒤엉키고 충격과도 같은 갈망이 들쑤시자 마음속에서 경고의 비명 소리가 들렸다.

"안 돼요, 난……."

클레이튼이 바로 입술을 내리덮으며 휘트니의 저항을 침묵시킨 다음 집요하게 그녀의 온몸으로 모든 신경을 파열시키는 충격을 보냈다. 그러자 휘트니가 그에게 찰싹 달라붙으며 두 팔로 그의 목을 열정적으로 감았다.

"이 키스가 지루한가?"

클레이튼은 전보다 더욱 강하게, 그리고 더욱 깊고 그윽하게 키스를 하며 빈정거리더니 혀를 그녀의 입 안으로 밀어넣었다.

"이걸 더럽다고 할 텐가?"

휘트니는 그 말에 정신을 차릴 수 없을 정도의 맹목적인 분노에 휩싸였다. 이 남자는 일부러 내게 굴욕감을 느끼게 한 거야. 휘트니는 클레이튼의 손을 머리에서 떼어내려고 손톱으로 그의 손목을 눌렀지만 소용이 없었다. 클레이튼의 키스가 더욱 깊어지자 휘트니의 정신이 몽롱해지며 부드러운 덩굴손 같은 욕망이 척추를 감고 내려갔다.

"지금도 나를 세버린이라고 생각하고 있나? 그렇소?"

깜짝 놀란 휘트니가 그의 손목을 붙잡고 있던 손을 스르르 놓았다. 사실 그녀는 클레이튼에게 말로 상처를 주었다. 휘트니는 왠지 모르지만 클레이튼이 항상 너무도 자신감에 넘쳐 절대 남의 비난 같은 것에 상처를 받을 사람이 아니라고 생각했다. 그래서 자신의 말이나 행동이 클레이튼에게 상처를 줄 수 있다고는 상상도 하지 못했다. 그러나 그는 확실히 상처를 입었다.

"내 손길을 얼마나 싫어하는지 어디 말해보시지."

클레이튼이 화가 난 목소리로 말했다.

"내 손길을 경멸한다고 지금 이 자리에서 말해요. 아니면 두 번 다시는 그런 말을 입에 담지 마시오."

휘트니는 사무치는 후회와 뭉클하게 솟는 애정으로 가슴이 조여들었다. 그녀의 눈에 눈물이 그렁그렁 맺혔다.

"마, 말할 수 없어요."

"못하겠다고?"

클레이튼이 부드러우면서도 험악한 목소리로 야유했다.

"이유가 뭐지?"

얼마 후 휘트니가 입술을 바들바들 떨면서 작은 소리로 대꾸했다.

"당신이 조금 전에 경고했잖아요. 다시는 당신에게 거짓말 하지 말라고."

휘트니는 그의 얼굴이 굳어지더니 냉소적으로 변하는 것을 지켜보았다. 그래서 그녀는 클레이튼이 두 사람 모두에게 상처를 줄 독설을 내뱉기 전에 까치발로 서서 자신의 입술로 그를 침묵시켰다.

클레이튼은 거친 저주의 말을 내뱉으며 자신의 목을 감고 있던 휘트니의 팔을 끌어내렸다.

"클레이튼, 이러지 말아요!"

그녀는 클레이튼의 목덜미 뒤에다 손가락을 꽉 끼고 더듬더듬 말했다.

"아! 제발, 제발 이러지 말아요!"

휘트니는 눈물을 흘리고 있었다. 그녀는 클레이튼이 팔을 꽉 쥐고 있어 고통스러웠지만 그 불굴의 의지를 지닌 남자에게, 그 강하고 정력적인 남자에게 키스를 했다. 그는 인내와 유머로 그녀의 적의와 불같은 성미를 참아냈다. 지금까지, 그녀가 말로써 그의 마음을 할퀴기 전까지는 말이다.

클레이튼은 휘트니의 허리로 손을 가져가 그녀를 밀쳐내려 했다. 그러나 휘트니는 더욱 가까이 달려들었다. 그런 다음 수줍어하면서 그의 입술에 혀를 살짝 갖다 댔다. 그가 그런 식의 키스를 좋아하기를 바라면서 말이다. 클레이튼의 몸은 당장 뻣뻣해졌다. 근육 하나하나가 팽팽하게 긴장되고 굳어지며 그녀의 애무에 저항했다. 휘트니는 간신히 벌어진 입술 사이로 혀를 들이밀었다가 그의 혀와 만나자 소스라치게 놀라 얼른 뒤로 뺐다. 그러나 조금 있다가 더욱 달콤한 금단의 접촉을 시도하기 위해 다시 한 번 혀를 살며시 들이밀었다. 그때 클레이튼이 어찌나 격렬한 반응을 보였던지 휘트니는 눈앞이 아찔했다. 클레이튼은 휘트니를 으스러지도록 껴안으며 자신의 입으로 휘트니의 입을 덮어버린 다음 맹렬하게 입술을 이리저리 비벼댔다. 그는 휘트니의 입속으로 대담하게 혀를 밀어넣은 다음 입 안 곳곳을 더듬어 핥았다. 마치 자신의 혀가 환영을 받는지 확인하려는 듯했다.

격정과 갈망으로 정신이 아득해진 휘트니는 클레이튼이 거친 흥분에 휩싸인 채 자신의 입을 게걸스럽게 탐하는 것을 즐겼다. 휘트니가 키스를 되돌려주는 동안 클레이튼은 휘트니를 껴안고 있던 팔을 풀어 두 손으로 등을 쓸고 내려간 다음 더 밑으로 내려가 엉덩이를 움켜쥐더니 자신의 튼튼한 허벅지와 종아리에 휘트니의 하체를 단단히 밀착시키며 둘이 한 몸이 되도록 했다.

영원과도 같은 시간이 지난 뒤에 클레이튼은 입술을 떼고 두 손으로 휘트니의 얼굴을 감싸안았다. 그리고 엄지손가락으로 그녀의 빨갛게 물든 뺨을 부드럽게 어루만졌다. 휘트니의 비취빛 눈을 내려다보던 클레이튼의 회색 눈에는 애정과 갈망이 서려 있었다.

"사랑스럽지만 사람 약 올리는 데 명수인 귀여운 바보."

클레이튼은 걸쭉한 목소리로 말한 다음 차츰 다시 휘트니의 입술에 제 입술을 묻고는 온몸이 불꽃처럼 뜨거워진 휘트니가 더욱 바짝 다가들 때까지 점점 진하게 키스했다. 그러면서 휘트니의 젖가슴을 부드럽게 감싸쥐고 애무했다. 손길이 닿을 때마다 화인처럼 뜨거운 흔적을 남기면서……. 그런 다음 손을 아래로 더듬어 내려가 그녀의 엉덩이를 자신의 단단한 허벅지에 딱 붙였다.

그러다 갑자기 모든 것이 끝났다. 클레이튼이 입술을 떼더니 휘트니의 눈과 이마에 입을 맞췄다. 그런 다음 턱을 휘트니의 머리 위에 가져다 댔다. 휘트니가 몸을 움직이자 클레이튼이 그녀를 꼭 부둥켜안으며 속삭였다.

"가만히 있어요, 귀여운 아가씨. 조금만 더 이대로 있어요."

산들바람에 나뭇잎들이 바스락거렸고 하늘에는 새들이 푸드득거리며 날아다녔다. 그와 동시에 갑작스런 고독과 절망감이 그 행복한 순간을 파고들기 시작했다. 클레이튼의 입술 감촉을 다시 느끼던 그녀는 쓰라린 비애를 쫓아버리고 싶어 고개를 뒤로 젖히고 굳게 다문 그의 입술을 물끄러미 바라보았다.

클레이튼은 자신도 모르게 머리를 숙여 그녀의 수줍은 초대에 응했다. 그러나 두 사람의 입이 닿기 직전 그가 동작을 멈췄다.

"안 되지."

그가 목 안의 소리로 킬킬대며 말했다.

휘트니는 그가 키스를 하고 싶은 게 분명한데도 움직임을 멈추자 어리둥절한 표정으로 그를 바라보았다. 왜냐고 묻는 듯 동그랗게 뜬 눈이 상처와 혼란으로 그늘져 있었다.

그러자 클레이튼이 달뜬 목소리로 놀렸다.

"당신이 계속 나를 그렇게 쳐다보면 당신은 다시 한 번 모진 키스를 받게 될 거야. 그런데 그렇게 되면 내가 약속을 지키지 못할 가능성이 상당히 높아지겠지."

"왜죠?"

휘트니는 부끄러운 줄도 모르고 여전히 클레이튼과의 키스를 갈망하고 있었다.

"왜냐구?"

이렇게 되묻는 클레이튼의 입이 휘트니의 입과 너무 가까이 있어 두 사람의 숨결은 한 데 섞였다.

"그 이유를 직접 보여줄 수 있다면 나도 좋겠어."

속삭이듯 말하는 그의 목소리에는 욕정이 묻어 있었다.

마침내 제 정신이 든 휘트니는 열정을 식히고 분별을 되찾았다. 그녀가 고개를 저으며 말했다.

"아니, 됐어요. 이유를 알면 헤어지는 게 더 힘들어질 거예요."

그녀는 보일 듯 말 듯 미소를 지어 보이며 뒷걸음질을 쳐 클레이튼에게서 떨어졌다.

"각하, 그럼 안녕히."

휘트니가 속삭이며 정중하게 손을 내밀었다. 그녀는 클레이튼이 자신의 손을 잡아 손바닥이 위로 향하도록 뒤집자 가슴이 두근거렸다.

"이렇게 격식을 갖춰서?"

그가 엄지손가락으로 휘트니의 손바닥을 문지르며 씩 웃었다. 그러더니 그녀의 손을 자기 입술에 가져다 대고는 손바닥 한가운데를 혀로 살짝 건드렸다.

휘트니는 얼른 손을 빼서는 흥분으로 얼얼한 손을 등 뒤로 감췄다. 그리고 클레이튼을 말끄러미 바라보았다. 저도 모르게 그의 얼굴을 새겨두기 위해서였다. 그녀는 한참이나 그러고 나서 입을 열었다.

"정말 미안해요. 내가 그동안 당신을 너무 힘들게 했어요."

클레이튼이 짓궂게 눈을 빛내며 대꾸했다.

"원할 때면 언제든지 그렇게 나를 힘들게 하면서 해방감을 맛보기를 바라겠소."

"내 말이 그런 뜻이 아니라는 걸 알잖아요."

휘트니는 클레이튼에게 좋은 말을 해주고 싶었다. 함께했던 좋은 추억들에 대해서 말이다. 또 설명하고 싶은 것도 있었다. 하지만 클레이튼이 두 사람의 이별을 저렇듯 가볍게 여기는데 그녀가 어떻게 진지해질 수 있겠는가? 아마 그는 아무런 설명도, 아무런 사과도 원하지 않을지 모른다. 어쩌면 이것이 작별을 하는 최선의 방법인지도 모른다. 그럼에도 불구하고 휘트니의 목소리는 떨렸다.

"당신이 보고 싶을 거예요. 정말이에요."

이 남자가 계속 부드럽게 날 바라본다면 아마 이 사람 품에 안기게 될지도 몰라. 휘트니는 그러기 전에 클레이튼을 정자에 남겨두고 떠날 생각으로 뒷걸음질을 쳤다. 그렇게 몇 걸음 뗀 다음 몸을 돌리고는 입을 열었다.

"아버지를……."

무정한 아버지에 대해 죄책감이나 책임감을 느껴야 할 이유가 전혀 없었는데도 휘트니는 그랬다.

"아버지한테 가혹하게 하지 않았으면 해요. 참고 기다려만 준다면 아버지도 언젠가는 분명히 빚을 갚을 수 있을 거예요."

클레이튼은 짙은 눈썹을 가운데로 모으며 얼굴을 찡그렸다.

"내게 딸을 주었으니 받을 만큼 받았다고 생각하는데."

애틋했던 이별의 분위기가 탁, 하고 금이 가는 것만 같았다. 휘트니는 불길한 예감에 사로잡혀 등골이 서늘해졌다.

"하지만 이제 나를 놓아주기로 했으니 상황이 달라졌잖아요."

클레이튼이 간격을 좁히며 다가서더니 휘트니의 어깨를 잡고 돌려세웠다.

"도대체 무슨 이야기를 하는 거요?"

"날 보내주겠다고 약속했잖아요? 그래서……."

"나는 당신을 집으로 보내주겠다고 약속한 거요."

클레이튼이 또박또박 대꾸했다.

"아니에요!"

휘트니가 도리질을 치며 소리를 질렀다.

"당신은 날 보내주겠다고, 나와 결혼할 생각을 버리겠다고 약속했잖아요."

"내 말뜻을 오해했군."

클레이튼이 딱 잘라 말했다.

휘트니는 바윗덩이를 올려놓은 것처럼 가슴이 내려앉았다. 클레이튼이 결코 포기하지 않으리라는 것을 알았어야 했다. 휘트니는 절망에 빠져 클레이튼을 노려보았다. 그런데 한편으로는 이상하게도 안도감 같은 것이 스며들며 마음이 설렜다. 그러나 그 묘한 감정에 대해 생각해볼 틈도 없었다. 클레이튼이 그녀를 감싸안으면서 바짝 끌어당기고 있었기 때문이다.

"휘트니, 나는 단 한 번도, 아무리 마음이 약해졌을 때도 당신을 놓아줄 생각을 해본 적이 없어. 그리고 설령 그런 생각을 한 적이 있다고 칩시다."

여기서 클레이튼은 느닷없이 방금 전 자신에게 열정적인 반응을 보였던 사실을 휘트니에게 상기시켜주었다.

"조금 전 우리 두 사람 사이에 어떤 일이 있었는지 기억해봐요. 그런 일이 있고도 내가 당신을 떠나보낼 거라 생각하오?"

클레이튼은 휘트니의 턱을 살짝 들어올렸다. 그래서 휘트니가 그 반항적인 눈을 들어 자신의 준엄한 눈길을 마주하게 했다.

"당신은 내게 시간을 달라고 부탁했고 나는 그 부탁을 들어주었소. 그 시간을 우리 결혼이 피할 수 없는 기정사실이라는 점을 직시하는 데 쓰시오. 우리는 반드시 결혼하게 될 테니까. 내가 조금 전 당신을 속였다고 믿고 싶다면 그렇게 해도 좋소. 하지만 나는 하지도 않은 약속을 지킬 생각은 없소."

휘트니는 클레이튼과 결혼하는 것 외에는, 몸과 삶을 송두리째 그에게 내어주는 것 외에는 다른 선택의 여지가 없다는 클레이튼의 확신에 찬 말을 견뎌낼 수가 없었다.

"그러면 당신이 했던 약속이나 지켜요. 집에 가게 해줘요."

얼른 클레이튼의 품에서 빠져나와 사설도로를 향해 무작정 걸어가는 휘트니의 마음속은 혼란스럽기 그지없었다.

클레이튼은 휘트니가 마차에 오르는 것을 도와준 다음 하인에게 재빨리 출발 지시를 내렸다. 휘트니는 클레이튼을 내려다보며 소름이 돋을 정도로 침착하게 물었다.

"내가 당신과 결혼하지 않을 수도 있다는 생각은 한번도 해본 적이 없나요? 내 머리채를 잡고 결혼식장으로 끌고 들어갈 수 있겠지만 내가 결혼 서약을 거부하면 그만 아닌가요?"

클레이튼이 눈썹을 치켜올렸다.

"나한테 시간을 달라더니 고작 그런 생각을 하는 데 시간을 썼소? 그렇다면 더 이상 기다린다고 나아질 건 아무것도 없겠군. 그렇지 않소?"

클레이튼은 마치 다른 누군가를 찾는 것처럼 어깨 너머를 힐끗 쳐다보더니 몸을 돌려 집을 향했다.

"어디 가는 거죠?"

클레이튼이 갑자기 기운차게 움직이자 휘트니가 깜짝 놀라며 물었다.

"긴 여행을 떠날 테니 짐을 싸라고 시종에게 이르고 마차와 말을 대기시킬 참이오."

클레이튼이 침착하게 말했다.

"우린 스코틀랜드로 갈 거요. 도망을 치는 거지."

"도망이라구요?"

휘트니가 마차를 붙잡고 소리를 질렀다.

"그, 그럴 수는 없어요! 사람들이 혀를 가만두지 않을 거예요. 소문이……."

클레이튼은 태연하게 어깨를 으쓱했다.

"겪어봐서 알겠지만 난 소문 따위에 신경 쓰는 사람이 아니오. 하지만 당신한테는 소문이 중요할 테니 심사숙고해서 선택을 해요. 우리가 일단 스코틀랜드로 가면 당신은 나와 결혼할 수도 있고 결혼 서약을 거부할 수도 있소. 만약 당신이 결혼 서약을 거부한다면 우린 함께 며칠 밤낮을 보낸 뒤 결혼하지 않은 채 돌아오게 되는 거요. 그러면 오랜 세월을 두고 추문이 당신을 따라다닐 거요. 당신의 마지막 선택은 런던에서 절차에 맞는 결혼식을 올리고 공작 부인이 되는 것이오. 자, 어느 쪽을 선택하겠소?"

무슨 선택을 한단 말인가? 휘트니는 씁쓸한 생각이 들었다. 남자와 도망을 치는 것만으로도 수치스러운 일이었다. 하물며 결혼도 하지 않고 클레이튼과 스코틀랜드에서 돌아온다면 딸 가진 어머니들은 자신을 벌레 보듯 피할 것이다.

"결혼이라구요?"

휘트니는 화가 나서 씩씩거리며 마차 등받이에 다시 털썩 기대앉았다. 휘트니는 아직 한 가지 가능성은 남아 있다는 사실을 떠올렸다. 폴과 도망치는 것이었다. 하지만 뒤따를 온갖 비난과 추문을 생각하니 기가 꺾였다. 다시 한 번 휘트니는 마을 사람들에게서 따돌림을 받게 될 것이다. 마을 사람들은 드러내놓고 자신을 냉대하고 헐뜯을 것이다. 하지만 적어도 폴의 아내가 된다는 보상이 있었다.

"휘트니."

클레이튼이 마치 휘트니를 흔들어놓고 싶다는 듯한 눈길로 쳐다보며 입을 열었다.

"단 한 번만이라도 세버린에 대한 망상을 털어버리고 당신의 진심을 제대로 들여다보란 말이오. 빌어먹을, 당신이 그렇게 고집불통만 아니라면 벌써 오래 전에 당신의 진심이 무언지 깨달았을 거요!"

마부가 저택의 측면에서 달려나왔다. 그러자 휘트니는 성이 나서 맞받아 응수하려던 것을 그만두었다. 하지만 집으로 향하는 동안 클레이튼의 마지막 말이 끈질기게 마음을 괴롭혔다. 참담한 기분으로 마부의 뻣뻣한 등을 뚫어지게 쳐다보던 휘트니는 애써 자신의 혼란스런 감정을 정리하려 했다. 클레이튼이 마음속 진실과 직면하지 않으려 한다고 비난해서가 아니라 정말로 자신을 더 이상 이해할 수 없었기 때문이다.

폴과 결혼할 계획을 세우고 또 간절히 결혼을 원하면서 어떻게 클레이튼의 애무에 바람난 여자처럼 그토록 뻔뻔스런 반응을 보였단 말인가? 그리고 조금 전 클레이튼에게 상처를 입혔다는 것을 깨닫고는 왜 그렇게 충격을 받았던가? 또 그와 영원히 작별을 한다고 믿었을 때는 왜 그다지 쓸쓸한 마음이 들었던가? 만나기만 하면 농담과 조롱으로 상대를 받아치는 재미에 탐닉하는 사이에 마지못해 맺었던 우정이 깊어지기라도 했단 말인가?

우정? 그 생각을 하자 휘트니는 쓸쓸해졌다. 클레이튼은 친구가 아냐. 그는 내게 전혀 관심이 없어. 그는 오로지 자신과 자신이 원하는 것에만 관심이 있어. 그리고 혼자만 아는 이해하기 어려운 이유로 나를 원해. 클레이튼은 내가 폴을 사랑한다는 사실을 믿으려 하지 않아. 믿고 싶지 않은 거야. 폴은 내 남편으로 운명지어진 사람이야. 그 자리는 오래 전부터 폴을 위해, 오로지 폴만을 위해 가슴속에, 내 삶에 비워둔 자리였어.

폴. 휘트니의 양심이 고개를 들었다. 그러자 폴이 없는 동안 믿음을 배반하고 수치스럽고 지조 없이 행동한 것 때문에 마음이 괴로웠다. 클레이튼이 애무를 하고 키스를 하도록 내버려둔 자신의 태도를 떠올리며 마음이 뜨끔했다. 애무를 하고 키스를 하도록 내버려두었다니! 휘트니는 스스로에게 혐오감을 느끼며 그보다 더한 일, 자신이 그에게 키스를 했던 것을 떠올렸다. 그녀는 클레이튼의 품에 안기고 싶어 했다. 또 그가 입술로 자신의 입술을 벌릴 때는 욕망으로 몸을 떨었지 않은가.

그날 밤 머리 위의 천개를 올려다보며 침대에 누워 있던 휘트니는 그때처럼 비참했던 적이 없었던 것처럼 느껴졌다. 휘트니는 죄책감 때문에 괴로워하며 폴이 청혼을 한 뒤 함께 세웠던 계획들을 떠올려보았다. 폴은 서쪽 별채에 부부 침실을 다시 들이겠다고 했다. 서쪽 별채가 육아실 가까이 있기 때문이다. 폴이 아기 얘기를 입에 담았을 때 휘트니는 꽃잎처럼 얼굴을 붉혔었다. 하지만 곧바로 폴과 같이 즐겁게 이런저런 계획들을 세웠었다.

그래놓고 난 폴을 배신했어. 폴의 사랑을 차지하고는 클레이튼의 품에 안겨 그 사랑을 더럽혔어. 난 폴의 사랑을 받을 자격이 없어. 오, 이런! 난 클레이튼의 사랑 역시 받을 자격이 없어. 바로 지금도, 그의 키스에 답해 그에게 키스를 해놓고도, 다른 남자와 결혼한 생각을 하고 있지 않느냔 말야?

새벽이 흐릿하게 밝아올 즈음 휘트니는 되돌릴 수 없는 마지막 결단을 내렸다. 클레이튼은 스스로의 의지로는 절대 자신을 포기하지 않을 테니 폴이 돌아오는 날 함께 도망치기로 했다. 폴은 나를 사랑하고 믿고 있어. 그리고 내게 의지하고 있어. 사랑의 도피에 따르는 불명예는 폴이 없는 동안 저지른 부도덕한 행위를 속죄하기 위한 고행이라 생각하고 기꺼이 감수할 거야. 언젠가, 언젠가는 다시 폴의 사랑과 신뢰를 받을 만한 여자가 될 거야. 세상에서 가장 헌신적이고 순종적이며 정숙한 아내가 돼서 폴의 사랑과 믿음을 얻고 싶어.

휘트니는 앞으로 어떻게 할지를 정하고 나자 기분이 훨씬 가뿐해졌다. 하지만 이튿날 오전 느지막이 눈을 떴을 때는 다시 비참한 기분이 몰려들었다.

휘트니는 관자놀이를 문지르며 발을 빙그르르 돌려 바닥에 내려놓은 다음 세면대를 향해 조심스럽게 걸어갔다. 한 걸음

한 걸음 떼어놓을 때마다 머릿속이 쾅쾅 울렸다. 휘트니는 시원한 물을 마시면 좀 나아질까 하고 물을 한 잔 들이켰다. 그러고 나서 옷 입는 것을 도와달라고 클라리사를 불렀다.

휘트니는 창백한 얼굴에 쌀쌀한 태도로 아침 식탁에 앉았다. 이모 앤에게는 간신히 힘없는 미소를 지어 보였지만 아버지는 가차없이 무시해버렸다. 그런데 마틴은 더 이상 딸에게 무시당하지 않겠다는 뜻을 분명히 했다.

"애야, 각하와 날짜는 정했니?"

마틴이 퉁명스럽게 말을 꺼냈다.

휘트니는 포크를 내려놓고 깍지 낀 손으로 턱을 괸 다음 일부러 무슨 뚱딴지같은 질문이냐는 듯 눈을 동그랗게 뜨고 멍하니 쳐다보며 아버지의 약을 올렸다.

"무슨 날짜요?"

"애비가 천친 줄 아니? 결혼식 날짜를 말하고 있잖아."

"결혼식이라구요? 제가 말씀 안 드렸나요? 전 결혼 같은 건 안 할 거예요."

휘트니는 미안한 얼굴로 이모를 잠깐 쳐다보고는 식탁에서 일어나 나가버렸다.

"애를 그렇게 몰아붙이다니 형부는 정말이지 바보 중에 바보예요. 그렇게 몰아대면 휘트니가 반항밖에 더하겠어요?"

앤은 입맛이 달아났는지 접시를 밀어놓고 휘트니의 뒤를 따라 식당을 나갔다.

잠시 후 마틴도 포크와 나이프를 내려놓았다. 그리고 미래의 사위를 방문하기 위해 하인에게 마차를 준비시키도록 했다.

휘트니의 두통은 11시쯤 되자 약간 수그러들었지만 기분은 좀처럼 나아지지 않았다. 침방에서 이모와 마주 앉은 휘트니는 수틀을 붙들고 놓기 싫은 수를 억지로 놓고 있었다.

"전 자수라면 질색이에요. 언제나 그랬어요. 수를 잘 놓게 되더라도 마찬가지일 거예요."

휘트니가 아무 감정도 싣지 않고 말했다. 그러자 앤이 한숨을 쉬며 대꾸했다.

"알고 있다. 그래도 손은 심심하지 않잖니?"

수틀에 고개를 박고 있던 앤과 휘트니는 하인이 편지를 가지고 들어와 눈앞에 내밀자 고개를 들었다.

"니키한테서 온 거예요."

휘트니는 니콜라와의 즐거웠던 추억을 떠올리며 얼굴을 환히 폈다. 휘트니는 얼른 편지봉투를 열고 호방한 필체로 쓰인 니콜라의 편지를 읽기 시작했다.

휘트니의 얼굴에서는 차츰 웃음기가 사라졌다. 그리고 다시 머리가 욱신거리기 시작했다. 휘트니는 의자에 털썩 주저앉더니 공포에 질린 눈으로 앤을 바라보았다.

"니키가 내일 런던에 도착한대요."

앤이 천에 바늘을 꽂다 말고 손을 흠칫 멈췄다.

"니콜라 뒤비에가 여기 와서 폴 세버린과 경쟁이라도 하듯 나란히 네게 청혼을 하면 각하가 불쾌해하시겠구나."

휘트니는 니콜라가 손님으로 이 집에 머문다면 부득이 자신이 다음 주 폴과 함께 사랑의 도피를 하는 것을 알게 될 텐데 어떻게 그 창피를 면할지 그것이 더 걱정이었다.

"거기까지 걱정하실 필요는 없어요. 이 문제는 제가 알아서 처리할게요."

방을 나갔던 휘트니가 조금 뒤 깃펜과 편지지를 들고 돌아왔다.

"뭐라고 쓸 거니?"

"자세한 얘긴 그만두고 간단히 쓸 거예요."

휘트니가 편지를 쓰기 시작하면서 또렷하게 말했다.

"니키에게 런던에 그냥 있으라고 쓰려구요. 어떤 전염병에 걸렸다는 게 좋을까요? 말라리아? 페스트?"

이모가 자신의 신경질적인 유머에 공감해주지 않자 휘트니는 좀 더 차분하게 덧붙였다.

"볼일이 있어서 집을 떠나게 될 테니 이번 여행에는 만날 수 없다고만 쓸 거예요. 니키는 잠시 동안만 런던에 머물 거래요. 마커스 러더포드 경이 누군지는 모르지만 그 사람 집에서 열리는 사교 모임에 참석한대요."

앤은 달리 도움이 될 만한 말이 생각나지 않았다.

"러더포드 경은 유럽의 내로라하는 가문들과 친분이 두텁다더구나. 뒤비에 가문도 그 중 하나고. 이모부 말씀이 러더포드 경은 영국 정부에서 가장 기민하고 영향력도 센 인물이라더라."

"음, 분명한 건 그 사람이 좋지 않은 때를 택해 니키를 영국으로 초청했다는 거예요."

휘트니는 그렇게 말하고는 편지를 봉한 다음 하인에게 곧장 부치게 했다.

휘트니는 예기치 않았던 걱정거리를 직접 처리하고 나니 마음이 한결 가뿐해졌다. 그래서 아주 즐거운 마음으로 자수에 전념했다. 하지만 자수에는 영 재주가 없다 보니 아무리 한 땀한 땀 정확히 놓으려고 마음을 먹어도 막상 수를 놓고 보면 이리 삐뚤 저리 삐뚤 엉망이었다. 마침내 인내의 한계를 느낀 휘트니는 수를 제대로 놓아보려던 노력을 포기하고 바늘로 천을 찌르는 재미에 빠져들었다.

휘트니는 이모가 점심을 먹기 위해 식당으로 내려가고 난 뒤에도 한참 동안 계속 바늘로 천을 찔러대고 있었다. 이건 번번이 훼방을 놓는 심술궂기 짝이 없는 운명을 찌르는 거야. 이건 니키를 영국에 오게 한 러더포드 경에게, 이건 잔인하고 무정한 아버지에게, 이건…… 휘트니는 광적으로 복수에 몰두한 나머지 천을 찌른다는 게 그만 잘못해서 자신의 왼쪽 검지를 찌르고는 아픔을 못 이겨 비명을 질렀다.

그때, 귀에 익은 웃음소리가 들렸다.

"천에다 수를 놓는 거요, 아니면 공격을 하는 거요?"

휘트니가 깜짝 놀라 벌떡 일어서자 수틀이 스르르 바닥으로 떨어졌다. 휘트니는 클레이튼이 얼마나 오랫동안 자신을 지켜보며 문가에 서 있었는지 몰랐다. 그녀가 알고 있는 것은 그의 찬란한 존재가 방안을 꽉 채운다는 느낌과 클레이튼을 보자 이상하게도 기운이 솟는다는 사실이었다. 자신의 반응에 당혹스러워하던 휘트니는 작은 핏방울이 맺힌 손가락으로 황급히 주의를 돌렸다.

"휘티콤 박사를 오라고 할까?"

클레이튼은 미소를 띤 채 계속 놀려댔다.

"휘티콤이 싫다면 '토마스 박사'를 부를 수도 있소. 하지만 내가 알기로 토마스 박사의 전문 분야는 골절상이라서……."

휘트니는 아랫입술을 깨물며 웃음을 참으려고 안간힘을 썼다.

"사실 토마스 박사님은 다른 환자를 보느라 바쁘세요. 밤색 암말이죠. 그리고 휘티콤 박사님은 지난번 헛걸음을 하시고는 꽤 화가 나셨어요. 다시 한 번 헛걸음을 하시게 하면 고맙다고는 안 하실 걸요."

"헛걸음을 하게 했단 말이오?"

클레이튼이 차분하게 물었다.

휘트니의 얼굴에서 웃음기가 싹 가시며 왠지 모를 죄책감이 밀려들었다.

"알고 있었잖아요."

휘트니가 작은 소리로 말하며 눈을 돌렸다.

클레이튼은 얼굴을 살짝 찌푸린 채 휘트니의 해쓱한 얼굴을 찬찬히 살폈다. 겉으로는 쾌활해 보였지만 속으로는 똬리를 튼 용수철처럼 팽팽하게 긴장하고 있음을 알 수 있었다. 클레이튼은 흥분한 마틴이 허둥지둥 달려와 아침 식탁에서 휘트니가 결혼을 하지 않겠다고 했다는 소리를 했을 때 전혀 놀라지 않았다. 마틴 스톤은 딸을 몰아붙일 줄밖에 모르는 한심한 아비였다. 그럴수록 휘트니는 더욱 완강하게 반항할 뿐일 텐데 말이다. 그래서 클레이튼은 휘트니에게 여유를 주고 싶었다. 클레이튼이 차분하지만 단호하게 말을 꺼냈다.

"런던에서 열리는 무도회에 동행해주었으면 좋겠소. 그 별나고 볼품없이 생긴 당신 시녀를 데려가도 좋소. 내가 가보로 내려오는 은그릇이라도 집어갈까봐 나만 보면 언짢은 낯을 하는 그 땅딸막한 흰머리 시녀 말이오."

"클라리사예요."

휘트니는 자동적으로 하녀의 이름을 대며 속으로는 런던에 함께 갈 수 없는 변명거리를 부지런히 찾았다.

"달리 마땅한 사람이 없으니 샤프론 역할을 맡게 될 거요."

샤프론(사교계에 나가는 젊은 여성의 보호자)이라면 레이디 길버트가 훨씬 낫겠지만 클레이튼은 잠시만이라도 휘트니와 단 둘이 있고 싶었다.

"모레 아침에 떠나면 오후에는 런던에 도착할 수 있을 거요. 그러면 무도회가 시작되기 전 당신 친구 에밀리도 찾아보고 좀 쉴 여유도 있을 거요. 틀림없이 아치볼드 내외는 당신을 위해 흔쾌히 하룻밤을 재워줄 테니 거기서 자고 그 다음 날 돌아오도록 합시다."

클레이튼은 휘트니가 거절하려는 눈치를 채고는 대꾸할 틈도 주지 않고 덧붙였다.

"지금 당신 이모는 에밀리 아치볼드에게 당신의 방문을 알리는 편지를 쓰고 있는 중이오."

휘트니는 이모가 도대체 무슨 정신으로 그 일에 동의를 했는지 알 수가 없었다. 그러나 곧 이모 역시 자신과 마찬가지로 클레이모어 공작의 뜻을 거스를 수 있는 처지가 아니라는 사실을 깨달았다. 휘트니는 골이 나서 쏘아붙였다.

"부탁이 아니라 명령이군요."

클레이튼은 휘트니가 무도회에 열의를 보이지 않는 것에 별 신경을 쓰지 않았다. 사실 무도회는 그날 아침 마틴 스톤이 다녀간 뒤에야 생각해낸 것이었다.

"난 당신이 좋아하길 무척 바랐는데."

클레이튼이 상냥하게 나오자 휘트니는 자신이 성미가 까다롭고 무례한 여자가 된 기분이 들었다. 그래서 결국은 한숨을 내쉬며 피할 수 없는 권유를 받아들였다.

"그런데 누가 여는 무도회죠?"

"러더포드 경이오."

클레이튼은 그 말에 휘트니가 어떤 반응을 보이리라고는 전혀 기대하지 않았다. 하지만 기대를 했더라도 휘트니가 보인 반응은 전혀 예상치 못한 것이었다. '러더포드 경'이라는 말을 들은 휘트니가 비취빛 눈을 등잔만 하게 뜨고 물었다.

"누구라구요?"

휘트니의 목소리는 숨이 막히는 사람이 내뱉는 것만큼이나 작았다. 그리고 클레이튼이 대답도 하기 전에 비명처럼 기이한 웃음을 터뜨리며, 말 그대로 그의 품으로 무너져서는 기쁨에 겨워하며 몸을 흔들었다.

휘트니는 눈에 그렁그렁 눈물을 매단 채 간신히 진정했다. 그리고 여전히 클레이튼의 품에 안긴 채 몸을 뒤로 젖히고는 말했다.

"지금 당신 앞에 있는 여자는 인생의 비극을 멋진 농담으로 받아들이기 시작한, 실성한 여자예요."

휘트니가 다시 한 번 킬킬 터져나오는 웃음을 삼키고는 눈을 빛내며 물었다.

"이모도 아시나요? 우리가 누구의 무도회에 가는지?"

"모르오. 그런데 그건 왜 묻소?"

휘트니는 니콜라에게서 온 편지를 집어들어 클레이튼에게 건넸다.

"오늘 아침에 찾아오지 말라고 답장을 썼어요. 볼일이 있어 집을 떠난다구요."

클레이튼은 편지를 대충 훑어보고 휘트니에게 돌려줬다.

"잘됐군."

그는 휘트니가 정작 약혼자인 자신에게는 딱딱하게 격식을 갖춰 부르면서 니콜라 뒤비에는 '니키'라는 애칭으로 다정스럽게 부르자 언짢아졌다. 그러나 러더포드의 무도회에서 자신이 휘트니의 파트너로서 뒤비에와 대면하리라는 생각이 떠오르자 곧 잔인한 만족감이 드는 동시에 마음이 한결 누그러졌다. 그는 휘트니의 이마에 살짝 입을 맞추며 작별인사를 했다.

"모레 아침 9시에 오겠소."

21

　이틀 뒤 시계가 9시를 알리자 정면 진입로에 번쩍거리는 검은 마차 두 대가 섰다. 휘트니는 여행복과 색을 맞춘 물빛 장갑을 끼고 클라리사와 나란히 계단을 내려가 현관 입구로 갔다. 앤과 마틴이 배웅을 하려고 나왔다. 그 사이 클레이튼은 황송하게도 몸소 클라리사를 부축해 마차로 데려갔다. 휘트니는 아버지는 본 체 만 체 하는 대신 이모를 뜨겁게 부둥켜안았다. 휘트니는 이모가 샤프론으로 동행해야 한다고 했지만 클레이튼은 그 말을 일축해버리고 클라리사가 시녀와 샤프론의 역할을 모두 해낼 수 있다고 고집했다.

　클레이튼이 이모와 클라리사에게 말한 대로 런던에는 땅거미가 질 무렵에 도착할 텐데, 클레이튼에겐 그 몇 시간 동안을 장차 남편이 될 약혼자로서 미래의 아내와 단 둘이서만 보낼 수 있는 당연한 권리가 있었다.

"클라리사는 어디 있어요?"

클레이튼의 부축을 받아 빈 마차에 오른 휘트니가 몇 분이 지난 뒤 물었다.

완강하게 저항하는 클라리사를 시종과 함께 다른 마차에 밀어넣어 떼어버린 클레이튼이 부드럽게 대답했다.

"뒤따라오는 마차 안에 편안하게 앉아 있소. 아마 내가 가져다 준 훌륭한 책들을 읽고 있을 거요."

"클라리사는 로맨스 소설을 아주 좋아해요."

"내가 준 책은 ≪대규모 재산의 성공적 관리법≫과 플라톤의 ≪대화편≫인데 책을 들고 올라갔더니 제목도 보지 않고 문을 쾅 닫아버린 걸 어쩌겠소?"

휘트니는 항의를 하려다가 포기하고 고개를 돌렸다.

진입로를 나와 바퀴자국이 어지럽게 난 시골길로 들어서자 마차가 흔들거렸다. 휘트니는 그제야 밖에서 볼 때는 길에 널린 흔하디흔한 마차들과 별 다를 게 없어 보이던 마차의 내부가 매우 넓고 호화롭다는 것을 깨달았다. 좌석은 용수철 장치가 완벽하게 되어 있어서 둥실 떠 있는 느낌을 주었고 벨벳 쿠션도 다른 마차보다 더 푹신하고 더 편안했다. 옆에 앉은 클레이튼이 긴 다리를 쭉 뻗어도 반대쪽 의자에 닿지 않을 만큼 내부 공간은 넓었다. 클레이튼의 딱 벌어진 어깨가 휘트니의 어깨에 닿을락 말락 했다. 하지만 그렇게 둘이 바싹 붙어앉게 된 것도 자리가 비좁아서는 아니었다.

클레이튼이 쓰는 은은한 화장수 냄새가 코를 간지럽히자 휘트니의 맥박은 빨라졌다. 그녀는 얼른 고개를 돌려 빠르게 스쳐지나가는 아름다운 가을 풍경에 눈을 주었다.

"집이 어디예요?"

휘트니가 길고 편안한 침묵 끝에 물었다.

"당신이 있는 곳이라면 어디든지."

휘트니는 클레이튼의 그윽하고 부드러운 목소리에 숨이 멎을 것 같았다.

"지, 진짜 집이 어딘지 묻는 거잖아요. 혹 클레이모언가요?"

"날씨가 좋을 때 달리면 런던에서 한 시간 반쯤 걸린 다오."

"오래됐나요?"

"아주 오래됐소."

"그럼 무척 음침하겠네요."

클레이튼이 무슨 소리냐는 듯 눈길을 던지자 휘트니가 얼른 설명했다.

"내 말은 오래된 귀족 저택들은 대부분 밖에서 보면 으리으리하지만 안으로 들어가면 어둡고 음산할 것 같다는 말이에요."

"클레이모어 저택은 현대식으로 개조하고 증축도 했소."

그 목소리에는 무뚝뚝한 듯하면서도 재미있어하는 기색이 실려 있었다.

"당신도 그 집을 보고 누추하다고는 하지 않을 거야."

휘트니는 클레이튼이 사는 곳은 궁전같이 아주 아름다울 거라는 생각을 언뜻 했다. 그러나 그 집을 영영 보지 못하리라는 생각에 울적한 느낌도 들었다. 휘트니의 감정 변화를 눈치 챘는지 클레이튼은 동생 스티븐과 자신의 어린 시절에 얽힌 유쾌한 이야기들을 쏟아놓아 휘트니를 즐겁게 해주었다. 클레이튼을 알게 된 이래로 그가 그처럼 스스럼없는 모습을 보인 적이 없었기에 런던에 있는 에밀리의 타운하우스(시골에 있는 본저택에 대해서 도시에 있는 저택을 이르는 말)에 가까워질수록 휘트니의 기분은 차츰 가벼워졌다.

해가 저물고 있었다. 휘트니는 자갈이 깔린 런던 거리를 내다보며 차츰 긴장하기 시작했다.

"무슨 걱정이라도 있소?"

클레이튼이 옆에서 물었다.

"당신과 함께 에밀리의 집에 가면 에밀리 부부가 날 아주 이상하게 볼 거예요."

"곧 결혼할 사이라고 해버리지."

클레이튼은 그렇게 말하며 웃더니 휘트니를 품에 안았다. 그리고 얼마나 오래, 그리고 진하게 키스를 했던지 휘트니는 그 말을 정말로 믿을 뻔했다.

에밀리가 우아한 미소를 띠고 현관에서 두 사람을 맞았다. 휘트니는 클레이튼과 함께 런던에 온 자신을 보고 에밀리가 충격을 받았을 텐데 전혀 그런 기미를 보이지 않자 마음이 놓였다. 에밀리는 휘트니를 따뜻하게 안아준 다음 재빨리 손님용 침실로 안내했다. 그리고 안주인 역할을 다하기 위해 응접실로 내려가 남편과 함께 클레이튼을 맞았다.

15분가량 지나서 에밀리가 다시 모습을 나타냈을 때는 좀 전의 차분함은 온데간데없이 사라지고 흥분으로 뺨이 발갛게 상기되어 있었다. 클라리사를 도와 짐을 풀던 휘트니는 호기심으로 반짝이는 에밀리의 눈을 보고는 마음을 다잡아먹었다.

"그분이야."

에밀리가 문에 등을 기댄 채 소리쳤다.

"방금 그분이 당신이 누군지 말씀해주셨어. 마이클은 처음부터 알고 있었는데 비밀로 해달라고 부탁하셔서 입을 다물고 있었대. 런던 사람들이 쉴 새 없이 얘길 해서 말씀은 듣고 있었지만 뵙기는 이번이 처음이야. 휘트니!"

에밀리는 예쁜 얼굴을 환히 빛내며 친구에 대한 자랑스러움을 숨김없이 드러냈다.

"넌 유럽에서 으뜸가는 신랑감이랑 러더포드 가의 무도회에 가는 거야."

에밀리는 마치 휘트니에게 열정이라도 불러일으키려는 듯 러더포드 가의 무도회라는 말을 되풀이했다.

"사람들은 러더포드 가의 파티 초대장을 다이아몬드만큼이나 받고 싶어 해!"

휘트니는 어떻게 해야 할지 몰라 입술을 깨물었다. 에밀리에게 모든 걸 털어놓고 싶었지만 괜한 부담을 주고 싶지도 않았다. 에밀리에게 '유럽에서 으뜸가는 독신남자'와 약혼한 사이라고 말하면 에밀리는 분명 감격할 것이다. 그런데 그 약혼이 원해서 한 게 아니라고 말하면 측은해하며 이해해줄 것이다. 하지만 며칠 뒤 폴과 도망칠 거라고 하면 뒤따를 추문을 염려해서 그러지 말라고 애원할 것이다.

"그분이 클레이모어 공작이란 사실은 언제 알았니?"

"1주일도 안 돼."

휘트니가 조심스럽게 말했다.

"그래? 모두 다 얘기해줘. 너 그분을 사랑하니? 그분도 널 사랑하구? 공작이란 사실을 알고 놀라진 않았니?"

어떻게 된 일인지 궁금해 못 견디겠다는 듯 에밀리는 숨도 쉬지 않고 연달아 질문을 퍼부어댔다.

"놀라서 기절하는 줄 알았어."

휘트니는 클레이튼이 약혼자라는 사실을 알고 얼마나 놀랐던지를 떠올리며 희미하게 웃었다.

"계속해봐."

에밀리가 어찌나 기뻐하며 재촉을 하던지 저도 모르게 환하게 미소를 짓던 휘트니는 이내 고개를 저으며 단호하게 대꾸했다. 잠시 동안만이라도 에밀리가 캐묻지 않도록 말이다.

"그 사람은 날 사랑하지 않아. 나도 그렇고. 난 폴하고 결혼할 거야. 거의 정해졌어."

클레이튼은 시종 암스트롱의 시중을 받으며 빳빳하게 다려진 하얀 드레스셔츠를 어깨 위에 걸치고 있었다. 벽난로 위에 놓인 시계를 힐끗 쳐다보니 열 시가 가까워오고 있었다. 클레이튼은 아치볼드 저택으로 달려가고 싶어 안달이 날 지경이었다.

"이렇게 말씀드려도 될지 모르겠습니다만 각하, 다시 런던으로 돌아오니 참 좋습니다."

암스트롱이 검은 비단 조끼를 입혀주며 입을 뗐다.

클레이튼이 조끼를 채우는 동안 암스트롱은 옷장에서 검정 야회복을 꺼내 있지도 않은 먼지를 탁탁 털고는 클레이튼이 팔을 옷소매에 넣는 동안 들고 있었다. 루비로 된 장식 단추를 셔츠에 달아주고 난 암스트롱은 뒤로 물러서서 흠 하나 없이 깔끔한, 검은색 야회복이 주인의 훤칠한 체격과 한데 어울려 이루어내는 멋진 조화를 감탄 어린 눈길로 살펴보았다.

클레이튼은 거울에 얼굴을 바싹 갖다 대고 면도가 깔끔하게 되었는지 확인한 뒤 암스트롱을 보고 씩 웃었다.

"합격인가, 암스트롱?"

주인이 평소답지 않게 친밀하게 말을 건네자 암스트롱은 놀랍고 기뻐서 가슴이 벅차올랐다.

"그야 이를 말씀입니까, 각하."

암스트롱은 대답은 그렇게 했으나 클레이튼이 방을 나서자 슬며시 걱정이 되기 시작했다. 주인이 저토록 기분이 좋은 이유가 다 스톤 양 때문이라는 사실을 깨달았기 때문이다. 그는 마부 맥레이와 내기를 할 때 주인이 스톤 양과 결혼하지 못하리라는 쪽에 돈을 걸었던 것을 처음으로 후회했다.

"즐거운 저녁 시간 보내십시오, 각하."

집사가 느리고 또렷하게 인사를 했다. 클레이튼은 어깨를 으쓱해 보이며 집사가 걸쳐주는 진홍색 실크로 안을 댄 망토 속에 몸을 집어넣고는 어퍼 브룩에 있는 그의 웅장한 타운하우스에서 거리로 뻗어내린 길고 완만한 계단을 펄쩍펄쩍 뛰어 내려갔다. 웨스트모어랜드 가의 고용인들이 입는 제복을 완벽하게 차려입은 맥레이는 클레이튼이 가까이 다가서자 마차 문을 재빨리 열었다. 클레이튼은 그 아일랜드 마부에게 씩 웃어 보이고는 머리를 말 쪽으로 돌렸다.

"맥레이, 말들이 빨리 달리지 못하거든 쏴버리게."

자갈이 깔린 런던 거리 위를 마차가 덜컹거릴 때마다 클레이튼은 설레는 기대로 가슴이 점점 벅차올랐다. 그는 휘트니와 나란히 런던에 모습을 드러낼 기대로 부풀어 있었다. 휘트니의 기분을 바꿔주려고 생각해낸 러더포드 가 무도회에 이제는 클레이튼 자신이 푹 빠져 있었다. 그는 아르망 가의 가면무도회에서 휘트니를 처음 본 뒤 그녀를 자신의 여자로 사람들 앞에 선보일 꿈을 꾸어왔다. 그런데 휘트니를 런던 사교계에 선보이는 곳으로 절친한 친구 집보다 더 나은 곳이 또 어디 있으랴?

클레이튼은 그날 밤 휘트니를 약혼녀라고 소개하면 마커스와 엘렌 러더포드가 어떤 반응을 보일까 생각하며 어린애처럼 즐거워했다. 휘트니를 런던 사교계에 약혼녀라고 소개하더라도 그녀와 했던 약속을 깨는 것이 아니었다. 휘트니가 고향으로 돌아갔을 때 마을 사람들은, 적어도 며칠 동안은 여전히 두 사람의 약혼 사실을 모를 테니 말이다. 비밀! 그 생각을 하자 클레이튼은 기분이 상했다. 그는 이 사실을 세상 사람 모두에게 알리고 싶었다.

"그분이 오셨어."

에밀리가 아래층에서 귀한 손님을 맞아들인 뒤 밝게 웃는 얼굴로 휘트니의 방으로 뛰어 들어서며 소리를 질렀다.

"생각하면 꿈만 같아. 넌 가장 이름 있는 무도회에서 런던 사교계에 데뷔를 하는 거야. 그것도 클레이모어 공작의 에스코트를 받으면서. 마거릿 메리튼이 오늘밤 너를 볼 수 있다면 얼마나 고소할까?"

에밀리는 저녁 내내 기쁨에 들떠 있었다. 자리에서 일어서던 휘트니는 그런 에밀리를 보고 빙그레 웃지 않을 수 없었다. 그리고 계단 발치에서 아치볼드와 이야기를 나누고 있는 클레이튼을 보고는 파도처럼 밀려드는 기쁨을 억누를 수가 없었다.

휘트니가 계단을 내려서기 시작하자 클레이튼은 반사적으로 위를 올려다보았다. 휘트니를 보고 숨을 멈춘 그도 자랑스러움으로 가슴이 터질 것 같았다. 그녀는 한쪽 어깨를 살짝 드러낸 다음 날씬하고 육감적인 몸매를 감싸듯 휘감고 내려가 소용돌이처럼 구불구불 끝자락을 말아올린 그리스풍의 황금빛 공단 드레스를 입고 있었다. 또 윤기가 흐르는 다갈색 머리는 노란 투르말린과 하얀 다이아몬드로 장식하여 아른아른 빛나는 황금의 여신처럼 보였다. 휘트니가 환하게 미소를 짓자 얼굴은 밝게 빛났고 두 눈은 반짝거렸다. 그는 휘트니가 그날만큼 황홀하고 관능적으로 보인 적이 없는 것 같았다. 그녀는 아름답고 매력이 있었으며 고혹적이었다. 무엇보다 그녀는 클레이튼 자신의 여자였다.

휘트니가 계단을 다 내려오자 클레이튼이 팔꿈치까지 덮인 황금빛 장갑을 낀 그녀의 손을 마주잡았다. 클레이튼은 두 눈에 열정을 가득 담고 달뜬 목소리로 속삭이듯 말했다.

"오, 이런! 참으로 아름답소."

클레이튼의 회색 눈의 마력에 빠져든 휘트니는 그날 저녁을 정말로 즐기고 싶은 갑작스런 유혹에 무릎을 꿇었다. 그녀는 뒤로 물러서서 멋지게 차려입은 클레이튼의 훤칠한 모습을 따뜻한 눈길로 훑어보며 부끄러운 줄도 모르고 감탄을 했다. 그런 다음 웃음기 어린 비취빛 눈을 들어 클레이튼의 눈을 마주 바라보며 한마디 평을 했다.

"내가 아무리 아름답더라도 당신만큼이야 하겠어요?"

짐짓 낙심한 체하는 그녀의 눈이 반짝반짝 빛나고 있었다.

클레이튼은 황금빛 공단 망토를 휘트니의 어깨에 걸쳐주고는 서둘러 아치볼드 저택을 나섰다. 그는 뒤에서 문이 닫히고 나서야 마이클과 에밀리에게 인사도 하지 않고 나왔다는 사실을 깨달았다.

닫힌 문을 멍하니 바라보며 에밀리는 두 사람이 잘됐으면 하는 간절한 바람에 긴 한숨을 토했다. 그러자 마이클이 그녀의 어깨에 팔을 두르며 부드럽게 말했다.

"휘트니가 냉정을 잃고 클레이모어에게 빠져들지 않기를 기원해줘요. 클레이모어가 휘트니에게 마음을 빼앗기리라고는 생각지 마오. 그럴 사람은 아니라오. 당신도 클레이모어에 대한 소문을 그만큼 들었으니 그 정도는 알고 있을 거요. 설령 클레이모어가 휘트니에게 빠져들어 그녀가 가난하다는 사실은 눈감아준다 해도 클레이모어는 자신보다 지위가 낮은 가문의 여자와는 절대 결혼하지 않을 거요. 그건 대대로 내려온 웨스트모어랜드 가문의 전통이라오."

밖으로 나오니 거리는 안개로 자욱했고 한기를 머금은 미풍에 휘트니의 망토 자락이 펄럭였다. 휘트니는 계단을 내려오다 멈춰 서서 머리가 흐트러지지 않도록 망토에 달린, 통이 넓은 모자를 끌어당겨 썼다. 그러다가 무심결에 가스등 아래 서 있는 마차로 눈이 갔다.

"세상에! 저 마차가 당신 거예요?"

문에 금빛 문장을 장식한 자줏빛 마차를 바라보던 휘트니가 눈을 동그랗게 뜨고 물었다.

"물론 당신 거겠죠?"

휘트니가 대답도 들을 것 없이 거듭 말했다. 그러고는 평정을 되찾고 클레이튼과 나란히 계단을 내려갔다.

"왠지 난 당신이 공작이란 생각이 안 들어요. 그냥 집에 있는 당신을 보는 것 같아요. 그러니까 우리 집에서 봤던 당신 말이에요."

이렇게 설명을 하는 휘트니는 자신이 바보에다 순진한 여자가 된 기분이었다. 그런데 마차를 끄는 말들을 보고는 다시 한번 걸음을 멈추었다. 갈기와 꼬리가 눈처럼 하얀, 눈부시게 아름다운 잿빛 말 네 마리가 달리고 싶어 가만히 있지를 못하고 머리를 흔들며 발을 구르고 있었다.

"말들이 마음에 드오?"

휘트니를 마차에 올려준 다음 옆자리에 앉은 클레이튼이 물었다.

"마음에 드느냐구요? 저렇게 근사한 동물은 처음 봐요."

모자를 벗고 머리를 돌린 휘트니가 수줍은 미소를 띠고 클레이튼의 눈을 들여다보며 대꾸했다.

그러자 클레이튼이 한 팔로 휘트니의 어깨를 부드럽게 감싸 안으며 말했다.

"그럼 당신이 가져요."

"아뇨, 받을 수 없어요. 정말이에요. 그럴 순 없어요."

"이젠 당신에게 선물을 주는 기쁨까지 빼앗을 참이오? 내가 사준 드레스와 보석들을 하고 있는 당신을 보면, 비록 당신이 그 사실을 모르더라도 무척 흐뭇하다구."

클레이튼의 너그러운 기분에 힘을 얻은 휘트니는 이제까지 차마 입 밖에 내기 어려웠던 질문을 던졌다.

"나와 결혼하려고 아버지한테 얼마를 줬죠?"

순간 오붓하던 분위기에 쩡하고 금이 갔다.

"다른 건 다 들어주지 않아도 좋소. 하지만 이 부탁만은 들 어줘요. 내가 물건을 사듯 당신을 샀다는 그 바보 같은 생각은 그만두란 말이오."

이미 질문은 던져졌고, 그 때문에 클레이튼은 화를 냈다. 휘 트니는 기왕 일이 이렇게 됐으니 끝까지 대답을 듣고 싶었다.

"얼마죠?"

휘트니가 끈질기게 물고 늘어지자 클레이튼은 주저하다가 차갑게 내뱉었다.

"10만 파운드요."

휘트니는 정신이 어질어질했다. 그처럼 엄청난 액수이리라 고는 상상도 해본 적이 없었다. 하인들이 받는 1년치 급료가 30 내지 40파운드였다. 그녀와 폴이 남은 평생 허리를 졸라매고 저축을 한다고 해도 그렇게 큰돈은 결코 갚을 수 없을 터였다. 차라리 묻지나 말 걸 하는 뼈저린 후회가 밀어닥쳤다. 그러나 휘트니는 클레이튼과의 저녁 시간을 망치고 싶지 않았다. 그날 밤은 두 사람이 처음이자 마지막으로 함께하는 축제가 될 것이다. 그래서인지 그 축제를 망치고 싶지 않은 마음이 간절해졌다. 휘트니는 좀 전의 유쾌한 기분을 되찾으려고 안간힘을 쓰며 입을 열었다.

"공작님, 바보 같은 짓을 하셨군요."

클레이튼이 장갑을 반대편 좌석에다 던지면서 따분하다는 투로 느릿느릿 물었다.

"그렇습니까? 그런데 이유가 뭔가요, 마담?"

"9만 9천 파운드 이상은 한 푼도 더 안 줘도 될 걸 10만 파운드나 줬으니 바가지를 썼잖아요!"

클레이튼이 아연한 눈길을 휘트니에게 돌렸다. 눈을 가늘게 뜨고 바라보니 휘트니의 입가에 살포시 미소가 걸려 있었다. 그는 머리를 젖히고 껄껄 웃었다. 목 뒤에서 울려나오는, 성량이 풍부한 웃음소리가 휘트니의 마음을 따뜻하게 만들어주었다. 그는 휘트니를 가까이 끌어당기고는 미소를 지었다.

"보물을 손에 넣으려는 자는 몇 푼을 아끼려고 쩨쩨하게 굴지 않는 법이오."

그러다가 어느 순간부터 둘 사이에는 말이 없어졌다. 클레이튼의 눈에서 즐거운 빛이 점차 사라지고 대신 무기력한 갈망이 들어찼다. 그의 회색 눈이 휘트니의 비취빛 눈을 꼼짝 못하게 붙들며 천천히 머리를 숙였다.

"당신을 원하오."

클레이튼이 거친 숨을 몰아쉬며 토해낸 말이었다. 그의 깊고도 관능적인 키스를 받는 휘트니는 온몸을 떨며 얼굴을 붉혔다.

러더포드 가의 저택은 불빛으로 환하게 밝혀져 있었다. 저택에 이르는 기다란 사설도로는 저택 앞으로 향하는 마차들로 북새통을 이루고 있었다. 화려하게 차려입은 손님들이 마차에서 내리면 횃불을 든 하인들이 맞아 정문으로 향하는 계단으로 안내했다.

휘트니와 클레이튼도 마차에서 내리자마자 횃불을 든 하인의 안내를 받아 계단으로 향했다. 두 사람은 현관 홀에서 하인에게 망토를 벗어주고 카펫이 깔린 계단으로 올라갔다. 계단 곳곳에 큼지막한 난초 꽃다발이 높다란 은제 스탠드에 꽂혀 있었다.

두 사람은 모퉁이를 돌아 발코니로 나갔다. 휘트니는 잠시 걸음을 멈추고 아래층 무도회장을 내려다보며 생각했다. 런던에서 참석하는 첫 무도회구나. 처음이자 마지막 무도회. 숙녀들이 이리저리 움직이며 웃고 이야기를 나누며 무도회장을 떠들썩하게 만들었다. 거대한 크리스털 샹들리에가 색색의 현란한 의상들을 비추었고 그 모습들이 유리로 된 2층짜리 벽면에 비쳐 몇 겹으로 겹쳐 보였다.

"준비됐소?"

클레이튼이 휘트니의 손을 직각으로 접은 팔 안에다 끼어넣고 발코니에서 아래층 무도회장으로 내려가는 넓은 나선형 계단으로 그녀를 이끌었다.

무심코 니콜라를 찾고 있던 휘트니는 문득 저 아래 무도회장에 있는 모든 사람들이 클레이튼과 자신을 쳐다보고 있음을 깨달았다. 수백 개의 호기심 어린 시선이 두 사람에게 쏠리자 당황한 휘트니는 몸을 뒤로 뺐다. 왁자지껄하던 소음이 점점 수그러들어 속삭임이나 중얼거림으로 잦아드는가싶더니 곧 귀가 멍멍해질 정도로 갑자기 커졌다. 휘트니는 무도회장에 있는 사람들이 모두 자신과 클레이튼을 올려다보며 두 사람에 대해 이야기하고 있다는 끔찍한 느낌이 들었다. 그때 한 여자가 클레이튼을 올려다보고는 키가 크고 잘생긴 남자에게 급히 다가가서 뭐라고 속삭였다. 그러자 그 남자는 즉시 눈을 돌려 클레이튼을 쳐다보더니 사람들 틈에서 빠져나와 두 사람이 서 있는 발코니 쪽으로 성큼성큼 걸어왔다.

"사람들이 우릴 쳐다보고 있어요."

휘트니가 걱정스럽게 속삭였다.

클레이튼은 자신이 일으켜놓은 흥분에 아무런 반응도 보이지 않으며 아래층을 힐끗 내려다본 다음 휘트니의 사랑스러운 얼굴로 눈길을 돌렸다.

"내가 보기에도 그런 것 같군."

그때 무도회의 주인임에 분명한 예의 그 잘생긴 남자가 발코니로 향하는 마지막 계단을 뛰어올라왔다.

"클레이튼! 도대체 그동안 어디 있었나? 자네가 세상을 떴다는 소문이라도 믿으려던 참이었네."

휘트니는 절친한 친구임이 분명한 두 남자가 반갑게 나누는 인사에 귀를 기울였다. 러더포드는 명민함의 징표인 날카롭고 푸른 눈을 지닌 미남이었다. 그는 대뜸 그 푸른 눈으로 휘트니를 찬찬히 살피며 감탄의 빛을 감추지 않았다.

"그런데 자네 옆에 서 계신 이 매혹적인 숙녀분은 누구신가? 인사 좀 나눠도 되겠나?"

휘트니는 어떻게 해야 할지 몰라 클레이튼을 올려다보았다. 그가 무척 자랑스러운 표정으로 자신을 내려다보는 모습을 보고 휘트니는 깜짝 놀랐다.

"휘트니, 내 친구 마커스 러더포드 경……."

클레이튼은 여전히 러더포드가 꽉 쥐고 있는 휘트니의 손을 의미심장한 눈길로 바라보며 하던 말을 마쳤다.

"마커스, 부탁이네만 장차 내 아내가 될 휘트니 스톤 양의 손을 이제 그만 놓아주겠나?"

"휘트니라? 참으로 독특한……."

말을 하다 말고 클레이튼을 빤히 쳐다보는 러더포드의 얼굴에 못 믿겠다는 듯한 웃음이 천천히 번졌다.

"내 귀가 잘못된 건 아니겠지?"

클레이튼이 긍정의 표시로 고개를 까딱해 보이자 러더포드는 반가운 눈길을 휘트니에게 돌렸다.

"이리 오시지요, 아가씨."

러더포드가 휘트니의 손을 잡아끌어다가 팔에 끼우며 말했다.

"눈치 채셨겠지만 저 아래 모인 6백여 명이나 되는 사람들은 아가씨가 누구신지 알고 싶어 안달이 나 있답니다."

클레이튼이 아주 흡족해하며 말릴 기미를 보이지 않자 휘트니가 황급히 사태 수습에 나섰다.

"러더포드 경!"

이렇게 입을 뗀 휘트니는 애원하는 눈빛으로 클레이튼을 바라보며 말을 이었다.

"저, 저희 결혼 얘기는 당분간 비밀로 하고 싶어요."

클레이튼은 휘트니가 너무 곤혹스러워하자 모든 사람 앞에 휘트니를 약혼녀라고 소개하려던 계획을 마지못해 단념했다.

"마커스, 당분간은 비밀일세."

"자네 머리가 어떻게 된 거 아닌가?"

러더포드는 그렇게 물으면서 휘트니의 손을 놓아주었다.

"하지만 이 굉장한 비밀은 하루도 못 갈 걸세."

그는 눈을 크게 뜨고 발코니에서 일어나고 있는 상황을 지켜보고 있는 사람들을 힐끗 내려다본 다음 한마디 덧붙였다.

"한 시간인들 갈 거 같은가?"

그는 클레이튼이 마음을 바꾸기를 바라며 잠시 기다렸다가 몸을 돌려 아래층으로 내려가며 말했다.

"안사람한텐 말해도 되겠지? 자네와 함께 있는 이 아름다운 아가씨가 누군지 알아보라는 특명을 내린 장본인이 바로 안사람이라네."

휘트니가 반대할 겨를도 없이 클레이튼은 고개를 끄덕였다. 휘트니는 불길한 예감에 휩싸인 채 클레이튼에게 절망적인 눈길을 돌렸다.

"이제 무슨 일이 벌어지는지 보세요."

러더포드는 곧장 빨강머리 미녀에게 성큼성큼 걸어가더니 그녀를 한쪽으로 데려가 무슨 말인가를 속삭였다. 그러자 그 여자는 놀라움과 반가움이 어린 시선을 클레이튼과 휘트니에게 돌리고는 은밀하게 웃어 보였다. 휘트니의 예상대로 러더포드 부인은 남편이 곁을 떠나자마자 다른 여자에게 쪼르르 달려가 한동안 속삭였다. 그 여자는 클레이튼과 휘트니 쪽을 바라보더니 얼른 부채로 얼굴을 가리고 옆에 있는 여자에게 속닥거렸다.

휘트니는 싸늘한 공포에 젖어 목소리가 꽉 잠겼다.

"이제 비밀은 끝이군요."

휘트니는 간신히 입을 뗀 뒤 쉴 만한 곳을 찾아 주위를 둘러보았다. 너무도 괴로운 나머지 클레이튼이 자신의 행동을 어떻게 여길지 생각할 만한 마음의 여유가 없었다. 그녀는 클레이튼을 발코니에 혼자 세워두고 휴게실로 도망치듯 달려가 문을 닫았다.

거울로 된 벽면에 비친 자신의 모습을 멍하니 바라보던 휘트니의 눈은 공포로 흐리멍덩해져 있었다. 이건 재난이야, 재난! 이 무도회에 초대된 손님들은 모두 클레이튼의 친구나 지인들로 그와 친분이 있는 사람들이었다. 조금만 더 있으면 그들 모두가 클레이튼이 휘트니와 약혼한 것을 알게 될 것이다. 그러면 1주일 안에 런던에 있는 모든 사람들이 그 사실을 알게 될 것이다. 그녀가 폴과 도망을 치면 사람들은 틀림없이 그녀가 클레이튼을 조롱했다고, 그와 결혼하기 싫어서 달아났다고 생각할 것이다. 오, 하느님! 그렇게 되면 클레이튼은 공개적으로 망신을 당하게 될 터였다. 휘트니는 클레이튼이 그런 수모를 당하는 것을 견딜 수 없었다. 설령 견딜 수 있더라도 그렇게 하는 게 두려웠다. 만약 클레이튼에게 공개적으로 치욕을 안겨준다면 틀림없이 잔인한 보복이 그녀의 삶을 풍비박산 내버릴 것이다. 휘트니는 격노한 클레이튼이 막강한 권력을 사용해 그녀와 가족, 심지어 이모와 이모부에게 복수의 칼날을 들이밀 생각을 하자 몸서리가 쳐졌다.

휘트니는 결연하게 통제를 벗어나 제 마음대로 날뛰는 공포와 맞서 싸웠다. 히스테리 환자처럼 휴게실에 계속 숨어 있을 수도, 그렇다고 무도회장을 떠날 수도 없었다. 휘트니는 자신의 팔로 몸을 감싸안고 진홍색 카펫 위를 천천히 거닐며 논리적이고 차분하게 생각을 정리했다. 우선 클레이튼은 몇 년 동안 결혼을 기피해왔다. 그러니까 두 사람이 결혼하지 않는다면 사람들은 그가 내게 더 이상 매력을 느끼지 않게 되었다고 생각하지 않을까? 내가 아니라 클레이튼이 파혼을 했다고 생각하지 않을까? 물론 그럴 거야. 내가 재산도 한 푼 없고 귀족 집안 출신도 아니라는 사실을 알고 나면 사람들은 더 더욱 그렇게 믿을 거야.

고통스럽게 명치를 조이고 있던 응어리가 조금씩 풀리기 시작했다. 그녀는 조금 더 숙고를 한 뒤 한 가지 사실을 떠올렸다. 방금 전에 러더포드가 손님들에게 그녀를 신붓감으로 소개하려는 것을 만류한 것이 두 사람의 약혼을 뜬소문으로 돌리는 데 도움이 되리라는 생각이었다. 게다가 에밀리의 말처럼 파리가 그렇듯 런던도 언제나 금방 잊혀질 소문들로 시끌

시끌한 곳이 아니던가. 생각이 거기에 미치자 휘트니는 숨통이 트이는 것만 같았다.

그러나 러더포드에게 자신을 약혼녀라고 소개할 때 클레이튼이 얼마나 자랑스러워했던가를 떠올리자 이상하게도 가슴이 콩닥거렸다. 클레이튼은 그동안 사랑이라는 말을 한번도 입에 올리지 않았다. 아니, 좋아한다는 말도 한 적이 없었다. 그렇지만 오늘밤 클레이튼의 표정에는 분명 그녀를 향한 애정이, 아니 그보다 좀 더 진한 감정이 어려 있었다. 그를 난처하게 하는 것으로 그 애정에 보답하고 싶지는 않았다. 휴게실에 숨어서 그를 망신시키기에는 그에게서 받은 것이 너무 많았다. 적어도 이 밤만은 그의 애정에 보답하는 척할 수 있으리라.

그렇게 마음먹고 난 휘트니는 얼굴을 부드럽게 펴고 거울에 비친 모습을 찬찬히 살펴보았다. 결연하게 턱을 치켜든, 더없이 침착한 아가씨가 거울 속에서 자신을 바라보고 있었다.

휘트니는 자신의 모습에 흡족해하며 문손잡이로 손을 뻗었다. 바로 그때 옆방에서 여자들의 목소리가 들려왔다. 그 방에는 실크로 된 장의자 두 개 사이에 금칠을 한 작은 테이블이 놓여 있었고 그 위에 샴페인이 놓여 있었다.

"그 여자 드레스는 파리풍이에요."

한 여자가 말했다.

"하지만 휘트니 스톤이라는 이름을 보면 우리처럼 영국 여자가 분명해요."

다른 목소리의 여자가 말했다.

"두 사람이 약혼했다는 말을 믿으세요?"

"그럴 리가 없어요. 클레이모어한테서 청혼을 받아낼 만큼 영리한 여자라면 청혼을 받아낸 즉시, 클레이모어가 바로 타임지에 약혼 발표 기사를 내보내도록 했을 거예요. 제아무리 클레이모어라도 일단 신문에 발표가 난 약혼을 없던 일로 할 수는 없을 테니까요."

휘트니가 남의 말을 엿듣는 자신을 꾸짖으며 방을 나가려고 하는데 바깥문이 다시 열리고 제3의 여자 목소리가 들려왔다. 휘트니는 다시 걸음을 멈추었다.

"두 사람은 약혼했어요. 믿으셔도 돼요."

새로 들어온 여자가 힘주어 말했다.

"로렌스와 제가 방금 각하와 잠깐 이야기를 나눴는데 전 두 사람의 약혼을 확신해요."

그러자 맨 처음 목소리의 주인공이 놀라서 물었다.

"그러니까 클레이모어가 약혼 사실을 확인해주었단 말인가요?"

"순진하시기는. 각하는 누가 연애 사건을 꼬치꼬치 캐고 들면 입을 꽉 다물어버리는 거 아시잖아요."

"그렇다면 두 사람이 약혼했다는 걸 어떻게 그렇게 확신하죠?"

"이유는 두 가지예요. 우선, 로렌스가 두 사람이 어디서 만났는지 물었더니 각하가 그냥 씩 웃는데, 바네사 스탠필드가 그 웃음을 봤다면 얼굴이 흙빛이 됐을 거예요. 바네사가 각하가 갑작스레 프랑스로 떠나기 바로 전에 자신에게 청혼을 하려고 했다고 동네방네 떠들고 다녔던 거, 기억들 하시죠? 이제 가엾은 바네사는 완전히 바보 꼴이 됐지요, 뭐. 각하가 스톤 양을 만나러 프랑스로 간 게 분명해졌으니까요. 각하도 스톤 양을 몇 년 전에 프랑스에서 만났다고 시인했어요. 어쨌든 스톤 양 이야기를 할 때면 자랑스러워서 얼굴이 환해지더라니까요!"

"나는 여자 때문에 자랑스러워서 '얼굴이 환해지는' 클레이모어가 상상이 안 가는군요."

두 번째 목소리의 주인공이 믿어지지 않다는 듯이 말했다.

"그럼 그냥 눈이 빛났다고 생각하세요."

"그 정도라면 모를까."

두 번째 여자가 웃었다.

"그럼 다른 이유는 뭐죠?"

"있잖아요, 이스터브룩이 각하에게 스톤 양과 인사시켜달라고 하자 각하 표정이 얼마나 싸늘해졌던지 이스터브룩이 몸을 덥히려고 허둥지둥 불가로 내빼는 모양새였다니까요."

휘트니는 더 이상 그대로 있을 수가 없어 문을 열었다. 보일락 말락 은근한 미소를 띠고 깜짝 놀라 얼어붙은 세 여자에게 우아하게 고개를 숙이며 지나갔다.

클레이튼은 10여 명의 사람들에게 둘러싸인 채 휘트니가 혼자 남겨두고 떠났던 그 자리에 그대로 서 있었다. 하지만 휘트니는 다른 사람들보다 키가 큰 그를 어렵지 않게 찾아냈다. 휘트니가 그대로 서 있어야 할지 아니면 클레이튼 쪽으로 가야 할지 망설이고 있을 때 우연히 고개를 든 클레이튼이 휘트니를 보더니 자신을 에워싸고 있던 사람들에게 고개를 까딱해 보이고는 사람들을 헤치고 휘트니에게로 유유히 걸어왔다.

휘트니와 클레이튼이 무도회장으로 향하는 계단을 내려올 때였다. 단상의 악사들이 갑자기 장엄한 왈츠를 연주하기 시작했다. 그러나 클레이튼은 춤을 추는 대신 한쪽으로 커튼이 우아하게 드리워져 무도회장에서 보이지 않는 벽감으로 휘트니를 이끌었다.

"춤추고 싶지 않아요?"

휘트니가 궁금해서 물었다. 그러자 클레이튼이 쿡쿡 웃으며 고개를 흔들었다.

"우리가 마지막으로 춤을 추었을 때 당신은 나를 플로어 한 가운데 멀뚱히 세워두려고 했었지."

"그건 당신이 자초한 일이었어요."

휘트니는 자신들을 빤히 쳐다보는 사람들의 집요한 눈초리를 무시하려고 애쓰면서 약 올리듯 말했다.

둘은 벽감으로 들어갔다. 클레이튼이 옆에 있는 탁자 위에서 샴페인 두 잔을 집어들었다. 그 중 한 잔을 휘트니에게 건네며 미소를 띤 채 벽감으로 몰려오고 있는 사람들을 향해 고갯짓을 했다.

"용기를 내요, 귀여운 아가씨."

휘트니는 들고 있던 잔을 비우고 다시 한 잔을 집어들었다.

사람들은 삼삼오오 무리를 지어 끊이지 않고 벽감으로 몰려들어서는 자연스럽게 클레이튼에게 그동안 어디 있었느냐고 물으며 억지로 초대장을 안기기도 했다. 사람들은 속으로는 조심스런 추측들을 하면서도 겉으로는 극도의 호의를 보이며 휘트니를 대했다. 그러나 몇몇 여자들의 태도에서 질투 섞인 적의를 감지할 수 있었다. 휘트니는 샴페인 잔에 비친 클레이튼을 감탄 어린 눈으로 바라보며 여자들이 질투를 할 만도 하다고 생각했다. 훤칠한 키와 딱 벌어진 어깨에 완벽하게 어울리는 검은색 야회복을 입은 클레이튼은 숨이 멎을 만큼 매력적이었던 것이다. 의심할 여지도 없이 무도회장에 있는 많은 여성들이 그의 곁에 서서 그에게서 우러나는 절제된 힘과 남성적인 활력에 흠뻑 젖고 자신들의 눈을 사로잡는 강렬한 회색 눈의 마력에 빠져들기를 갈망했을 터였다.

휘트니가 그런 생각에 젖어 있는데 클레이튼이 친구들과 이야기를 나누다 말고 사랑스럽다는 눈길로 그녀를 힐끗 내려다보았다. 그러자 휘트니는 샴페인의 취기와는 상관없는 흥분과 행복감으로 몸과 마음이 훈훈해졌다. 휘트니는 런던 상류 사회의 빛나는 인사들 사이에서 그들의 존경과 사랑을 한 몸에 받으며 느긋하게 이야기를 나누며 웃고 있는 클레이튼을 보면서 얼마 전의 일을 떠올렸다. 이 도회적이고 세련된 귀족 신사가 데인저를 타고 들녘을 질주하던, 고리타분한 친척 아저씨와 선사시대의 암석에 대해 이야기를 나누던 그 남자와 같은 인물이라고는 좀처럼 믿어지지 않았다.

마침내 잠시 둘 만의 시간이 주어지자 휘트니는 클레이튼에게 대담한 미소를 보이며 말했다.

"사람들은 내가 당신 애인인 줄 알겠죠?"

"미안하지만 틀렸소."

클레이튼은 그렇게 대꾸하며 휘트니의 손에 들려 있는 거의 빈 샴페인 잔에 눈을 주었다.

"뭘 좀 먹었소?"

"네, 먹었어요."

휘트니는 클레이튼의 따뜻한 배려에 어리둥절했지만 그것도 한순간이었다. 음악이 다시 시작되자 그녀에게 춤을 신청하기 위해 러더포드를 비롯한 여섯 명의 남자가 몰려들었던 것이다.

클레이튼은 휘트니의 뒤를 따라 나와 태연하게 기둥에 기대선 채 술잔을 입에 대며 우아하게 플로어를 향해 걸어가는 휘트니를 지켜보았다. 클레이튼은 그녀가 자신의 약혼녀임을 사람들에게 분명히 하고 있는 중이었다. 사람들은 그가 무도회에 대동하는 여자들을 애정 어린 눈으로 바라보거나 기둥에 기대서서 함께 온 여자들이 다른 남자와 춤추는 모습을 지켜볼 남자가 아니라는 것을 알고 있었다. 클레이튼은 이렇게 예전과는 전혀 다른 태도를 보여서 의도적으로 <타임>지에 발표하는 것만큼이나 명확하고 확고하게 휘트니와의 약혼을 발표하고 있었다.

휘트니가 자신의 여자임을 알리는 것을 그토록 간절히 원하는 이유는 도대체 뭘까. 이스터브룩과 같은 사내들이 휘트니를 탐내는 게 싫어서일까. 아니, 그것만으로는 뭔가 부족했다. 그녀의 존재는 이미 그의 피 속에 스며들어 있었다. 그녀가 미소를 지으면 가슴이 뜨거워졌고 그녀의 천진한 손길이 몸에 닿으면 욕망이 혈관을 타고 꿈틀거렸다. 휘트니에게는 도발적인 관능미가, 남자들을 끌어당기는 세련미와 발랄함이 있었다. 그렇기에 클레이튼은 지금 이 자리에 있는 모든 이들에게 휘트니가 자신의 여자임을 알리고 싶었던 것이다.

휘트니를 지켜보는 클레이튼의 마음은 어느새 곧 다가올 신혼 첫날밤에 가 있었다. 저 눈부시게 아름다운 다갈색 머리가 내 어깨 위로 흘러내릴 것이고 휘트니는 내 몸 밑에 깔린 채 보드라운 알몸을 비틀어댈 거야. 과거에 클레이튼은 사랑의 행위를 많이 경험해본, 사랑의 기교에 능한 여자들을 좋아했었다. 그녀들은 쾌락을 주고받을 줄 아는 불꽃처럼 뜨겁고 열정적인 여자들, 자신의 욕망에 솔직한 여자들이었다. 그러나 지금은 휘트니가 경험이 없는 처녀라는 사실이 참을 수 없을 정도로 그를 설레게 했다. 자신의 품에 안긴 휘트니가 황홀경에 취해 신음을 토해낼 때까지 부드럽고 조심스럽게 처녀에서 여인으로 안내해줄 첫날밤을 가만히 생각하노라면 온몸이 짜릿해졌다.

그 뒤 세 시간 동안 휘트니는 일일이 다 기억할 수 없을 정도로 많은 남자들과 춤을 추었고 이전에 마신 샴페인을 다 합한 것보다 더 많은 샴페인을 마셨다. 그녀는 너무 기분이 좋고 들뜬 나머지 이스터브룩의 두 번째 춤 신청을 받아들였을 때 클레이튼이 언짢아서 얼굴을 찡그린 걸 보고도 조금도 기죽지 않았다. 사실 휘트니는 아무것도 자신의 즐거운 기분을 망쳐놓지 못하리라고 확신하고 있었다. 이스터브룩의 어깨 너머로 클레이튼이 그날 밤 처음으로 다른 여자와 춤추는 모습을 보기 전까지는 그랬다. 클레이튼의 품에 안겨 그의 눈을 올려다보며 웃고 있는 젊은 금발 미녀는 사파이어빛의 우아한 드레스로 날씬하고 육감적인 몸매를 감싸고 다이아몬드와 사파이어로 윤기 흐르는 머리를 장식하고 있었다. 맹목적인 질투심이 갑작스레 휘트니의 가슴을 짓눌러왔다.

"바네사 스탠필드랍니다."

여자의 이름을 일러주는 이스터브룩의 목소리에는 심술궂은 만족감이 묻어 있었다.

"아주 잘 어울리는 한 쌍이군요."

휘트니가 간신히 대꾸했다.

"바네사는 분명 그렇게 생각하겠지요."

이스터브룩의 말이었다.

몇 시간 전 휴게실에서 세 여자가 주고받던 대화를 떠올리던 휘트니의 눈에 어두운 빛이 드리워졌다. 바네사 스탠필드는 클레이튼이 프랑스로 떠나기 바로 전, 클레이튼의 청혼을 받을 것으로 기대하고 있었다. 멋진 금발 미녀를 보고 싱긋이 웃고 있는 클레이튼을 지켜보던 휘트니는 새삼스레 질투심으로 괴로워하며 클레이튼이 분명 바네사 스탠필드가 그런 기대를 품을 만한 행동을 했을 거라고 생각했다. 그러나 클레이튼이 바네사 스탠필드가 아니라 자신에게 청혼을 했다는 사실을 떠올리자 휘트니는 금세 다시 기분이 날아갈 듯 가벼워졌다.

"스탠필드 양은 아주 미인이군요."

휘트니의 말을 들은 이스터브룩이 흥미롭다는 표정을 지었다.

"조금 전 바네사가 스톤 양 이야기를 할 때는 스톤 양처럼 좋은 말만 하지는 않았지요. 그때는 스톤 양이 클레이모어한테서 억지로 청혼을 받아냈다고 확신했었지요. 그게 정말입니까?"

이스터브룩이 불쑥 물었다.

휘트니는 이스터브룩의 터무니없는 뻔뻔함에 기가 막힌 나머지 화를 내기는커녕 오히려 웃음을 보이고 말았다.

"클레이모어 공작님이 누가 조른다고 그 청을 들어줄 분으로 보이세요? 이스터브룩 경은 그렇게 생각하세요?"

"그러지 말고 얘기해보시지요. 전 스톤 양이 제 질문을 오해했다고 믿을 정도로 순진한 사람이 아닙니다."

그러자 휘트니가 조용히 대꾸했다.

"저 역시 그 질문에 대답을 해야 한다고 생각할 정도로 순진하지 않답니다."

이스터브룩을 제외한 나머지 파트너들은 도가 지나치다싶을 정도로 정중했고 듣기 좋은 말들을 쏟아놓았다. 하지만 그녀는 차츰 춤도 활기찬 대화도 시들해지기 시작했다. 클레이튼 곁으로 가고 싶은 마음만 간절했다. 그녀는 춤을 추던 남자가 다음번 춤을 신청하자 정중하게 거절하고는 공작에게 데려가달라고 부탁했다.

클레이튼은 여전히 사람들에게 둘러싸여 있었다. 휘트니가 다가가자 대화를 중단하지 않은 채 손을 뻗어 그녀의 손을 꼭 쥐고 끌어당기더니 자기 옆에 바싹 붙여 세웠다. 무심결이지만 클레이튼이 자기 여자를 대하듯 하자 휘트니는 든든한 보호를 받고 있다는 행복감에 젖었다.

"어떻게 된 일이오? 나는 이스터브룩이 당신한테 세 번째 춤을 신청할 줄 알았는데."

클레이튼이 메마른 목소리로 물었다. 그러자 휘트니가 눈을 깜빡이며 대답했다.

"그랬어요. 하지만 내가 거절했어요."

"소문이라도 날까 두려웠소?"

휘트니는 고개를 흔들며 무심코 도발적인 미소를 흘렸다.

"그 사람과 두 번째 춤을 출 때 내가 그와 춤추는 걸 당신이 싫어한다는 걸 깨달았어요. 그리고 내가 다시 그 남자와 춤을 추면 당신은 스탠필드 양과 다시 춤을 춰서 복수할 거라는 걸 잘 알고 있었거든요."

"빈틈없는 아가씨군."

"당신은 얄미운 신사구요."

휘트니가 그렇게 받아치며 빙그레 웃었다. 그리고 곧 자신이 방금 질투를 하고 있다는 걸 인정하는 모양새가 되었음을 깨달았다.

"쉐리……."

목 안 깊숙이 울려나오는 니콜라의 웃음소리를 들은 휘트니가 반갑고 놀라워하며 몸을 돌렸다.

"파리를 평정하더니 이제는 런던을 평정할 셈이오?"

"니키!"

휘트니는 숨을 멈추고 그토록 친근했던 니콜라의 잘생긴 얼굴을 보고 방긋 웃었다.

"이렇게 다시 만나다니 너무 기뻐요."

휘트니가 이렇게 반기자 니콜라가 그녀의 두 손을 다정스럽게 꼭 쥐었다.

"러더포드 경에게 당신이 여기 왔는지 물었죠. 파리에서 출발이 늦어져 내일이나 돼야 도착할 거라고 그랬는데."

"한 시간 전에 도착했소."

휘트니는 니콜라를 소개하려고 클레이튼에게 몸을 돌렸다. 그런데 두 사람은 이미 아는 사이 같았다.

"클레이모어 공작이군, 맞지?"

니콜라는 소개를 마다하고는 차가운 시선으로 클레이튼을 자세히 뜯어보았다.

클레이튼의 반응도 똑같이 차가웠다. 그는 고개를 까딱해 보인 다음 느긋하고 조롱하는 듯한 미소를 지었다. 휘트니는 그 미소가 일부러 니콜라의 화를 돋우거나 위협하려는 의도임을 직감했다. 이전에는 두 사람 다 누구에게도 그렇게 비신사적으로 대하는 것을 본 적이 없던 휘트니는 분위기를 부드럽게 무마시키려다가 술기운에, 자신을 사이에 두고 두 남자가 품고 있는 적의를 비웃어주고 싶은 강한 충동을 느꼈다.

"춤추지."

니콜라가 오만한 태도로 예의도 저버린 채 말했다. 에티켓대로라면 먼저 클레이튼에게 양해를 구했어야 하는데 말이다.

니콜라가 이미 플로어로 세게 잡아끌고 있었기 때문에 휘트니는 머리를 뒤로 돌리고 무력하게 클레이튼을 쳐다보며 물었다.

"실례해도 되죠?"

"물론이오."

클레이튼이 무뚝뚝하게 대답했다.

니콜라는 휘트니를 품에 안자마자 얼굴이 굳어졌다.

"클레이모어와 무얼 하고 있는 거지?"

니콜라는 휘트니가 대답할 틈도 주지 않고 말을 이었다.

"쉐리, 저 남자는…… 그러니까……."

"지독한 바람둥이라고 말하려는 거죠?"

휘트니는 유쾌하게 웃고 싶은 걸 가까스로 참았다. 니콜라
가 무뚝뚝하게 고개를 끄떡였다. 그러자 휘트니가 계속 짓궂
게 놀렸다.

"그리고 약간 오만해요. 그렇죠? 게다가 잘생기고 매력적이
기도 하죠?"

니키가 눈을 가늘게 뜨자 휘트니가 어깨를 들썩이며 웃었다.

"오, 니키! 당신하고 너무 많이 닮았어요."

"한 가지 중요한 차이점이 있지. 그건 내가 당신과 결혼할
거라는 점이오!"

휘트니는 너무 웃다가 하마터면 손으로 니콜라의 입을 칠
뻔했다.

"니키, 그런 말 하지 말아요. 지금 이 자리에선 하지 말아요.
당신은 내가 얼마나 큰 곤경에 처해 있는지 믿지 않을 거예
요."

"이건 웃을 일이 아니오."

휘트니는 웃음을 꿀꺽 삼키고 말했다.

"그건 누구보다 내가 더 잘 알아요."

니콜라는 입을 다물고 얼굴을 찡그린 채 발갛게 상기된 휘트니의 얼굴을 찬찬히 살피더니 입을 열었다.

"당분간 런던에 머물 생각이오. 처리해야 될 일도 있고 찾아봐야 할 친구들도 있소. 편지에 앞으로 2주 동안 사교적 회합에 참석할 거라고 썼던데, 결혼 얘기는 2주 후에 다시 하지. 당신 마음이 정리되면."

공포와 흥겨움이 뒤섞인 복잡한 심정으로 휘트니는 아무 대꾸도 못하고 니콜라가 이끄는 대로 클레이튼에게로 돌아왔다. 휘트니는 샴페인을 마시며 더욱 복잡하게 꼬여가고 위태로워지는 자신의 곤혹스런 처지를 곱씹어보았다.

클레이튼은 마차를 대기시키라고 이른 뒤 마지막 춤을 추기 위해 휘트니를 품에 안았다.

"뭐가 그리 즐겁소?"

"모든 게 다요!"

휘트니가 까르르 웃었다.

"어렸을 때는 아무도 나와 결혼하지 않을 거라고 철석같이 믿었어요. 그런데 이젠 폴이 나와 결혼하고 싶어 해요. 그런데 니키도 그러고 싶대요. 물론 당신도 그렇구요."

잠시 생각을 하고 난 휘트니가 선언이라도 하듯 활기차게 말했다.

"세 남자 모두와 결혼할 수 있다면 좋겠어요. 세 사람 다 정말 매력 있는 남자들이거든요."

휘트니는 짙고 긴 속눈썹 사이로 클레이튼의 표정을 살폈다.

"당신은 질투 같은 건 조금도 않겠죠?"

거의 질투하기를 바란다는 투였다.

클레이튼이 휘트니를 빤히 쳐다보며 되물었다.

"질투를 해야 하는 건가?"

"그럼요. 스탠포드 양과 춤을 췄다고 질투해서 멍든 내 허영심을 달래기 위해서라도요."

휘트니는 명랑하게 대답하고는 이내 진지한 표정을 짓더니 들릴락 말락 목소리를 낮추고 털어놓았다.

"어렸을 때는 얼굴에 주근깨가 다닥다닥 있었어요."

"그럴 리가?"

클레이튼이 일부러 깜짝 놀란 시늉을 해 보였다.

"있었다니까요. 수천 개도 넘었어요. 바로 여기……."

휘트니는 길고 가는 손가락 끝으로 코 언저리를 짚으려다 하마터면 눈을 찌를 뻔했다.

클레이튼의 목 저 깊은 곳에서부터 웃음소리가 새어나왔다. 그는 휘트니가 반대쪽 눈을 찌르지 못하도록 그녀의 오른손을 얼른 잡았다. 휘트니는 끔찍한 잘못을 털어놓는 말투로 하던 말을 계속했다.

"그리고 나뭇가지에 거꾸로 매달리기도 했어요. 다른 여자아이들은 공주처럼 구는데 난 원숭이처럼 굴었던 거죠."

휘트니는 클레이튼이 언짢은 낯을 하고 있으리라 예상하고 고개를 쳐들었다. 그런데 그는 그녀가 너무 진기하고 아름다운 존재라도 된다는 듯 미소를 띤 채 내려다보고 있었다.

"오늘밤은 너무 즐거워요."

클레이튼의 다정한 눈빛에 최면이라도 걸린 듯 휘트니가 나직하게 말했다.

한 시간 뒤 휘트니는 만족스러운 한숨을 내쉬며 짙은 자주색 벨벳 쿠션에 깊숙이 몸을 묻었다. 그리고 안개에 덮인 런던 거리를 달려가는 고른 말발굽 소리에 귀를 기울였다. 그녀는 눈을 한번 감아보았다. 그러나 현기증이 일어 금방 눈이 떠졌다. 눈을 감는 대신 마차 안에 아늑한 그림자를 너울지게 하는 마차 옆의 희미한 등불에 눈을 주었다.

"샴페인은 정말 맛있어요."

"내일이면 생각이 바뀔 걸."

클레이튼이 웃으며 휘트니를 한쪽 팔로 감싸안았다.

휘트니는 쓰러질 것 같은 몸을 지탱하려고 클레이튼의 팔에 매달린 채 희미하게 밝아오는 새벽하늘을 올려다보며 아치볼드 저택의 계단을 발을 질질 끌다시피 해서 올라갔다. 문 앞에 이르자 클레이튼이 걸음을 멈추었다.

휘트니는 클레이튼이 무언가를 기다리고 있다는 것을 깨닫고는 하늘을 올려다보던 시선을 끌어내려 그의 얼굴을 바라보았다. 눈을 가늘게 뜨고 보니 클레이튼의 입가에 웃음이 걸려 있었다. 휘트니는 몸을 바로 세우고 자존심이 상한 듯이 물었다.

"내가 너무 취했다고 생각해요?"

"전혀 아니오. 당신이 열쇠를 갖고 있기만 바랄 뿐이오."

"열쇠요?"

휘트니가 멍하니 되물었다.

"현관 열쇠 말이오."

"물론 갖고 있고 말구요."

휘트니는 자신 있게 대답했다.

조금 있다가 클레이튼이 키득거리며 물었다.

"그럼 나한테 주겠소?"

"뭘 말이죠?"

휘트니가 정신을 집중하려고 안간힘을 쓰면서 물었다.

"아, 네, 열쇠요? 물론이죠."

휘트니는 두리번거리며 작고 우아한 구슬백을 어디에다 두었는지 생각해내려고 애썼다. 그러다가 왼쪽 어깨에 달랑달랑 매달려 있는 구슬백을 발견하고는 혼잣말처럼 중얼거렸다.

"숙녀는 가방을 이렇게 드는 게 아닌데."

그러고는 구슬백을 끌어내려 안을 더듬더듬 뒤지더니 한참 만에 열쇠를 찾아냈다.

어두컴컴한 현관으로 들어선 휘트니는 클레이튼에게 작별인사를 하기 위해 돌아서다가 거리를 잘못 가늠하여 그의 가슴에 부딪혀 휘청거렸다. 클레이튼은 넘어지지 않도록 단단한 팔로 그녀를 끌어안았다. 그의 회색 빛 눈이 그녀의 입술로 미끄러져 내려와 그대로 머물었다. 그 짧은 순간이 휘트니에게는 영원처럼 길게 느껴지며 심장이 콩닥콩닥 뛰기 시작했다.

곧 클레이튼은 자신의 입술로 휘트니의 입술을 덮더니 다정스럽게 두 손으로 등을 더듬어 내려가 엉덩이를 움켜쥐었다. 그러고는 강건한 자신의 몸과 하나가 되도록 휘트니를 바싹 끌어당겼다. 클레이튼의 단단해진 남성에 소스라쳐 놀란 휘트니는 몸이 뻣뻣하게 굳었다. 하지만 돌연 그의 목에 팔을 두르더니 부끄러운 줄도 모르고 그의 키스에 열렬히 답했다. 클레이튼은 집요하게 그녀의 입술을 벌린 다음 그녀의 입 안으로 혀를 들이밀었다가는 천천히 뒤로 빼고 다시 밀어넣으며 혀의 감촉을 즐겼다. 그런데 혀가 들고나는 리듬이 어찌나 선정적이었던지 휘트니는 마치 그의 몸이 그녀의 몸 안으로 밀고 들어오는 것만 같은 맹렬한 흥분에 휩싸였다.

마침내 어지러워 몸을 뒤로 젖힌 휘트니는 클레이튼이 선선히 포옹을 풀자 몹시 섭섭해졌다. 그녀는 길고 거친 숨을 몰아쉬며 눈을 뜨고 클레이튼을 올려다보았다. 현기증으로 어질어질한 시야에 클레이튼이 둘로 겹쳐 보였다.

"너무 앞서가는군요."

휘트니는 진지하게 그를 나무란 것이 무색하게 곧 킬킬 웃고 말았다.

클레이튼은 뉘우치는 기색도 없이 대꾸했다.

"그렇소. 오늘밤엔 당신이 내 애무를 자연스럽게 받아들이는 것 같아서……."

휘트니는 몽롱한 미소를 띤 채 클레이튼의 말을 곰곰 되새기고 나더니 솔직하게 시인했다.

"그 말이 맞는 것 같아요. 그런데 이거 알아요? 당신도 폴만큼 키스를 잘한다는 걸요!"

휘트니는 칭찬인지 모욕인지 모를 소리를 내뱉듯 던지고는 돌아서서 계단을 올라가기 시작했다. 계단 두 개를 밟고 올라간 그녀가 멈춰 서서 잠깐 생각에 잠기는가싶더니 입을 떼었다.

"당신이 폴만큼 키스를 잘하는 것 같지만 폴이 돌아올 때까지는 전적으로 확신할 수 없어요. 폴이 돌아오면 당신이 한 것처럼 키스해달라고 한 다음 좀 더 객관적인 비교를 할 거예요. 그러니까 과학적인 실험을 해볼 생각이죠."

"어디 그래보시지!"

클레이튼은 으르렁거리면서도 웃었다.

휘트니는 섬세한 눈썹을 오만하게 치켜올리며 대꾸했다.

"나는 한다면 해요."

클레이튼이 스스럼없이 휘트니의 엉덩이를 찰싹 때렸다. 휙 돌아선 휘트니는 클레이튼의 싱글거리는 낯을 한 대 갈겨주려고 한쪽 팔을 크게 휘둘렀다. 그런데 불행하게도 손이 빗나가면서 계단 옆에 있는 벽을 스쳤다. 그 바람에 작은 그림 하나가 반질반질한 마룻바닥에 떨어졌다.

"이게 무슨 짓이에요? 온 집안사람들이 다 깨겠어요."

휘트니는 얼토당토않게 클레이튼을 나무라더니 다시 계단을 뛰어올라갔다.

버터로 요리한 계란과 햄, 베이컨, 아주 얇게 저민 소의 허릿살, 갓 구워낸 껍질이 바삭바삭한 롤빵과 세 가지 감자 요리 등 군침을 돌게 하는 요리들로 가득한 테이블 옆에 하인 셋이 나란히 대기하고 서 있었다. 그것들은 모두 에밀리가 공작처럼 지위가 높은 손님에게 어떤 요리를 대접해야 할지 고민한 끝에 지난밤 준비한 음식들이었다. 이 조찬은 클레이튼이 전날 밤 휘트니를 집까지 바래다준 인사로 마련되었다. 에밀리 부부와 클레이튼은 휘트니가 내려와 식사를 함께 하기를 기다리고 있었다. 에밀리는 휘트니가 클레이모어의 공작 부인이 되는 공상에 젖어 차를 저으며, 식탁을 사이에 두고 남편 마이클과 마주 앉아 담소를 나누는 공작을 열심히 훔쳐보았다.

"우리 손님은 하루 종일 잠만 자다 말 것 같군요."

마이클의 말이었다.

"아무래도 어제 저녁 파티 후유증을 앓고 있는 모양이오."

에밀리는 클레이튼의 얼굴에 어린 의미심장한 표정을 놓치지 않았다.

"휘트니가 아프리라는 생각은 전혀 못했어요."

에밀리가 소리를 질렀다.

"올라가서 좀 살펴보고 올게요."

"그럴 필요 없어. 나, 나 여기 있어."

뒤쪽에서 휘트니의 꽉 잠긴 목소리가 들려왔다.

그 소리에 세 사람이 일제히 뒤를 돌아보았다. 휘트니는 양쪽 팔을 쭉 뻗어 문틀을 짚고 휘청거리는 몸을 간신히 지탱하며 서 있었다. 에밀리가 깜짝 놀라 얼른 의자를 뒤로 뺐다. 하지만 어느새 클레이튼이 벌떡 일어나 문 쪽으로 재빨리 걸어가고 있었다.

클레이튼의 눈가에 알 만하다는 미소가 어렸다.

"좀 어떻소, 귀여운 아가씨?"

"어떨 거 같아요?"

휘트니가 괴롭고 원망 섞인 눈길로 클레이튼을 바라보며 기운이 하나도 없이 속삭였다.

"아침을 먹고 나면 좀 나아질 거요."

클레이튼이 휘트니의 팔을 잡고 식탁으로 부축해가며 말했다.

"아뇨, 죽을 거 같아요."

휘트니가 쉰 목소리로 말했다.

22

마차가 에밀리 부부의 타운하우스를 떠날 때까지도 지난밤 웬 술을 그렇게 많이 마셨는지 이해할 수 없었던 휘트니가 괴로운 듯 중얼거렸다.

"아세요? 난 원래 샴페인 같은 건 안 좋아해요."

클레이튼이 목 안의 소리로 웃으며 휘트니를 한 팔로 껴안더니 그녀의 머리를 자기 어깨에 갖다 댔다.

"그것 참 놀랄 일이군."

그가 짓궂게 놀렸다.

휘트니는 한숨을 내쉬며 눈을 질끈 감았다. 그리고 이따금 마차가 심하게 기울 때면 클레이튼의 팔을 꽉 붙들며 거의 집에 다 도착할 때까지 계속해서 잤다.

숙취가 완전히 가신 채 잠에서 깨어난 휘트니는 몹시 부끄러워했다.

"좋은 길동무가 못 되어드린 것 같네요. 저녁 식사라도 함께 하면 내가……."

휘트니가 클레이튼을 보고 애처롭게 웃으며 사과를 했다.

"오늘밤 다시 런던으로 가야 하오."

클레이튼이 휘트니의 말허리를 자르며 대꾸했다.

"오늘밤에요?"

휘트니가 튀어오르듯 똑바로 일어나 앉으며 물었다.

"얼마나 있을 거죠?"

"1주일."

휘트니는 벅찬 기쁨을 감추려고 재빨리 얼굴을 돌렸다. 그녀는 클레이튼이 쫓아오면 어쩌나 하는 두려움 없이 폴과 스코틀랜드로 달아날 수 있을 것으로 생각했다. 클레이튼이 런던으로 가다니, 이보다 더한 행운은 없을 거야! 이건 하늘의 보살핌이자 축복이야!

아니, 그것은 재난이었다.

잠시 느꼈던 안도감은 공포로 변했고 머리가 다시 쿵쾅거리기 시작했다. 하느님, 클레이튼은 런던으로 가면 여느 남자들처럼 클럽에서 친구들과 어울려 식사를 하고 게임을 즐기며 저녁 시간을 보낼 것이다. 클럽에는 러더포드 가의 무도회에 참석했다가 그의 약혼 소문을 들은 사람들이 분명 있을 텐데 그들은 자연스럽게 그 소문의 진위를 밝히라고 클레이튼에게 졸라댈 것이다. 만약 클레이튼이 씩 웃으며 그들에게 약혼이 사실이라고 말한다면 휘트니가 폴과 도망쳤을 때 그는 천하에 없는 바보가 될 것이다.

휘트니는 눈을 질끈 감았다. 클레이튼은 공개적인 망신을 당하면 그만큼 가혹하게 보복할 것이다. 하지만 휘트니가 가혹한 복수보다 훨씬 두려워하는 것은 바로 자신 때문에 그가 공개적으로 창피를 당한다는 사실이었다. 그 자존심 강한 남자가 사람들의 웃음거리가 되고 동정의 대상이 될 거라고 생각하니 휘트니는 견딜 수가 없었다. 클레이튼은 그런 꼴을 당할 만한 일을 조금도 하지 않았다. 지난밤 휘트니는 모든 사람들이 그를 얼마나 존경하고 우러러보는지 두 눈으로 직접 보았다. 그런데 이제는 자신 때문에 바로 그 사람들 앞에서 창피한 꼴을 당하게 될 터였다.

휘트니는 땀이 나서 끈적끈적한 손바닥을 마주 잡고 무릎 위에 올려놓았다. 어쩌면 클레이튼이 공개적으로 망신을 당하는 것을 막을 수 있을지도 몰라. 폴이 내일 돌아오니까 내일 밤 도망치는 즉시 그 사실을 런던에 있는 클레이튼에게 알리는 거야. 클레이튼이 그 사실을 빨리 알수록 그만큼 나와 약혼했다는 걸 아는 사람들이 적어질 거야. 당연히 클레이튼이 우리 두 사람 뒤를 쫓기에는 시간적으로 늦었을 때 그 전갈이 닿도록 확실한 조처를 취해야 해. 문제는 타이밍이야.

휘트니는 목이 점점 메어오는 가운데 마음을 다져먹었다. 폴이 아무리 여독으로 지쳐 있다 하더라도 여행에서 돌아오는 즉시 떠나야 해. 클레이튼이 일단 우리 두 사람의 도피 사실을 알게 되면 자기가 나와 약혼했다는 말은 아무에게도 하지 못할 거야. 그는 그 소문을 단번에 비웃어버리고 아무 일도 없었다는 듯 그에게 열을 올리는 미녀와 나란히 공개적인 모임에 모습을 드러낼 거야. 제발 그렇게만 된다면! 그렇게만 되면 모든 사람들은 클레이튼이 휘트니 스톤 같은, 무일푼에다 보잘것없는 여자와 약혼했다는 소문은 한낱 농담, 말도 안 되는 뜬소문이었다고 믿을 텐데…….

휘트니는 폴에게 도망을 쳐야 한다고 말할 생각을 하니 마음이 천근처럼 무거워졌다. 폴은 도망치고 싶어 하지 않을 것이다. 그녀가 사람들의 업신여김을 당할 것을 염려할 것이다. 아버지의 생신 파티가 열렸던 그날 밤, 폴은 두 사람을 위해 세운 계획들, 나를 기쁘게 하기 위해 집을 수리하고 토지의 가치를 높일 계획들을 들려주며 너무도 행복해했었는데.

그때 클레이튼이 턱을 받쳐들자 휘트니는 화들짝 놀랐다. 그는 어떤 반대도 허용하지 않겠다는 말투로 말했다.

"세버린이 돌아오면 당장 그와 결혼하지 않을 거라고 알리기를 바라오. 장차 내 아내가 될 여자를 두고 사람들이 다른 남자와 약혼했다고 믿는다면 난 참지 못할 거야. 세버린에게 무슨 구실을 대도 좋소. 단, 그가 돌아오는 즉시 말해요. 알아들었소?"

"알겠어요."

휘트니가 다 기어들어가는 소리로 대답했다.

휘트니를 한참 동안 바라보던 클레이튼이 입을 열었다.

"약속해주오."

휘트니는 클레이튼이 자신을 진정으로 믿어주자 깊이 감동

해서 침을 꼴깍 삼켰다. 그녀는 그런 클레이튼의 믿음을 저버리는 것이 못내 죄스러웠다. 그러면서도 그녀는 천천히 눈을 들어 그를 바라보며 대답했다.

"약속할게요."

클레이튼이 표정을 부드럽게 펴고 더없이 다정스럽게 휘트니를 바라보았다.

"그 말을 하기가 얼마나 힘든지 알고 있소. 내 언젠가 반드시 그 보상을 해주리다. 약속하오."

클레이튼이 그렇게 말하며 부드럽게 뺨을 어루만져주자 휘트니는 눈시울이 뜨거워지고 목이 메어왔다.

"날 용서해주겠소?"

클레이튼이 부드럽게 물었다.

용서하겠느냐고? 휘트니는 그 순간 얼마나 마음이 복잡하던지 그의 억센 팔에 안겨 흐느껴 울며 그 혼란스런 감정을 씻어버릴까 하는 생각을 잠시나마 했다. 하지만 그녀는 고개를 끄덕이며 지금 이 모습 그대로 그를 마음에 새겨두려고 가만히 쳐다보았다. 행여 그를 다시 보게 된다면, 그때 그 얼굴에는 오직 증오만이 담겨 있을 테니까.

마차가 집으로 향하는 길로 접어들자 휘트니는 멍한 상태로 장갑을 끼었다. 마지막, 고통스러운 작별의 시간이 시시각각 다가오고 있었다.

"왜 그렇게 서둘러 런던으로 돌아가려는 거죠?"

"오늘 아침 일찍 사업 관리인들을 만났는데 일단 런던에서 사람들을 좀 만나본 뒤 결정을 내려야 할 일이 있소. 거금을 어디에 투자해야 최선의 투자가 되는지를 선택해야 하거든."

클레이튼은 휘트니를 안심시킨 다음 덧붙였다.

"당신 아버지 생신 파티에서 나를 두고 떠돌던 뜬소문들과는 달리 나는 한가하게 주색에 빠져 인생을 허비하지는 않아. 내게는 돌보아야 할 일곱 군데의 영지와 천여 명이나 되는 소작인들, 그리고 백여 개의 사업체가 있소. 그런데 지금은 당신한테 정신이 팔려서 제대로 돌보지 못하고 있는 형편이지."

마차가 정문 앞에 멈춰 서자 하인이 나와 마차 문을 열고 디딤판을 내려주었다. 휘트니가 마차에서 내리려고 할 때 클레이튼이 나직한 목소리로 그녀를 불러세웠다.

"사업 때문이라면 런던에 그렇게 오래 머물 필요가 없소. 하지만 세버린과 정리를 하고 나면 당분간 혼자 있고 싶을 거요. 당신이 아무 기별도 보내지 않으면 나는 일요일까지 런던에 그냥 있겠소. 내일부터 일주일이요."

런던으로 연락할 방법을 가르쳐주는 클레이튼의 목소리에는 약속한 1주일이 다 가기 전에 그녀가 연락을 했으면 하는 희망이 배어 있었다. 그러자 휘트니는 용서와 이해를 간절히 구하고 싶은, 찢어지듯 아픈 가슴을 주체하지 못해 떨리는 손으로 그의 소매를 붙잡았다.

"클레이튼, 날……."

휘트니가 선뜻 따뜻한 손길로 팔을 붙들고 다정스럽게 이름을 부르자 클레이튼은 흐뭇한 기색을 보였다. 그 모습을 본 휘트니는 다시 목이 메어왔다.

"여행 잘 다녀오세요."

휘트니는 그 말만 간신히 남기고 허둥지둥 마차에서 내렸다.

휘트니는 방에 들어서자마자 폴의 집으로 편지를 써 보내며 폴이 집에 당도하는 대로 전해주라는 말을 하인에게 함께 전했다. 휘트니는 편지에 돌아오는 즉시 두 사람이 만나곤 했던 사냥터지기 노인의 오두막으로 오겠다는 기별을 보내달라고 썼다. 적어도 그곳이라면 사람들의 눈을 피해 그녀가 처해 있는 곤경을 폴에게 설명할 수 있을 것이다. 곤경을 설명한다? 도대체 무슨 말로 설명을 한단 말인가? 그녀는 낙심하여 저절로 어깨가 축 처졌다.

땅거미가 질 때까지 폴에게서는 아무 연락도 없었다.

휘트니는 잠옷으로 갈아입으면서 두 번이나 도움을 청하러 이모에게로 달려갈 뻔했다. 하지만 그때마다 자신이 어떤 절박한 이유를 대더라도 이모는 절대 사랑의 도피행에 동의하지 않으리라는 생각에 마음을 고쳐먹었다. 이모는 내가 입게 될 돌이킬 수 없는 치욕만 생각할 거야. 하지만 이제 와서 폴을 저버릴 수는 없어. 설령 그러고 싶다 하더라도, 휘트니는 별 확신도 없이 자신은 폴을 저버리고 싶지 않다고 생각했다. 폴은 날 사랑해. 그리고 내게 의지하고 있어.

휘트니는 클라리사도 믿을 수가 없어서 손수 필요한 물건들을 챙긴 다음 가방을 숨겼다. 그리고 침대에 누워 천장을 바라보며 생각에 잠겼다. 앞으로 감당해야 할 난감한 일들 가운데 가장 두려운 일은 런던에 있는 클레이튼에게 편지를 쓰는 것이었다.

휘트니는 마음속으로 편지를 썼다가는 지우고 썼다가는 지우고 했다. 그 생각이 계속 마음을 갉아먹자 견디다 못한 휘트니는 아예 당장 편지를 써버리기로 결심하고 침대를 빠져나왔다.

'저 폴과 함께 도망쳐요. 용서는 못하더라도 언젠가는 이해해주길 바래요.'

용서? 이해? 어림없는 소리. 클레이튼은 절대 용서도 이해도 하지 않을 사람이다. 휘트니는 책상에 앉아 써놓은 편지를 망연히 내려다보며 클레이튼이 보일 반응을 상상해보았다. 처음 그는 빨리 돌아오라고 재촉하는 편지라 여기며 빙그레 웃을 것이다. 그러나 곧 미소는 사라지고……

휘트니는 마치 그의 싸늘한 회색 눈에서 뿜어나오는 얼음 폭풍을 만난 듯 몸서리를 치며 다시 침대로 기어올라 이불을 덮고 몸을 웅크렸다. 그녀는 자신에게 도망을 칠 용기가 있는지, 아니 도망치고 싶은지조차 확신할 수가 없었다.

폴과 함께 사랑의 도피를 감행했다가 돌아오면 클레이튼을 대면해야 할 터였다. 그런데 매력적인 회색 눈을 지닌 훤칠한 그 남자가, 힘 있고 활력에 넘치는 남자가 혐오스럽고 정나미가 떨어진다는 듯 자신을 외면하고 다시는 웃어주지도 않고, 다시는 그 억센 팔에 안고 '귀여운 아가씨'라고 애정이 깃들인 음성으로 불러주지도 않으리라고 생각하자 눈물이 뺨을 타고 내렸다.

다음 날 오전 11시에 폴에게서 연락이 왔다. 흐리고 쌀쌀한 날씨라 따뜻하게 옷을 입은 휘트니는 애마 칸을 타고 산허리

175

를 돈 다음 버려진 오두막의 잡초 무성한 안마당으로 급히 달려들어갔다. 그녀는 칸을 폴의 말 옆에 묶어두고 오두막의 삐걱거리는 문을 밀어젖혔다. 난로에서 폴이 지펴놓은 불이 깜빡이며 타고 있었지만 썰렁한 오두막의 오싹한 어둠을 흩어버리지는 못했다. 휘트니는 등 뒤에서 인기척이 나자 겁을 먹고 빙그르르 돌더니 소리를 질렀다.

"폴!"

"날 보려고 온 줄 알았는데, 아니었나?"

폴이 놀리듯 말하며 벽에 기대고 있던 몸을 똑바로 세우고 팔을 벌렸다.

"이리 와."

폴에게 다가간 휘트니는 자연스레 얼굴을 들고 폴의 키스를 받았다. 그러는 동안 그녀의 머릿속은 어떻게 말문을 열지 고민하고 있었다.

"보고 싶었어, 개구쟁이 아가씨."

폴이 휘트니의 머리에 얼굴을 묻고 중얼거렸다.

"내가 보고 싶었어?"

"보고 싶었어요."

휘트니는 건성으로 대답하며 몸을 뒤로 뺐다. 실타래처럼 엉켜 있는 문제들을 한꺼번에 쏟아놓지 말고 천천히, 하나하나 설명해야 했다. 오두막 한가운데로 걸어간 그녀가 몸을 돌려 폴을 쳐다봤다.

"폴, 할 말이 있어요. 당신도 곧 알게 될 일들이에요."

그녀는 적당한 말을 찾아 필사적으로 머릿속을 뒤졌다.

"놀랄 거예요."

"어서 말해봐. 난 놀라는 걸 좋아하니까."

폴이 웃으며 재촉했다.

"그래도 이건 좋아하지 않을 거예요!"

휘트니가 절망적으로 소리를 질렀다.

"웨스트랜드 씨 알죠?"

폴이 고개를 끄덕였다.

"그리고 아버지 생신 때 사람들이 클레이모어 공작 클레이튼 웨스트모어랜드를 두고 한 얘기들을 기억하겠죠?"

"기억해."

"음, 웨스트랜드 씨가 사실은 웨스트모어랜드예요."

"행방불명됐다던 그 공작?"

폴은 재미있고 신기하고, 또 못 믿겠다는 표정을 지었다.

"영지가 쉰 군데나 되고 유럽에서 최고 좋은 말을 4백 마리나 가지고 있으며, 결혼하려는 여자가 쉰 명쯤 된다는 그 공작?"

순간적으로 휘트니는 본론에서 벗어난 이야기를 했다.

"사실 그 사람 영지는 일곱 군데예요. 말이 4백 마리가 있는지는 나도 모르고요. 하지만 결혼하려는 여자가 단 한 명뿐이라는 사실은 확실히 알아요. 자, 폴."

달래는 투로 폴을 부르는 휘트니의 목소리가 불안하게 떨렸다.

"당신도 이 얘길 들으면 내가 처음에 그랬던 것처럼 당혹스러울 거예요. 내가 바로 그 공작이 결혼하려는 여자예요."

폴이 웃음을 참으려고 입을 씰룩이며 다가서더니 휘트니를 품에 안았다. 그리고 엄지손가락으로 그녀의 턱을 쓰다듬으며 놀렸다.

"그 사람이 계속 당신과 결혼하겠다고 우기면 내가 방금 알아낸 사실을 말해주지. 당신은 혼자 있을 때면 요리에 넣는 쉐리주를 마신다고."

"지금 내가 술에 취했다는 소리예요?"

휘트니는 못 믿겠다는 듯 눈을 동그랗게 떴다.

"취해도 몹시 취했지."

농담을 하던 폴은 곧 진지해졌다.

"나한테 질투를 느끼게 할 생각이라면 그만둬. 내가 너무 오래 떠나 있어서 화가 났다면 그냥 그렇다고 말해."

폴의 반응에 너무도 기운이 빠진 휘트니는 비틀비틀 뒷걸음질을 치더니 발을 쾅쾅 구르며 소리를 질렀다.

"질투를 느끼라고 그러는 게 아니란 말예요! 난 지금 지난 6월부터 내가 클레이튼 웨스트모어랜드와 약혼이 되어 있다는 걸 당신한테 이해시키고 있는 중이라고요!"

아, 이런! 그만 말을 해버리고 말았구나.

"방금 뭐라고 했지?"

폴이 휘트니를 빤히 쳐다보며 물었다.

"아니, 6월이 아니라 7월이었던 것 같아요. 그런데 그게 중요한가요?"

휘트니는 핵심을 벗어나 우왕좌왕했다. 그때서야 폴은 휘트니의 말을 심각하게 받아들였다.

"웨스트랜드의 청혼을 받아들였단 말야?"

"웨스트랜드가 아니라 웨스트모어랜드예요. 그리고 그 사람의 청혼을 받아들인 건 내가 아니라 아버지예요."

"그럼 아버지더러 그 사람과 결혼하라면 되겠군."

폴이 딱 잘라 말했다.

"넌 날 사랑해. 그럼 됐잖아?"

폴은 혼란스럽고 짜증스럽다는 듯 파란 눈을 가늘게 뜨고 말을 계속했다.

"난 네가 하는 장난이 마음에 안 들어. 도대체 말이 안 되잖아."

그러자 휘트니가 기분이 상해서 되쏘았다.

"나도 어쩔 수 없어요. 그게 사실이니까요."

"그렇다면 9월까지 만난 적이 없는 남자와 어떻게 7월에 약혼을 하게 됐는지 설명해주겠어?"

이제 폴이 얼마나 심각하게 나오던지 휘트니는 그가 그러지 말았으면 싶을 정도였다. 휘트니는 길고 불안하게 숨을 내쉬고는 이야기를 시작했다.

"프랑스에서 소개받은 적이 있었어요. 하지만 난 그 사람 이름에 귀를 기울이지도 않았고 얼굴도 기억하지 못했어요. 내가 그 사람을 다음으로 만난 건 5월에 열린 가면무도회에서였어요. 그때도 그 사람 얼굴은 못 봤어요. 그런데 그 가면무도회에서 그 사람은 나와 결혼하고 싶다는 마음을 먹었대요. 하지만 그는 이모부가 내게 들어오는 청혼을 거절한다는 사실을 알고 있었죠. 나는 영국으로 돌아와서 당신과 결혼하고 싶었거든요. 그러자 그 사람은 영국으로 와서 아버지에게 10만 파운드를 주고 나를 샀어요. 그러고 나서 아버지한테 나를 영국으로 불러들이라고 해놓고 자신도 핫지 가의 별장으로 이사를 온 거예요."

"나보고 그 말을 다 믿으라는 건 아니겠지?"

휘트니가 괴로워하며 대답했다.

"믿기 어렵겠지만 사실이에요. 나도 당신이 떠난 그날 밤에서야 모든 사실을 알았어요. 아버지와 이모에게 우리 둘이 결혼할 거라는 말씀을 드리려고 아래층 서재로 내려갔는데, 클레이튼이 거기 함께 있었어요. 아버지가 내게 소리를 치셨어요. 내가 클레이모어 공작과 약혼이 돼 있다구요. 그런데 그 클레이모어 공작이 바로 클레이튼이었어요. 그러고 나서 모든 일이 더 복잡하게 꼬여갔어요."

"거기서 어떻게 더 꼬일 수 있는지 모르겠군."

폴이 냉소적으로 대꾸했다.

"그렇게 됐어요. 클레이튼은 사흘 전, 날 런던으로 데리고 가서는 친구한테 우리가 결혼할 사이라고 말해버렸어요."

"그래서 그 사람과 결혼하기로 했어?"

폴이 차갑게 물었다.

"아뇨. 물론 아니에요."

폴은 몸을 돌려 난로의 받침쇠에 한쪽 발을 올려놓고 가만히 불꽃을 바라보았다. 뒤에 남은 휘트니는 무력하게 그의 등만 망연히 쳐다보았다. 돌연 폴의 몸이 빳빳이 굳기 시작했다. 얼굴도 백짓장처럼 변했다.

"그 사람이 네 아버지한테 돈을 주고 널 샀다는 말이 무슨 뜻이지? 지참금은 아버지가 시집가는 딸에게 주는 거지 아버지가 받는 게 아니잖아."

휘트니는 당장 폴의 상념이 어디를 헤매고 있는지 깨달았다. 그녀의 가슴은 폴과 자신에 대한 연민으로 들어차기 시작했다.

"난 지참금이 한 푼도 없어요, 폴. 아버지가 모두 날렸어요. 할머니한테서 받은 유산까지 몽땅요."

폴이 돌벽에 머리를 기대고 눈을 감았다. 그의 어깨가 힘없이 축 처졌다.

이제 두 사람이 가야 할 길을 분명히 밝힐 시간이 왔다고 생각한 휘트니는 납덩이처럼 무겁게 느껴지는 다리를 끌고 폴에게 다가갔다. 이렇게까지 할 필요가 있을까 하는 생각이 들었지만, 지금 와서 폴을 저버릴 수는 없었다. 저토록 괴로워하는 그의 얼굴을 보고 난 지금은 더더구나.

"폴, 당신 사정이 얼마나 어려운지는 아버지가 말씀하셨어요. 하지만 그런 건 아무 상관없어요. 정말이에요. 어쨌든 난 당신과 결혼할 거예요. 하지만 서둘러 움직여야 해요. 클레이튼은 앞으로 엿새 동안 런던에 머물 거예요. 그 사이에 우리는 스코틀랜드로 도망칠 수 있어요. 클레이튼이 그 사실을 알 때쯤이면……."

"도망을 가?"

폴은 매몰차게 쏘아붙이며 휘트니의 팔을 거칠게 움켜잡았다.

"지금 제정신이야? 어머니와 누이들은 부끄러워서 머리도 못 들고 다닐 거야."

"아뇨. 머리를 못 드는 건 나예요."

"네 치욕 같은 건 상관없어!"

폴이 휘트니를 흔들어대며 재빨리 말을 가로챘다.

"네가 무슨 짓을 했는지 알아? 말 다섯 마리하고 쌍두 마차를 사느라고 그 알량한 재산을 다 써버렸단 말야!"

그게 어째서 내 잘못이지? 휘트니는 분노로 활활 타오르는 폴의 눈빛에 움츠러들며 의아해했다. 순간 휘트니는 모든 걸 깨달았다. 쓰라린 분노가 날카로운 철사줄처럼 가슴을 휘감아 조였다. 그녀는 목에서 비틀어 짜내는 듯한 웃음소리가 떠듬 떠듬 새어나왔다.

"내가 지참금을 가져올 줄 알고 그 '알량한 재산'을 미리 써버렸군요. 아닌가요?"

대답이 필요 없었다. 휘트니는 폴의 분노로 이글거리는 눈 속에서 진실을 읽을 수 있었다. 휘트니는 폴의 손을 뿌리치며 뒤로 물러섰다.

"내가 당신을 받아들인 지 5분도 안 돼서 당신은 내 돈을 어디다 쓸까 그 궁리만 했군요. 아닌가요? 빨리 돈이 쓰고 싶어 아버지한테 말할 시간도 없었군요! 나하고 여기 있으면서 아버지의 승낙을 얻어내는 것도 귀찮을 만큼 나를 '사랑했군요.' 당신은 오로지 내 돈에만 관심이 있었어요. 그런데 그 돈마저 엉뚱한 데다 썼군요. 땅은 저당 잡혀 있고 집은 허물어져 가고 있는데……."

휘트니가 눈물을 반짝이며 물었다.

"폴, 당신은 도대체 어떤 남자죠? 필요도 없는 말을 사는 데 돈을 쓰려고 나와 결혼하려는, 그런 줏대 없고 무책임한 남자예요?"

"바보 같은 소린 집어치워!"

폴은 버럭 성을 냈다. 그러나 그의 얼굴은 죄책감에서 비롯된 당혹감 때문에 빨갛게 변해 있었다.

"난 널 사랑했어. 절대 다른 이유로 네게 청혼하지 않았어."

"사랑이라구요?"

휘트니가 싸늘하게 코웃음을 쳤다.

"당신하고 아버진 사랑이란 말을 입에 담을 자격도 없어요! 아버지는 나를 '사랑'해서 나를 팔아 곤경에서 벗어났고 당신은 오로지 내 지참금에만 관심이 있었어요. 적어도 클레이튼은 사랑한다는 말로 나를 모욕하지는 않았어요. 그는 노예를 사듯 나를 샀고 내가 그 거래에 상응하게 행동하기를 바라지만 나를 '사랑'하는 척하지는 않는다구요."

폴이 긴 한숨을 내뱉었다.

"생각 좀 해봐야겠어. 하지만 도망은 절대 안 돼. 웨스트랜드, 웨스트모어랜드가 널 포기할까?"

휘트니는 폴을 바라보며 턱을 쳐들었다. 그리고 도도하게 대꾸했다.

"아뇨. 포기하지 않을 거예요."

그 순간에는 설령 그렇게 믿지 않았더라도 똑같은 대답을 했을 것이다. 그녀는 돌아서서 문을 향해 성큼성큼 걸어갔다.

그리고 문 앞에서 잠시 멈춰서 어깨 너머로 폴을 쳐다보며 신랄하게 내뱉었다.

"당신에겐 아직 엘리자베스 애쉬튼이 있군요? 엘리자베스의 지참금이라면 이번 여행에서 써버린 돈을 충분히 메워줄 거예요. 엘리자베스의 사랑을 되찾을 방법을 고민해보는 게 좋겠군요. 그래서 지참금을 손에 넣어야죠."

"닥쳐!"

폴이 버럭 소리를 질렀다.

"안 그러면 정말 그렇게 해버릴 테니까."

휘트니는 폴의 마지막 말을 듣고는 문을 쾅 닫았다. 집에 돌아와 혼자 있게 되고 나서야 눈물이 나왔다. 침대에 무너지듯 쓰러져서는 가슴 쓰린 환멸을 느끼며 베개에 얼굴을 묻고 흐느꼈다. 그녀는 자신이 가여워서, 지난 세월 동안 폴을 두고 꾸었던 공허한 꿈과, 받을 가치도 없는 사람에게 바쳤던 아낌없는 헌신이 억울해서 엉엉 울었다. 또 그런 사람 때문에 사람들에게 손가락질받을 것을 기꺼이 감수한 것이 서럽고 그가 자기 어머니와 누이들밖에는 안중에 없다는 게 서러워 울었다. 그러나 그 무엇보다 자신의 어리석음에 화가 나서 울었다.

그날 저녁 클라리사가 저녁 식사를 방으로 가져왔을 때 휘트니의 눈은 퉁퉁 붓고 가슴은 아팠지만 폭풍우같이 거세게 몰려왔던 비참함과 증오는 거의 가신 상태였다. 그녀는 혼자서 저녁을 먹으며 시작도 없고 끝도 없는, 우울하고 혼란스런 생각의 소용돌이에 휩쓸렸다.

다음 날 한낮이 되자 폴을 향한 분노도 가셨다. 사실 그녀는 이상하게 죄책감 같은 것을 느끼고 있었다. 그녀는 항상 폴을 용기 있고 낭만적이고 늠름한, 번쩍이는 갑옷을 입은 기사로 상상했었다. 그런데 폴이 그런 환상에 부응하지 못하는 것은 결코 그의 잘못이 아니었다. 그녀는 폴의 어려운 재정 상황을 더욱 어렵게 하는 데 일조를 했다는 부끄러움과 책임감을 점점 크게 느꼈다. 그녀는 폴의 청혼을 받아내기 위해 온갖 술책을 다 동원했고, 그의 청혼을 받아들임으로써 본의 아니게 그녀가 가지고 있지도 않은 돈을 폴로 하여금 쓰게 한 것이 자꾸 마음에 걸렸다.

휘트니는 오후 늦게, 그해 마지막 장미들이 만발해 있는 화원을 정처 없이 거닐고 있었다. 천성적으로 적극적인 그녀는 당면한 문제를 곱씹기를 그치고 해결책을 찾기 시작했다. 곧 막연했던 계획이 구체적으로 드러나기 시작했다. 휘트니는 엘리자베스가 폴을 사랑한다고 확신했다. 폴이 엘리자베스에게 다시 관심을 갖기로 마음먹으면 그녀가 폴을 받아들이도록 마음을 돌려놓을 방법이 분명 있을 터였다.

휘트니는 잠시 망설이다가 어깨에 두른 실크 숄을 단단히 여몄다. 자신의 문제만으로 머리가 터질 지경인 휘트니로서는 다른 사람의 애정 문제에 마음 쓸 처지가 전혀 못 되었다. 그럼에도 불구하고 그것은 그녀가 떠맡아야 할 책임이었다. 게다가 그녀는 가만히 앉아서 운명이 호의를 베풀어주기만을 바라는 여자가 절대 아니었다.

휘트니는 그동안 잠자고 있던 활력이 되살아나는 것을 느끼며 직접 사태를 수습해야겠다고 마음먹었다. 그녀는 집으로 가서 엘리자베스에게 집으로 초대하는 편지를 급히 써 보냈다. 그러고 나서 엘리자베스가 일언지하에 초대를 거절하면 어쩌나 고민하며 방안을 서성거렸다. 휘트니는 프랑스로 가기 전, 툭하면 엘리자베스를 질투를 했다. 하도 짓궂은 장난을 많이 치고 고약한 짓도 많이 했던지라 가여운 엘리자베스가 이제야 친구가 되자는 자신의 초대를 못 미더워한다고 해도 할 말이 없었다.

엘리자베스가 오지 않을 거라고 너무도 확신하고 있던 휘트니는 문 쪽에서 엘리자베스의 여린 목소리가 들리자 깜짝 놀라 벌떡 일어났다.

"날, 날 보자고 했니?"

엘리자베스가 불안한 시선으로 방안을 둘러보았다. 여차하면 도망갈 태세였다.

휘트니는 안심하라고 따뜻한 웃음을 지어 보이며 말했다.

"그래. 와줘서 정말 기뻐. 장갑하고 모자 받아줄까?"

그러면서 휘트니가 손을 뻗자 엘리자베스는 두 손으로 모자를 꼭 움켜쥐었다. 휘트니는 몇 년 전에 폴이 예쁘다고 칭찬해주었던, 엘리자베스의 분홍빛 리본이 달린 밀짚모자 생각이 났다. 폴이 칭찬을 한 지 5분도 지나지 않아 휘트니는 그 모자를 앉아 있던 흔들의자 밑에 깔아뭉개버렸다. 휘트니는 엘리자베스도 그 생각을 하고 있다는 것을 눈치 챘다. 가엾은 엘리자베스의 비명이 떠오르자 휘트니는 슬금슬금 얼굴이 달아올랐다.

"그, 그냥 쓰고 있을래."

엘리자베스가 말했다.

"그래, 편한 대로 해."

휘트니가 한숨을 내쉬며 대꾸했다. 그로부터 30분 동안 휘트니는 차를 대접하고 엘리자베스를 편하게 해주기 위해 시시콜콜한 이야기들을 일방적으로 늘어놓았다. 그러나 엘리자베스는 휘트니의 말에 가볍게 대꾸하며 언제든지 일어날 태세를 보였다. 의자 모서리에 엉덩이를 살짝 걸치고 앉은 그녀는 마치 큰 소리라도 나면 금방 줄행랑을 칠 듯했다.

마침내 휘트니가 본론으로 접어들었다.

"엘리자베스."

휘트니는 언제나 최대의 연적으로 여겼던 여자에게 자신의 결점을 털어놓으려니 아주 거북했다.

"어렸을 때 내가 저질렀던 고약한 짓들은 물론이고 최근에 했던 못된 짓에 대해 사과할게. 폴 말이야……."

휘트니가 불쑥 폴 애길 꺼냈다.

"날 얼마나 미워하는지 알아. 당연해. 그걸 가지고 널 나쁘다고 할 수는 없지. 하지만 이젠 널 돕고 싶어."

"날 돕는다구?"

엘리자베스가 영문을 모르겠다는 듯 휘트니의 말을 되풀이했다.

"네가 폴과 결혼하도록 도와줄게."

휘트니가 단호하게 말하자 엘리자베스의 파란 눈이 동그래졌다.

"안 돼! 아니, 정말이지 그럴 수 없어."

엘리자베스가 얼굴을 발갛게 물들이며 더듬거렸다.

"물론, 그럴 수 있어!"

휘트니가 빵 쟁반을 엘리자베스에게 건네며 힘주어 말했다.

"너는 아주 아름다워. 그리고 폴은 늘……."

엘리자베스가 금발을 살랑살랑 흔들며 상냥하게 말했다.

"아름다운 걸로 말하면 네가 훨씬 아름답지. 나는 그저, 음, 좀 예쁘장할 뿐이지."

엘리자베스와 친구가 되는 기념비적인 첫발을 내디딘 휘트니는 질세라 그녀의 칭찬을 했다.

"엘리자베스, 넌 예의 바르고 말과 행동도 늘 때와 장소에 알맞게 해."

"적당히 둔하지, 뭐. 난 너처럼 생기발랄하지도 못하고 재미도 없어."

그러자 휘트니가 우스움을 참지 못하고 대꾸했다.

"엘리자베스, 난 항상 더없이 부족한데 넌 언제나 더없이 완벽해."

엘리자베스가 긴장을 풀고 의자 등에 기대앉아 쿡쿡쿡 웃었다.

"그것 봐! 나 같으면 '고마워' 한 마디로 끝냈을 텐데 넌 항상 남들이 생각지도 못할 말을 하잖니?"

그러자 휘트니가 웃는 얼굴로 경고했다.

"더 이상 날 띄우지 마. 난 이제 그만 할래. 이러다가는 서로 칭찬만 하다 날 새겠다."

엘리자베스가 진지해지더니 입을 열었다.

"너랑 폴이 잘돼서 정말 기뻐."

휘트니가 놀란 눈을 하자 엘리자베스가 얼른 설명을 했다.

"네가 약혼했다는 사실을 비밀로 해야 된다는 건 모두들 알고 있어. 하지만 어차피 다 아는 사실이니까 얘길 해도 괜찮을 줄 알았는데."

"모두들 알고 있다니 무슨 소리야? 누가 또 알고 있는데?"

휘트니가 화들짝 놀라 물었다.

"음, 그러니까 약제사 올든베리 씨가 마거릿과 내게 말해줬어. 올든베리 씨는 레이디 유뱅크의 하녀한테서 들었다고 했고 그 하녀는 레이디 유뱅크에게서 들었대. 레이디 유뱅크는 폴의 어머니한테서 직접 들으셨구. 그러니 아마 마을 사람들이 모두 알고 있을 거야."

"하지만 그건 사실이 아냐!"

휘트니가 절망적으로 소리를 질렀다.

엘리자베스가 예쁜 얼굴을 떨구더니 간절하게 애원했다.

"제발 그런 말 하지 마! 지금은 안 돼. 피터가 곧 청혼을 할 거야."

"피터가 누구한테 청혼을 해?"

휘트니는 잠시 정신을 팔고 물었다.

"나한테. 하지만 폴이 약혼하지 않았다면 피터는 내게 청혼하지 않을 거야. 피터는 수줍음을 타는 데다 내가 폴에게 은밀한 애정을 품고 있다고 늘 믿어왔어. 전혀 사실이 아닌데. 하지만 그게 사실일지라도 우리 아빠는 내가 폴과 결혼하는 걸 절대 허락하지 않으실 거야. 폴은 심한 낭비벽이 있는 데다 토지는 모두 저당 잡혀 있거든."

휘트니는 의자에 몸을 깊숙이 묻고 엘리자베스를 멍하니 바라보았다.

"피터 레드펀이 수줍음을 탄다구? 엘리자베스, 우리가 말하는 피터 레드펀이 같은 사람 맞아? 음악회 끝나고 네가 나무에서 떨어졌을 때 내 따귀를 때리려고 했던 그 피터 레드펀?"

"그래. 내 앞에서는 수줍어해."

휘트니는 믿어지지가 않아 아무 말도 못한 채 주근깨로 덮인 피터의 얼굴과 숱이 점점 줄어들어가는 빨간 머리를 떠올렸다. 그런 그가 어떻게 손짓이나 턱짓 하나로 폴을 마음대로 움직이던 엘리자베스처럼 가냘프고 천사 같은 미녀의 마음을 사로잡았는지 알다가도 모를 일이었다.

"네 말은 그럼, 그동안 너와 피터가 서로 사랑하고 있었다는 거니?"

"그래."

엘리자베스가 더듬거리며 시인했다.

"하지만 네가 폴과 결혼하지 않을 거라고 사람들에게 말하면 피터는 바로 폴에게 날 양보하고 돌아설 거야. 언제나 그랬어. 그러면 난, 난……."

엘리자베스는 레이스 손수건을 찾더니 방울방울 고운 눈물을 찍어냈다.

휘트니가 머리를 한쪽으로 갸우뚱하며 신기한 듯 말했다.

"넌 울어도 어쩌면 그렇게 예쁘게 우니?"

휘트니가 감탄하듯 물었다.

"나는 언제나 숨이 막힐 정도로 엉엉 울어대고 분수처럼 눈물을 쏟아내는데."

엘리자베스는 눈물이 그렁그렁한 눈으로 웃고 나서 손으로 눈자위를 가볍게 두드렸다. 그런 다음 애원이 담긴 눈을 들어 휘트니를 올려다보았다.

"나한테 고약하게 굴어서 미안하다고 그랬지? 그 말이 진심이라면 며칠만 기다렸다가 폴과의 관계를 밝힐 수 있겠니? 피터는 조만간 나와 결혼하고 싶다고 말할 거야. 장담해."

"너는 지금 나한테 무슨 부탁을 하는지 모르고 있어."

휘트니가 긴장한 채 말했다.

"어떤 사람이 그 헛소문을 듣고 내가 정말로 폴과 약혼했다고 믿으면, 내 인생은 한 푼 가치도 없이 되고 말 거야."

엘리자베스가 금방이라도 다시 한바탕 눈물을 쏟을 것처럼 보였다. 그러자 휘트니는 며칠 사이에 무슨 일이 있으랴 하는 확신과 그 며칠이 지나고 나면 큰 재난을 맞게 될지도 모른다는 막연한 공포 사이에서 괴로워하며 자리에서 일어섰다.

"사흘 말미를 줄게. 사흘 뒤에는 진실을 밝힐 거야."

휘트니가 마지못해 말했다.

엘리자베스가 가고 나서 한참 동안 휘트니는 이런저런 생각을 하며 방에 앉아 있었다. 하인들을 비롯해 모든 사람들이 드러내놓고 폴과의 약혼 얘기를 떠들고 다닌다면, 클레이튼은 돌아오자마자 틀림없이 그 소문을 듣게 되겠지. 그는 사람들이 내가 자기 말고 다른 남자와 약혼했다고 믿는 것을 묵인하지 않겠다고 분명히 말했어. 휘트니는 그 일에 대해 자신은 아무 잘못이 없다는 사실을 어떻게 증명할 것인지를 두고 고심했다. 실제로 그녀는 클레이튼에게 약속한 그대로 폴에게 그와 결혼하지 않겠다고 말했다.

클레이튼은 그녀가 약속을 지킬 거라고 믿어주었다. 그리고 휘트니는 지금 자신이 약속을 지켰다는 사실을 클레이튼이 믿어주었으면 했다. 그러나 그 사실을 입증할 수 있는 사람은 폴뿐인데 그는 지금 그녀를 도울 기분이 아니었다.

휘트니는 단지 사람들에게 손가락질을 받는 것 이상으로 걱정이 되어 입술을 깨물었다. 그녀는 폴과 결혼하지 않게 되었으니 달리 용기를 얻을 만한 일도 없는 상황에서 클레이튼의 분노가 참으로 두려워졌다. 이제 휘트니는 클레이튼의 분노에 대한 뿌리 깊은 공포를 느꼈다. 곰곰 생각해볼수록 불을 보듯 뻔한 재난을 피할 수 있는 최선의 방법은 런던으로 가서 클레이튼에게 이곳 상황을 사실대로 설명하는 것이라는 확신이 점점 더 커졌다. 다른 사람들한테 듣는 것보다 나한테 직접 이야기를 듣는 편이 훨씬 덜 화가 날 거야. 그리고 내게 잘못이 없다는 걸 알게 될 거야. 내가 소문대로 정말 폴과 결혼할 생각이라면 무엇 때문에 그 사람을 만나러 런던에 다시 가겠어?

휘트니는 결연하게 일어서서 이모 방으로 갔다. 그리고 이모에게 폴과 약혼했다는 소문이 돌고 있다는 사실과 폴과 도망가려던 계획을 포기한 것까지 몽땅 털어놓았다. 앤은 얼굴이 하얗게 질렸지만 휘트니가 이야기를 마칠 때까지 입을 다물고 있었다.

"그래, 이제 어쩔 셈이니?"

앤이 휘트니의 이야기를 모두 듣고 난 뒤 물었다.

"런던으로 가서 에밀리와 함께 지내는 게 최선일 것 같아요. 도착하는 대로 클레이튼에게 기별을 하면 당연히 저를 보러 오겠죠. 그러면 적당한 때를 골라서 여기서 떠도는 소문 얘길 할 거예요. 그 헛소문이 도는 게 제 탓이 아니라는 걸 알게 되면 소문에 크게 마음 쓰지 않을 거예요."

"나도 함께 가마."

"그러실 필요 없어요. 이모는 벌써부터 링컨셔에 사는 사촌을 찾아보고 싶어 하셨잖아요. 그리고 에밀리가 당분간은 저와 함께 지내는 걸 좋아할 거예요. 클레이튼이 중간에 마음을 바꿔서 이리로 내려오지 않는다는 게 확실해지면 당장 연락을 드릴게요. 그럼 즉시 링컨셔로 떠나실 수 있잖아요. 이모랑 저랑 둘 다 집을 비운 사이에 클레이튼이 불쑥 이곳으로 내려왔다가 소문을 듣기라도 하면 안 되잖아요."

앤이 빙그레 웃었다.

"듣고 보니 네 말도 맞구나. 자, 그런데 런던에서 공작을 만나게 되면 뭐 하러 런던에 왔다고 할 거니?"

휘트니가 반듯한 이마를 찡그리며 대답했다.

"사실대로 말하는 게 좋을 것 같아요. 그러니까 클레이튼이 여기로 돌아와서 소문을 듣고는 제가 그의 경고도 무시하고 폴의 청혼을 거절하지 않았다고 믿게 될까 두려워서 그랬다고 말이에요. 하지만 그 사람이 화를 내는 게 무서워서 놀란 토끼처럼 허둥지둥 런던으로 달려갈 생각을 하면 정말이지 화가 나요. 그 사람이 몇 달 전 제 인생 속으로 뚜벅뚜벅 걸어들어

온 다음부터 전 그 사람 기분에 따라 이리저리 휘둘리는 강아지 신세가 됐어요. 그 사람한테 이 말도 할까봐요!"

앤이 뭔가 알겠다는 눈빛으로 입을 뗐다.

"네 감정에 그토록 솔직하기로 마음먹었다면 공작을 향한 진정한 애정이 싹터서 이제 약혼 계약을 지킬 준비가 되었다고 말하지 그러니? 그럼 공작이 무척 기뻐할 텐데."

휘트니는 불에 덴 사람처럼 소파에서 벌떡 일어나더니 펄쩍 뛰는 소리를 했다.

"절대 그런 일은 없을 거예요! 그 사람은 제가 자기와 결혼할 마음이 있는지 없는지 전혀 관심도 없어요. 그리고 제가 자기와 결혼할 거라는 생각을 한순간도 의심해 본 적이 없어요. 그런데 왜 제가 결혼하고 싶다는 고백을 해서 그 사람의 허영심을 만족시켜줘야 하죠? 게다가 전 아직 그 사람과 결혼하겠다고 마음을 정하지도 않았단 말예요."

"그런 것 같구나, 휘트니."

휘트니가 문을 향해 성큼성큼 걸어가는데 앤의 나직한 음성이 발목을 붙들었다.

"네 감정을 솔직히 털어놓는 데 도움이 될지 몰라서 하는 말이다만 공작이 자신도 놀랄 만큼 열정적으로 너를 사랑한다면, 설령 본인이 그 사실을 깨닫지 못하더라도 네 허영심도 충분히 채워지지 않겠니?"

"이모는 몰라서 그러세요."

휘트니가 억양 없이 말했다.

"그 사람은 한번도 절 좋아한다고 한 적이 없어요. 전 그 사람이 손에 넣은 소유물에 지나지 않아요. 그 사람에게 굽실거리라고는 하지 마세요. 이제 남은 자존심도 얼마 없어요. 그것마저 그 사람 화를 누그러뜨리거나 그 사람 자만심을 채워주기 위해 버리지는 않을래요.”

엘리자베스는 매일 오후가 되면 휘트니의 집으로 찾아와 그동안의 상황을 전해주었다. 하지만 사흘째 되던 날까지도 축하할 일은 일어나지 않았다. 클라리사와 휘트니가 다음 날 런던으로 떠나기 위해 짐을 싸고 있는데 엘리자베스가 무거운 발을 끌며 방으로 들어왔다.

“피터가 고백을 못하고 망설이는 걸 보면 10년 전과 달라진 게 하나도 없어.”

엘리자베스가 의자에 털썩 주저앉으며 침울하게 말했다.

휘트니는 속옷을 한 아름 여행 가방에 쑤셔넣고는 당황한 얼굴로 엘리자베스를 쳐다보며 물었다.

“확실해?”

“음, 확실해.”

엘리자베스가 시무룩하게 대답했다.

“내가 오늘밤 우리 집에서 단 둘이 저녁을 먹자고 했더니 피터가 뭐랬는 줄 알아? 자기는…….”

엘리자베스는 말을 하다 말고 땅이 꺼지도록 한숨을 쉬었다.

“우리 부모님과 같이 먹는 게 좋대.”

“저런 바보!”

휘트니는 짜증이 나서 냅다 소리를 지른 다음 천천히 서성거리기 시작했다.

"넌 당장 패배를 인정할지 모르지만 난 아냐. 다른 사람은 다 그렇다 쳐도 피터 레드펀에게는 절대 아냐! 그 멍청이는 우리가 어렸을 때부터 너를 숭배해왔어. 피터한텐 우물쭈물하지 말고 당장 사랑을 고백하도록 만들 필요가 있어."

휘트니가 여행가방을 발로 밀어내면서 갑자기 외쳤다.

"생각났어!"

휘트니는 휙 돌아서서 엘리자베스를 바라보았다. 휘트니의 비취빛 눈이 충동적이고 대담하게 번득였다. 엘리자베스는 몇 년 동안의 경험으로 그 눈빛이 무엇을 말하는지 잘 알고 있었다. 겁에 질린 엘리자베스가 의자 뒤로 움츠렸다.

"휘트니, 네가 무슨 생각을 했는지 모르지만 난 동의하지 않을 거야."

"아니 동의할 걸!"

휘트니가 의기양양하게 말했다.

"애쉬튼 양, 저와 함께 런던에 가시지요."

"하지만 나는 런던에 가고 싶지 않아. 내가 원하는 건 피터야."

엘리자베스가 절망적으로 웅얼거렸다.

"좋아. 네가 원하는 대로 될 거야. 자 그러니 날 따라해봐. '그래, 너하고 런던에 갈게.'"

"그래, 너하고 런던에 갈게."

엘리자베스가 앵무새처럼 휘트니의 말을 따라하더니 곧 덧붙여 말했다.

"하지만 난 가고 싶지 않아."

"완벽해. 왜냐면 너는 런던에 가지 않을 테니까. 하지만 방금 난 네게 제안을 했고 넌 그 제안을 받아들였어. 이렇게 하면 피터에게 거짓말하지 않으면서도 나하고 런던에 가기로 약속했다고 말할 수 있는 거야."

휘트니는 어리둥절해하는 엘리자베스의 손을 잡아끌고 책상으로 데려왔다.

"자, 피터한테 오늘밤 우리 집에서 나하고 저녁을 같이 먹자고 써……."

휘트니는 말이 막히자 둘째손가락을 입술에 갖다 대고 곰곰이 머리를 굴렸다. 그러다가 자신의 천재성을 대견해하며 키득거렸다.

"이렇게 써. 너하고 내가 아주 놀라운 일을 계획하고 있다고 말야. 그러면 피터는 놀라서 기절할 걸."

"피터는 우리 둘이 런던에 가는 걸 싫어할 거야."

엘리자베스의 말이었다.

"질색을 하겠지! 내가 어른이 됐는데도 피터는 여전히 내가 당장이라도 무슨 사고를 치지 않을까 경계하고 있으니까."

온순하고 순종적이기만 했던 엘리자베스가 난생 처음으로 완고하게 나왔다.

"피터가 허락하지 않으면 난 가지 않을 거야."

휘트니는 엘리자베스가 자신의 재기 넘치는 계획을 이해하지 못하자 허탈해하면서 말했다.

"넌 안 갈 거야. 이해 못하겠니? 피터는 우리 둘이 런던에
간다면 소스라쳐 놀랄 거야. 피터는 내가 진짜 변했다는 걸 아
직 몰라. 피터는 아직도 내가 스노드그래스 신부님의 늙은 암
말의 궁둥이에다 새총을 쏘던 말괄량이인 줄 안다니까."

"신부님 말에다 새총을 쐈어?"

엘리자베스가 눈을 동그랗게 뜨고 물었다.

"그것 말고도 짓궂은 짓을 수도 없이 했는데 그걸 피터가
다 알고 있어. 그러니까 피터는 널 설득해서 나랑 못 가게 하
려고 할 거야. 그럼 넌 내가 그렇게 하자고 졸랐다고 해야 돼.
내가 옆에서 그렇게 조를게. 그러면 피터가 우리 둘을 말리기
위해 할 수 있는 일은 한 가지뿐이야."

"그게 뭔데?"

엘리자베스가 반신반의하는 표정으로 물었다.

휘트니가 답답해하며 양손을 들어올렸다.

"뭐긴 뭐야 청혼이지, 이 답답한 아가씨야!"

휘트니는 엘리자베스의 떨리는 손을 다정스럽게, 꼭 잡아주
며 말을 이었다.

"제발, 제발 날 믿어. 미적거리는 남자한테서 청혼을 받아내
는 데는 여자가 떠나버릴지 모른다는 두려움을 갖게 하는 것
만큼 효과적인 건 없어. 그리고 '나쁜 친구'한테서 순진한 여
자를 구해낼 때만큼 남자가 용감하고 대범해지는 때는 없어.
이번 경우에는 내가 그 '나쁜 친구'야. 니콜라 뒤비에는 어떤
신사가 내게 다정하게 나올 때까지는 내게 관심이 거의 없었
어. 그러더니 자기 같은 난봉꾼 근처에도 못 가는 숙맥 같은

남자한테서 날 지켜주겠다고 복수의 천사처럼 내리덮쳤지! 정말 재미있었어. 이제 제발 편지를 써. 그래야 오늘밤이 가기 전에 피터가 청혼을 한단 말야. 넌 그냥 두고 보기만 해.”

엘리자베스는 마지못해 휘트니가 시키는 대로 편지를 썼다. 휘트니는 편지를 하인의 손에 들려 급히 피터에게 보냈다.

그로부터 세 시간 뒤, 휘트니는 싫다고 하는 엘리자베스에게 가지고 있는 드레스 중에서 가장 대담한 드레스를 임시로 줄여 억지로 입히고 곱슬곱슬한 금발은 단정하게 땋아서 뒤쪽에서 쪽을 지어올렸다. 그리고 여전히 마음 내켜 하지 않는 엘리자베스를 클라리사와 함께 붙잡고 억지로 거울 앞으로 이끌었다.

“자, 봐. 네가 얼마나 예쁜지……”

엘리자베스는 겁먹은 눈으로 몸에 착 달라붙는 우아한 실크 드레스의 주름에 잠시 눈을 주었다가 날씬한 엉덩이와 가냘픈 허리를 지나 목과 어깨가 훤히 드러난 깊이 파인 목둘레선을 보고는 입을 다물지 못했다. 그녀는 얼른 손을 올려 꽉 조인 목둘레선 밖으로 솟아오른 젖가슴을 가렸다.

“못 입겠어.”

얼굴이 빨개진 엘리자베스가 숨을 헐떡이며 말했다.

휘트니가 눈을 크게 뜨고 말했다.

“아니 입을 수 있어, 엘리자베스. 프랑스에선 이런 드레스는 대담한 축에도 못 들어.”

엘리자베스 신경질적으로 킬킬대며 천천히 가슴에서 손을 뗐다.

"피터가 마음에 들어 할까?"

"아니."

휘트니가 쾌활하게 말했다.

"내가 피터한테 이 드레스는 너무 얌전하니까 런던에 가면 이런 드레스를 몇 벌 더 사서 파티에 입고 가게 할 생각이라고 말한다면 말이지."

저녁 8시가 되자 피터가 촛불이 은은히 켜진 응접실로 뚜벅뚜벅 걸어들어와 기다리고 있는 두 여자와 자리를 같이했다. 그는 휘트니를 보고 고개를 까딱하고는 엘리자베스를 찾아 방 안을 두리번거렸다. 엘리자베스는 그에게 등을 보인 채 창밖을 내다보고 있었다.

"그래, 두 사람이 꾸미고 있는 '놀라운 일'이라는 게 뭐지?"

피터가 물었다.

엘리자베스가 천천히 돌아서자 놀란 피터의 얼굴이 기묘하게 얼어붙었다. 피터는 입을 떡 벌리고 흐리멍덩한 눈으로 멍하니 엘리자베스를 바라보았다. 피터가 자신의 모습을 보고 그 자리에서 바로 무릎을 꿇고 청혼하기를 기대하며 아무 말도 하지 않고 기다리던 엘리자베스는 그가 아무 말도 하지 않고 움직이지도 않자 결연히 턱을 치켜들었다. 그리고 21년 인생에 처음으로, 여성 특유의 계략을 쓰기 시작했다.

"휘트니가 내일 런던으로 여행을 떠나는데 날 데려가주기로 했어."

엘리자베스는 깜짝 놀라 휘청대는 피터 앞을 왔다 갔다 하며 아름다운 자태를 한껏 뽐냈다.

"휘트니는 내가 새 옷을 입고 머리 모양을 고치면 런던에서 큰 인기를 끌 거래. 휘트니가 신사들을 유혹하는 방법도 가르쳐준대."

엘리자베스가 눈 하나 깜짝 않고 천연덕스럽게 즉석 연기를 펼쳐 보이더니 신통하다싶은 말로 끝을 맺었다.

"물론, 우리가 돌아왔을 때 네가 날 못 알아볼 정도로 변하고 싶지는 않지만."

휘트니는 터져나오려는 웃음 때문에 입술을 바르르 떨다가 피터가 무서운 얼굴로 노려보자 재빨리 웃음을 억눌렀다.

"빌어먹을, 도대체 무슨 짓을 하려는 거야?"

피터가 화가 나서 버럭 소리를 질렀다.

휘트니는 가까스로 엘리자베스만큼이나 순진해 보이게 애를 쓰며 대답했다.

"나는 그저 엘리자베스를 보호해주려는 것뿐이야."

"보호를 해줘? 차라리 호랑이 굴이 더 안전하겠다. 난 절대 허락……."

휘트니가 웃음을 참으려고 안간힘을 쓰며 달래듯 말했다.

"피터, 진정해. 나는 그저 엘리자베스를 런던으로 데려가서 내가 이번 주에 무도회에서 만난 신사들에게 소개하려는 것뿐이야. 무척 매력적이고 결혼 상대로 더없이 적합한 남자들이야. 그리고 하나같이 훌륭한 배경과 나무랄 데 없는 평판을 지닌 사람들이고. 뭐 품행에 약간 문제가 있을지는 모르지만 엘리자베스가 앞뒤 가리지 않고 막무가내로 사랑에 빠지지는 않을 거라고 확신해. 엘리자베스도 스물한 살이나 됐으니 이제 결혼할 때가 됐잖아? 나보다 한 살 위니까."

"엘리자베스가 몇 살인지는 나도 알아!"

피터가 머리카락을 쓸어올리며 절망적으로 소리를 질렀다.

"그럼 엘리자베스가 무슨 일을 하든지 네가 뭐라고 할 처지가 아니라는 것도 알겠네? 피터 넌 엘리자베스의 아버지도 아니고 남편도 아니고 약혼자도 아니잖아. 그러니 제발 아무 소리 말고 가만히 있어. 난 가서 저녁 준비가 다 됐는지 보고 올게."

말을 마친 휘트니는 웃음이 터지려는 것을 감추느라 급히 얼굴을 돌렸다.

휘트니는 피터가 엘리자베스를 집으로 데려다주면서 청혼할 거라고 절대적으로 확신했다. 그러나 휘트니의 예상은 틀렸다. 10분 후 휘트니가 거실로 돌아왔을 때 피터와 엘리자베스는 손을 맞잡고 서 있었다.

"네 계획을 망쳐서 미안하지만 엘리자베스는 런던에 가지 않을 거야. 엘리자베스는 내 아내가 되기로 했거든. 더 할 말 있어?"

"할 말?"

휘트니는 눈을 내리뜨면서 중얼거렸다.

"음…… 피터, 넌 어쩜 그렇게 사람을 약 오르게 하니? 난 정말 엘리자베스한테…… 런던의 화려함을 맛보게 하고 싶었는데."

천성이 착한 피터는 미래의 아내를 너그럽게 바라보며 휘트니에게 말했다.

"정 그렇게 엘리자베스하고 같이 런던에 가고 싶다면 같이 가서 엘리자베스가 혼수 준비하는 걸 도와주면 되겠다. 엘리자베스의 아버지가 오늘밤 결혼을 허락해주신다면 엘리자베스는 내일 떠날 수 있을 거야. 그리고 엘리자베스가 그러는데 네가 신부 들러리를 서주면 좋겠대."

23

휘트니가 아치볼드 저택에 도착하자 에밀리가 당황하며 맞아주었다. 머리에 수건을 뒤집어쓴 에밀리의 뺨은 먼지가 묻어 지저분했다.

"네 꼴이 꼭 굴뚝 청소부 같다."

휘트니가 웃으며 말했다.

"넌 하느님이 주신 선물 같아!"

에밀리가 이렇게 받아치더니 휘트니를 포옹했다.

"만찬 석상에서 기사가 귀족 옆에 앉아도 되는 거니?"

에밀리가 난감해하며 물었다.

휘트니는 무슨 영문인지 몰라 눈만 깜박거렸다.

"골치 아픈 파티 얘기야."

휘트니가 외투를 벗고 클라리사가 방으로 들어왔을 때 에밀리가 설명했다.

"시어머니가 그러시는데 나도 이제 마이클의 지위에 어울리는 사교 모임을 열 때가 됐대. 그런데 귀족들은 만찬 석상에서 누구 옆에 앉느냐는 하는 간단한 문제를 가지고도 얼마나 까다롭게 구는 줄 아니? 여기 내가 지금껏 뭘 했는지 보렴."

에밀리는 책상으로 가서 그날 저녁 만찬 때 쓸 좌석 배치도를 집어들었다. 이름을 썼다 지웠다 하며 고민한 흔적이 역력했다.

"기사 옆에 귀족이 앉아도 되는 거니? 시어머니가 에티켓에 관한 책을 열댓 권은 빌려주셨는데 내가 알고 싶은 얘긴 없고 전부 뭐는 안 되고 뭐는 제외하라는 소리뿐이야."

좌석 배치도를 대충 훑어본 휘트니는 재빨리 의자에 앉아 손님들의 이름을 적으며 능숙하게 자리를 다시 배치했다. 그런 다음 의자 등에 기대앉아 놀라워하는 에밀리를 보고 밝게 웃었다.

"다 이모님 덕분이야. 이 정도면 다섯 나라에서 귀족들이 모여들어도 문제없어."

에밀리는 소파에 풀썩 주저앉았다. 아직도 걱정 때문에 얼굴이 어두웠다.

"이번 파티는 우리 부부가 여는 첫 번째 공식 파티라서 시어머니도 참석하여 내 일거일동을 지켜보실 거야. 시어머니는 격식을 여간 따지는 분이 아냐. 당신 아들이 나처럼 보잘것없는 여자와 결혼했을 때도 몹시 못마땅해하셨어. 그래서 시어머니가 참석하셨던 어떤 파티보다 완벽하고 성대한 파티를 보여드리고 싶어!"

클레이튼을 만날 그럴 듯한 구실을 찾아내느라 부심하던 휘트니는 살며시 미소를 지었다. 그녀는 다시 책상을 향해 돌아앉아 펜을 들고 좌석 배치도의 적당한 장소에 클레이튼의 이름과 작위를 적어넣었다.

"이렇게 하면 네가 올해 최고의 파티 여주인이 될 거야. 네 시어머니도 질투를 하실 걸."

휘트니가 좌석 배치도를 에밀리에게 건네며 자랑스럽게 말했다.

"클레이모어 공작!"

에밀리가 깜짝 놀랐다.

"하지만 이러면 공작 각하는 나를 세상에서 제일 뻔뻔한 여자라고 생각하실 거야. 게다가 오시지도 않을 걸. 우리 손님들도 귀족이긴 하지만 각하와 어깨를 견줄 만큼 지위가 높은 분은 하나도 없어."

"그래도 올 거야."

휘트니가 확신에 차서 말했다.

"초대장 남은 거랑 종이 한 장만 줘."

휘트니는 잠시 생각을 하더니 편지를 쓰기 시작했다. 자신이 에밀리를 만나러 런던에 와 있다는 것과, 에밀리가 여는 파티에 참석해주기를 간절히 바란다는 내용이었다. 휘트니는 초대장을 봉투에 넣어 아치볼드 가의 하인에게 건네주었다. 그리고 초대장을 어퍼 브룩에 있는 공작 각하의 비서 허드긴스

씨에게 전해주면서 스톤 양이 보내는 편지라는 말을 전하라고 일렀다. 그것은 만약 그녀가 클레이튼이 고향으로 돌아오겠다고 약속한 날짜보다 일찍 그가 돌아오기를 바랄 경우에 대비해 클레이튼이 알려준 연락 방법이었다.

초대장을 들고 갔던 하인은 클레이튼이 동생의 시골 저택으로 갔으며 이튿날인 토요일 일찍 런던으로 돌아올 것이라는 소식을 갖고 왔다.

에밀리는 한시름 놓으면서도 한편으로는 풀이 죽었다.

"너무 피곤하셔서 파티에 오시지 못할 거야."

"아니, 그래도 올 거야."

휘트니가 빙그레 웃으며 자신 있게 말했다.

저녁 식사 후 에밀리는 폴과 클레이튼의 이야기를 꺼내려 했다. 하지만 휘트니는 아직 그 사람 중 누구의 이야기도 하고 싶지 않다고 부드럽고도 단호하게 잘라 말했다. 가장 절친한 친구에게 속마음을 털어놓기를 마다한 게 마음에 걸렸던 휘트니는 대신 미적거리는 피터를 엘리자베스에게 청혼하도록 만든 유쾌한 이야기를 들려주었다.

"엘리자베스랑 피터가 양가 부모님을 모시고 오늘 아침 내가 떠나올 때 같이 마을을 떠났어. 마거릿과 그 애 부모님도 함께. 엘리자베스의 혼수를 준비하러 오는 거야."

"만약 며칠 전에 네가 엘리자베스의 신부 들러리가 된다고 말했다면 아마 그 말을 전한 사람의 머리가 어떻게 된 게 아닌가 했을 거야!"

에밀리가 까르르 웃으며 말했다.

"엘리자베스는 네게 결혼한 친구가 서는 들러리를 서달라고 부탁할 거야. 엘리자베스하고 피터 친지들 대부분이 런던에 사셔서 여기 런던에서 결혼식을 올릴 거래."

휘트니는 토요일 오후까지도 그날 밤 클레이튼과 대면할 생각을 의식적으로 피했다. 그녀는 오전 내내 클라리사와 함께 에밀리의 심부름을 하고 돌아오는 길에 마차를 공원에 세우게 했다. 그러고는 클라리사를 마차에 남겨두고 말끔하게 손질된 국화꽃밭 사이로 난 길을 따라 거닐었다.

휘트니는 앤에게 클레이튼이 자기에게 관심이 없다고 했지만 그 말이 전적으로 진실은 아니었다. 클레이튼은 그녀를 '원한다'고 했다. 분명 그녀를 갈망한다는 뜻이리라. 휘트니는 공원 벤치에 앉았다. 그의 늠름한 품에 안겨 키스와 애무를 받던 생각을 떠올리자 희미한 홍조가 뺨을 물들였다.

휘트니는 영국에서 클레이튼을 처음 만났을 때부터 시작해 두 사람이 함께 보낸 시간들을 더듬어보았다. 처음 그는 시냇가 무화과나무 둥치에 어깨를 기대고 서서는 물에 젖은 맨다리를 햇볕에 말리고 있는 그녀를 지켜보고 있었다. 그때 두 사람은 이미 약혼한 사이였는데 그 사실을 알지 못했던 그녀는 자신의 땅에서 썩 꺼지라며 클레이튼에게 사실상의 명령을 했었다. 클레이튼이 채찍으로 등을 내려치려다 만 생각이 나자 순간적으로 화가 치밀었지만 자신이 자초한 일이라는 생각이 들자 분노는 눈 녹듯 사라졌다. 클레이튼의 집에서 체스를 두던 일을 떠올리자 우스워졌고 그날 그가 집에 데려다주기 전에 퍼부었던 불같이 뜨거운 키스를 떠올리자 얼굴이 새빨갛게 달아올랐다.

클레이튼은 휘트니를 갈망했다. 그리고 무척 자랑스러워했다. 휘트니는 그 사실을 러더포드 가의 무도회에서 확인했다. 물론 그는 그녀를 사랑하지 않았다. 그러나 분명 그녀를 좋아했다. 정자 옆에서 그를 폴이라고 생각하며 키스를 했다고 한 것 때문에 마음에 상처를 입을 정도로. 그리고 상처를 받은 그가 자신의 키스를 거부하다가 끝내 자제심을 잃고 자신을 으스러지도록 껴안던 것을 생각하자 휘트니의 가슴에서는 애정이 샘솟았다. 그와 영원히 작별한다고 믿었을 때는 또 얼마나 허전했던가.

휘트니는 약혼을 성사시킨 클레이튼의 오만하고 독선적이며 강압적인 방식을 떠올리면서 마음을 굳게 사려먹었다가는 곧 그 생각을 집어치웠다. 그가 그보다 더한 일을 하더라도 그녀는 그가 좋았다. 그런 사실을 부정하며 분노하고 반항을 계속할 이유를 찾을 수가 없었다.

휘트니는 클레이튼을 좋아했다. 폴과의 결혼에 그토록 집착하지만 않았다면 훨씬 더 빨리 그 사실을 깨달았을 것이다. 휘트니는 클레이튼을 향한 감정의 정확한 본질을 깊이 파고드는 것이 겁이 나 주춤주춤 뒷걸음질을 쳤다. 사흘 전만 해도 폴을 사랑한다고 믿었던 마당에 지금에 와서 클레이튼을 사랑하는 것은 아닐까 생각하자 불결하게 느껴졌다. 게다가 지난 몇 년 동안 폴을 사랑한다고 믿었는데 그것이 맹목적인 도취에 지나지 않았다는 사실을 알고 난 지금은 자신의 감정을 판단할 능력도 거의 믿지 못하게 되었다. 하지만 그녀는 클레이튼을 좋아했다. 그것은 부정할 수 없는 사실이었다. 그리고 그녀는 그의 애무에 언제나 기다렸다는 듯 뜨겁게 반응했다. 그리고 이따금 화를 돋우기도 했지만 그는 그녀를 잘 웃겨주었다.

두 사람은 결혼하게 될 것이다. 클레이튼이 지난봄 그렇게 결정했고 그의 불굴의 의지는 해가 뜨고 지는 것만큼이나 요지부동이었다.

그것은 피할 수 없는 일이었다. 그리고 이제 휘트니는 그것을 받아들일 준비가 되었다. 수려하고 힘 있고 세련된 귀족 신사가 그녀의 남편이 될 것이다. 하지만 클레이튼은 고향 마을 사람들이 모두 그녀가 폴과 약혼한 줄로 믿고 있다고 말하면 격렬하게 화를 낼 것이다.

휘트니는 한숨을 내쉬며 구두 끝으로 돌을 걷어찼다. 그녀는 언제든 그가 원하는 때 기꺼이 결혼하겠다는 말만 하면 그가 화를 누그러뜨리리라는 것을 본능적으로 알고 있었다. 이제 남은 것은 클레이튼에게 말할 때 어떤 투로 말할 것인지를 결정하는 것이었다.

"당신하고 결혼하는 것 말고는 실질적인 선택의 여지가 없으니 당신이 원하는 때에 결혼을 하는 편이 나을 것 같아요."

그녀는 이렇게 쌀쌀맞고 덤덤하게 말해서 얼마간의 자존심을 지킬 수 있을 것이다. 만약 그런 식으로 말한다면 클레이튼은 틀림없이 그녀의 부아를 돋우는 예의 그 냉소적인 표정으로 그녀를 바라보며 그녀와 똑같이 덤덤하게 대꾸할 것이다.

"좋으실 대로 하시지요, 마담."이라고.

휘트니는 얼굴을 찌푸렸다. 그런 식으로 말하면 알량한 자존심은 지킬 수 있을지 모르지만 결혼 생활을 시작하는 남녀가 할 행동으로는 너무 지나쳤다. 서로 완전히 무관심한 척 그렇게 결혼 생활을 시작하다니 생각만 해도 끔찍했다. 사실 그녀는 클레이튼에게 전혀 무관심하지 않았다. 휘트니는 지난 며칠 동안 스스로 놀랄 정도로 클레이튼을 그리워했다. 그의 조용하면서도 강인한 모습과 여유 있는 미소, 이따금 함께 나눴던 웃음을 그리워했다. 심지어는 그와의 입씨름까지도 그리워했다.

이런 기분이 들자 그와의 결혼을 질색하는 척하는 것이 어리석을 뿐 아니라 잘못된 행동처럼 느껴졌다. 휘트니는 자신이 결혼할 준비가 되어 있다고 여러 방식으로 클레이튼에게 말하는 연습을 했다. 오늘밤 고향 사람들 모두가 내가 폴과 약혼한 줄 알고 있다고 말한 다음 깊이 모를 그의 회색 눈을 향해 부드럽게 미소를 지어 보이며 이렇게 말할 거야.

"그 소문을 잠재우는 최선의 방법은 우리의 약혼을 발표하는 거라고 생각해요."

그러면 클레이튼은 그녀의 미소를 지난 몇 주 동안 두 사람이 벌여온 의지의 전쟁에서 그녀가 무조건적으로 항복한다는 의사로 받아들일 터였다. 그녀의 자존심은 약간 상처를 입겠지만, 어차피 남편이 될 사람이니 클레이튼은 그녀가 진심으로 그를 받아들인다는 사실을 알 자격이 충분했다.

만약 내가 이런 식으로 내 결심을 전한다면 클레이튼은 아마 날 부둥켜안고 예의 그 대담하고 자극적인 키스를 피부을 거야. 휘트니는 그 생각만으로도 현기증이 났다.

자존심 따위는 필요 없어! 휘트니는 결심했다. 후자를 택하리라. 마차로 돌아가는 휘트니의 가슴은 기대와 행복으로 고동치기 시작했다.

에밀리의 집으로 돌아온 휘트니는 하인에게서 안주인이 손님들과 응접실에 있다는 말을 전해 들었다. 휘트니는 에밀리를 방해하고 싶지 않아서 임시로 거처하는 객실로 바로 올라갔다.

휘트니가 막 모자를 벗고 있을 때 에밀리가 들어왔다.

"엘리자베스와 피터, 그리고 마거릿이 부모님들을 모시고 방금 떠났어. 엘리자베스가 나한테 결혼식에 와달래."

그러더니 걱정스럽게 덧붙였다.

"그 사람들을 오늘밤 파티에 초대했어. 어쩔 수 없었어. 온 집안이 파티 준비로 정신없는 걸 뻔히 봤는데 어쩌니?"

휘트니는 장갑을 벗고 에밀리의 근심 어린 표정을 살펴보았다. 한동안 어리둥절해하던 그녀가 웃으면서 말했다.

"뭘 그런 일 가지고 마음을 졸이니? 좌석 배치만 약간 바꾸면 될 텐데."

"아냐, 그렇지 않아."

에밀리가 침울하게 말했다.

"그들은 쇼핑을 하다가 우연히 네 친구 뒤비에 씨를 만났대. 뒤비에 씨가 마거릿한테 네 얘길 물었는데 그때 엘리자베스가 네가 우리 집에서 지내고 있다는 말을 했대. 그래서……."

휘트니는 에밀리가 다음 말을 꺼내기도 전에 먹구름이 몰려드는 기분을 느꼈다.

"그래서 할 수 없이 뒤비에 씨도 초대했어. 클레이모어 공작을 초대한 터라 네가 불편해하리란 건 알고 있었지만 그렇게 격식을 차리지 않고 불쑥 초청을 하면 뒤비에 씨가 거절할 거라고 철석같이 믿었거든."

휘트니는 침대에 털썩 주저앉았다.

"그런데 니키가 거절하지 않았구나. 그렇지?"

에밀리가 고개를 흔들며 말했다.

"마거릿의 목을 비틀어놓고 싶어. 뒤비에 씨는 너한테만 관심이 있었는데 마거릿이…… 거머리처럼 뒤비에 씨의 팔에 들러붙어서는 파티에 참석하라고 애원을 했어. 그 애가 저나 주변 사람들을 더 이상 창피하게 만들고 다니기 전에 그 애 부모님이 어디로 시집이나 보내버렸으면 좋겠어. 마거릿은 세상에서 가장 끈덕지고 막무가내고 심술궂은 여자 애야. 그런데 엘리자베스는 마음이 너무 여려서, 마거릿한테 휘둘리고만 있어."

그 누구에게도 다가올 밤에 대한 기대를 망치게 하고 싶지 않았던 휘트니는 에밀리에게 안심하라는 듯 웃어 보였다.

"마거릿이나 니키 걱정은 하지 마. 다 잘될 거야."

24

클레이튼은 동생이 건넨 보고서를 반대편 좌석에 던지고 머리를 등받이에 기댔다. 좀이 쑤셔서 예정보다 하루 앞서 마을로 돌아가는 중이었다.

마을의 자갈길로 들어서자 말들은 더디게 달렸다. 클레이튼은 몸을 옆으로 기울여 창밖을 내다보았다. 머리 위에서는 짙은 구름이 어지럽게 춤을 추며 사이사이 내리쬐는 토요일 이른 오후의 햇살을 가리다시피 하고 있었다. 마을을 가로지르는 도로 한복판에 양떼를 싣고 가던 마차가 뒤집혀 길이 막혀 있었다. 몇몇 다른 마차의 주인들이 그 마차를 일으켜세우려고 끙끙댔으며 한편으로는 흩어진 양들을 잡으러 우왕좌왕하고 있었다.

"맥레이!"

클레이튼이 짜증스런 말투로 마부를 불렀다.

"저기 도착하면 자네도 내려서 좀 거들어주게. 안 그랬다가는 하루 종일 여기서 이러고 있을 것 같으니."

"예, 각하."

마부석에 앉아 있는 맥레이가 소리쳐 대답했다.

클레이튼은 시계를 힐끗 쳐다보고는 쓴웃음을 지었다. 하루를 못 참아서 정신 나간 바보처럼 허겁지겁 달려가는 꼴이라니. 그는 휘트니를 만나보고 싶은 간절한 열망에 쫓겨 런던에서 하루를 지내기로 했던 계획도 접은 채 아침 6시에 동생 집을 나서서 이곳으로 곧장 달려오는 길이었다. 마치 휘트니에게 도착하는 일에 목숨이라도 건 듯 말을 바꾸기 위해 한 번 쉰 것을 빼고는 장장 일곱 시간을 쉬지 않고 달려왔다. 그는 1주일이나 휘트니를 혼자 내버려둔 것을 수백 번은 후회했다. 혼자 있게 하는 게 아니었다. 단호하면서도 부드러운 정신적인 힘이 되어주어야 했다. 휘트니는 지금까지도 세버린의 청혼을 거절하라는 강압적인 지시를 거스르고 싶은 충동과 혼자서 싸웠는지도 모른다. 그런 허약한 남자를 사랑한다고 믿었다니 얼마나 바보 같은 고집불통이란 말인가. 사랑스럽고 발랄하고 깜찍한 바보 같으니. 세버린을 조금이라도 사랑한다면 결코 그토록 뜨겁게 내 애무에 반응할 수는 없었을 텐데…….

클레이튼은 러더포드 가의 무도회가 끝나고 휘트니를 다시 아치볼드 저택에 데려다주었을 때 휘트니가 자신의 키스에 열정적으로 화답하며 뜨겁게 안겨오던 때를 떠올렸다. 샴페인의 취기 때문에 몸과 마음이 흐트러지기도 했겠지만 휘트니는 몇 주 전부터 나한테 달콤한 욕망을 느껴왔어. 나를 원하고 있다는 증거지. 빌어먹을, 그렇게 고집불통만 아니라면, 그리고 그렇게 어리지만 않다면 벌써 오래 전에 그 사실을 깨달았을 텐데.

휘트니는 분명 클레이튼을 원했다. 그리고 클레이튼은 그 누구보다 휘트니를 원했다. 그는 그녀의 낮을 기쁨으로 채워주고 그녀의 밤을 쾌락으로 채워주고 싶었다. 그가 그녀를 사랑하는 만큼 그녀도 그를 사랑할 때까지.

휘트니를 사랑한다? 클레이튼은 얼굴을 살짝 찌푸렸다가는 곧 길고 씁쓸한 한숨을 내쉬며 진실을 받아들였다. 그는 휘트니를 사랑하고 있었던 것이다. 서른넷이 되어서야, 헤아리고 싶지도 않을 만큼 많은 여자들과 염문을 뿌린 뒤에서야, 툭하면 비위를 긁어놓고 자신의 작위를 비웃고 노골적으로 자신의 권위에 굴복하기를 거부하는 도도하고 매력적인 아가씨와 사랑에 빠진 것이다. 그녀가 웃으면 가슴이 뜨거워졌고 그녀의 손끝이 닿으면 피가 끓어올랐다. 그녀는 그의 마음을 사로잡고는 웃게도 하고 분노로 부르르 떨게도 했다. 이제까지 만나온 어떤 여자도 그렇게 하지 못했는데 말이다. 이제 그는 휘트니가 없는 미래는 상상할 수 없었다.

클레이튼은 모든 진실을 인정하고 나자 휘트니 곁으로 가서 그녀를 즐거운 마음으로 바라보고 포옹하고 낭랑한 음성을 듣고 싶은 마음이 훨씬 더 간절해졌다. 그리고 날씬하고 요염한 몸과 한 몸처럼 붙어 있을 때 느끼게 될 격렬한 쾌감을 한시

바삐 맛보고 싶었다.

맥레이는 약방 앞에 마차를 세우고 풀려서 돌아다니는 양을 잡아 짐마차에 실어주었다. 마차 안에서 속수무책으로 기다리는 데 진력이 난 클레이튼은 마차에서 내려 양들을 잡으려고 이리 뛰고 저리 뛰는 남자들을 구경하는 구경꾼들 사이로 섞여들었다. 빵집 남자가 미친 듯이 양 한 마리를 겨냥해 달려들었다가는 놓치면서 방금 양 한 마리를 잡은 남자 쪽으로 휘청거리며 넘어졌다. 클레이튼이 그 광경을 보고 빙그레 웃었다.

"아주 재미있는 구경 아닙니까?"

올든베리가 가게에서 나와 클레이튼과 다른 구경꾼들 사이로 비집고 들어서며 말을 건네왔다.

"하지만 진짜 흥미진진한 구경을 놓치셨군요."

올든베리가 클레이튼의 옆구리를 살짝 건드리며 말을 이었다.

"온 마을이 시끌시끌하답니다. 약혼 소식이 둘이나 있거든요."

"그래요?"

흩어져 돌아다니던 양을 다 찾아 싣고 마침내 떠나가는 짐마차에 관심을 쏟고 있던 클레이튼이 건성으로 대꾸했다.

"그렇답니다. 하지만 장차 신부가 될 아가씨들을 축하하실 수는 없습니다. 둘 다 지금 런던에 가 있거든요."

올든베리가 목소리를 낮추더니 이렇게 말했다.

"사실 저는 스톤 양이 웨스트랜드 씨를 남편감으로 고르리라 생각했었지요. 그런데 어릴 때부터 세버린 씨를 그렇게 따라다니더니 기어이 차지하고 말더군요. 두 사람이 약혼을 했답니다. 그 소문을 듣자마자 애쉬튼 양이 레드펀 씨와 약혼을 발표했지요. 놀라운 일 아닙니까? 아무 소식도 없다가 갑자기 한꺼번에 두 쌍이……."

클레이튼이 고개를 홱 돌리고 싸늘한 눈길로 쏘아보자 올든베리는 겁을 집어먹고 하던 말을 뚝 그쳤다. 낮고 섬뜩한 목소리로 클레이튼이 물었다.

"방금 뭐라고 했소?"

"웨, 웨스트랜드 씨가 안 계시는 동안 스톤 양과 애쉬튼 양이 약혼을 했다고 말씀드렸습니다."

"거짓말을 하는 게 아니라면 뭔가 잘못 알고 있는 거요."

올든베리는 클레이튼의 이글거리는 회색 눈이 뿜어내는 노기에 놀라 뒷걸음질치며 허겁지겁 고개를 저었다.

"아, 아닙니다. 거짓말이 아닙니다. 마을 사람 아무나 붙들고 물어보시지요. 모두 사실이라고 할 겁니다. 스톤 양과 애쉬튼 양은 어제 아침 앞서거니 뒤서거니 하며 한 시간 간격을 두고 마을을 떠났답니다. 런던에서 혼수를 사려고 말입니다. 애쉬튼 부인한테 직접 들은 얘깁니다."

올든베리의 말투는 절절했다. 그러고는 자신이 일이 돌아가는 형편에 얼마나 밝은지 증명이라도 하듯 이렇게 덧붙였다.

"스톤 양은 아치볼드 댁에, 애쉬튼 양은 조부모님 댁에 각각 머문다고 하더군요."

클레이튼은 한마디 대꾸도 없이 돌아서서는 마차를 향해 뚜벅뚜벅 걸어갔다.

올든베리는 양 떼를 붙잡는 광경을 보려고 모여들었다가 그와 클레이튼이 주고받는 대화를 엿들으려고 남아 있던 마을 사람들을 향해 돌아섰다.

"애쉬튼 양이 혼수를 사러 런던에 가 있다고 했을 때 날 노려보던 웨스트랜드 씨의 표정을 보셨소?"

이렇게 묻는 올든베리의 눈은 겁에 질려 흐리멍덩했다.

"난 이제껏 클레이튼 씨가 스톤 양을 마음에 두고 있는 줄 알고 있었는데."

"스톤 저택으로 가게."

클레이튼이 맥레이에게 짧게 내뱉고는 마차로 뛰어올랐다.

마차가 휘트니의 집 앞에 당도하자 하인이 달려나왔다.

"스톤 양은 어디 계신가?"

클레이튼의 목소리가 어찌나 써늘했던지 디딤판을 내리려고 손을 뻗던 하인이 그만 주춤했다.

"런던에 계십니다요."

하인이 뒤로 물러서며 대답했다.

핫지 별장에 도착한 클레이튼은 말들이 채 멈춰 서기도 전에 마차 문을 열어젖히고 뛰어내렸다.

"말들을 새 놈들로 바꾸고 10분 안에 런던으로 떠날 채비를 하게."

클레이튼이 어리둥절해 있는 맥레이에게 소리쳐 일렀다. 부글부글 끓어오르는 분노가 휘트니에게 품고 있던 애틋한 감정을 집어삼켜버렸다. 정신 나간 바보처럼 이리로 달려오는 동안 혼수를 사러 런던에 가? 그것도 내가 준 돈으로? 클레이튼은 다시 한 번 격렬한 분노로 몸을 떨었다.

"빌어먹을 앙큼한 것 같으니!"

클레이튼은 서둘러 옷을 갈아입으며 거칠게 욕을 내뱉었다. 특별 허가를 받는 대로, 필요하다면 머리채라도 잡아서 결혼 식장으로 끌고 가리라.

아니, 특별 허가 같은 건 필요 없어! 빌어먹을, 그런 걸 왜 기다려야 하지? 오늘밤 휘트니를 스코틀랜드로 끌고 가는 거야. 스코틀랜드에서 돌아오면 휘트니는 나를 기만한 대가로 사람들의 손가락질을 견뎌야 할 것이다.

클레이튼은 휘트니가 자신과 결혼하고 싶은 마음이 생길 때를 기다리며 그녀에 대한 욕정을 억눌러왔던 자신을 저주했다. 그 앙큼한 것이 원하든 말든 무슨 상관이란 말이야! 이제부터는 내가 원하는 대로 해야 하리라. 내 뜻에 순종하지 않는다면 순순히 따르도록 길들이리라.

정확히 10분 뒤, 옷을 갈아입은 클레이튼은 현관을 나서자마자 마차로 뛰어들었다. 그는 무섭도록 침착했다가도 터져나오려는 분노를 가까스로 참곤 하면서 런던으로 향하는 긴 여정을 견뎠다. 마차가 불이 환히 밝혀진 아치볼드 내외의 런던 저택 앞에 멈춰 선 것은 자정이 지나서였다. 파티가 열리고 있는 게 틀림없었다.

"곧 나올 테니 여기서 기다리게."

클레이튼은 맥레이에게 지시한 뒤 현관을 향해 재빠르게 계단을 올라갔다. 부글부글 끓어오르던 분노는 냉정하고 굳은 결의로 바뀌었다. 나는 짓궂고 제멋대로 구는 선머슴 같은 여자에게 배신을 당한 거야! 아니, 이런 표현은 과분해도 너무 과분하지. 휘트니는 거짓말을 밥 먹듯 하는 교활하고 방탕한 계집이야! 그는 깜짝 놀라는 집사를 지나쳐 음악과 웃음소리가 흘러나오는 무도회장으로 성큼성큼 걸어들어갔다.

한편 휘트니는 사람들로 북적대는 무도회장을 빠져나와 테라스로 나왔다. 싸늘한 밤공기가 열기로 달아오른 얼굴을 식혀주었다. 그녀는 억지로 지은 매혹적인 미소를 띤 채 자신의 뒤를 따라나온 신사들을 돌아보았다. 밝게 웃고는 있었지만 실내에서 떼를 지어 서성거리는 사람들을 훑어보던 그녀의 비취빛 눈에는 그늘이 져 있었다. 클레이튼이 오기에는 너무 늦은 시간이라는 것을 알면서도 그녀는 자꾸만 두리번거리며 그의 모습을 찾았다. 아마 초대장을 받지 못했을지도 몰라. 아니면 런던에 들르지 않고 곧장 시골집으로 갔을지도 모르고. 휘트니는 런던에서의 일은 다 알아서 할 테니 링컨셔에 있는 사촌을 방문하시라고 이모에게 편지를 쓴 것을 몸서리를 치며 후회했다. 클레이튼이 자신의 전갈을 받았다는 사실을 확인할 때까지 기다렸어야 했다.

아냐, 클레이튼의 비서는 그가 런던에 들를 거라고 확신했어. 나 자신까지 속일 필요는 없어. 클레이튼은 거만하게 내 초대를 무시한 거야. 이런 비참한 생각을 하다보니 분노도 잠시였고 차츰 깊은 상처가 가슴을 베었다.

휘트니는 클레이튼을 기쁘게 하려고 그가 좋아하는 대로 머리를 어깨 위로 길게 늘어뜨리고 특별히 진주가 촘촘히 박힌 황홀한 상아빛 공단 드레스도 차려입었다. 이렇게 그가 기뻐하는 일이면 무엇이든 했는데 그는 파티에 오기는커녕 참석하지 못한다는 전갈조차 보내지 않았다.

휘트니는 눈물이 흐르려는 것을 가까스로 참으면서 생각했다. 이토록 가슴 저린 실망감은 언제든 결혼할 마음의 준비가 되어 있다고 말할 용기를 간신히 짜냈는데 정작 그 말을 할 수 없기 때문일 거야. 하지만 그녀의 낙담은 그것보다 훨씬 뿌리 깊은 것이었다. 휘트니는 클레이튼이 그리웠다. 그녀는 그의 미소가 간절히 보고 싶었다. 팽팽하게 접전을 벌였던 의지의 싸움에서 이제 그만 항복하노라고 말할 수 있기를 바랐다. 그래서 그의 품에 안겨 키스를 받고 싶었다. 그날 밤이 두 사람이 새로운 관계를 시작하는 시간이었으면 했었다. 휘트니는 모든 희망이 물거품이 되어버린 쓸쓸한 저녁이지만 남은 시간 동안만이라도 즐겁게 보내리라 마음을 다져먹었다.

클레이튼은 몇몇 아는 사람들에게 무뚝뚝하게 고개만 끄덕여 보이고는 굶주린 표범처럼 먹이를 찾아 무도회장을 두리번거렸다. 샴페인 두 잔을 들고 테라스로 향하는 뒤비에가 눈에 띄었다. 무도회장을 가로질러 가는 뒤비에를 눈으로 좇던 클레이튼은 대여섯 명의 남자들에게 둘러싸여 테라스에 서 있는 휘트니를 보고는 어금니를 꽉 깨물었다.

클레이튼은 우연을 가장하고 그들 쪽으로 어슬렁어슬렁 걸어갔다. 휘트니가 악기를 연주하는 척하는 남자들 앞에서 지휘하는 흉내를 내고 있었다. 그 모습을 본 클레이튼의 눈은 싸늘하게 변했다. 지휘자야말로 남자들을 마음대로 가지고 노는 휘트니에게 딱 어울리는 역할이지. 클레이튼은 냉소적으로 생각했다. 그가 뒤비에가 방금 나간 문 옆에 있는 문으로 막 나가려 할 때였다. 누군가 팔을 붙잡았다.

"여기서 뵙다니 정말 뜻밖이네요. 반가워요."

마거릿 메리튼이었다.

그러나 클레이튼의 관심은 온통 휘트니에게 가 있었다. 그가 팔을 빼려 하자 마거릿은 그의 팔을 잡은 손에 힘을 더하며 말을 이었다.

"보기 민망한 광경이죠?"

마거릿이 클레이튼의 시선이 못 박힌 곳을 바라보며 말했다.

클레이튼은 34년 동안이나 몸에 밴 엄격한 예의범절을 한순간에 벗어버릴 수는 없었다. 그는 성가셨지만 할 수 없이 말을 걸어온 여자 쪽으로 돌아섰다. 그러나 분노에 눈이 먼 클레이튼은 그 여자가 누군지 금방 알아보지 못했을 뿐 아니라 그런 실례를 범한 것을 깨닫지도 못하고 자신을 흠모의 눈길로 바라보는 담갈색 눈을 멍하니 들여다보았다. 그러자 마거릿의 눈에는 흠모 대신 증오의 빛이 어렸다. 테라스에서 웃음소리가 터져나오자 클레이튼이 얼른 소리 나는 쪽으로 고개를 돌렸다.

마거릿은 휘트니를 바라보며 그의 팔을 꼭 그러쥐었다. 모욕을 당한 마거릿의 목소리는 신경질적으로 변해 있었다.

"휘트니가 그렇게 갖고 싶으면 가서 차지해요. 뒤비에 씨나 폴 세버린은 걱정할 필요 없어요. 두 사람 다 휘트니와는 결혼하지 않을 테니까요."

"이유가 뭡니까?"

클레이튼이 팔을 빼며 물었다.

"폴이 뒤비에 씨가 몇 년 전부터 알고 있던 사실을 얼마 전에 알아냈거든요. 두 사람 다 휘트니의 첫 남자가 아니라는 사실을요!"

마거릿은 클레이튼의 얼굴이 새파래지고 꽉 다문 입가의 근육이 씰룩거리는 것을 보았다. 그녀는 돌아서면서 덧붙였다.

"관심이 있을지 몰라 말씀드리는데 마구간지기가 휘트니의 첫 남자예요. 그래서 저 애 아버지가 프랑스로 보내버린 거죠."

클레이튼은 하늘이 무너져내리는 충격과 함께 이성을 잃었다. 다른 때 같았으면 여자들의 뻔한 질투라고 마거릿의 말을 웃어넘겼으리라. 그러나 이젠 사정이 달랐다. 그날은 휘트니가 그를 속였으며 그녀가 두 마음을 품은 거짓말쟁이라는 사실을 깨달은 날이었다.

클레이튼은 잠시 멈춰 서서 뒤비에가 자리를 뜨기를 기다렸다. 그런 다음 문을 확 열어젖히고 테라스로 나가 휘트니 바로 뒤로 갔다. 술에 취한 젊은 남자가 막 휘트니 앞에 무릎을 꿇고 있었다.

무릎을 꿇은 젊은 남자가 혀 꼬부라진 소리로 농담을 했다.

"스톤 양, 스톤 양과 저처럼 음악적 재능이 뛰어난 음악가라면…… 영원한 듀엣으로 결합해야 합니다! 그대의 팔을…… 아니, 손을 잡고……."

그러던 그가 돌연 말을 중단하더니 휘트니 뒤쪽에다 시선을 고정한 채 꿀꺽하고 침을 삼켰다.

젊은이의 우스꽝스러운 익살을 보고 차차 밝은 얼굴을 찾아가던 휘트니는 가슴이 터질 듯한 행복감을 느끼며 클레이튼에게 미소를 지어 보였다. 그러나 클레이튼은 여전히 한쪽 무릎을 꿇고 있던 칼라일만 뚫어져라 바라보고 있었다.

"일어나시지!"

클레이튼이 호통을 치고는 냉소적으로 덧붙였다.

"스톤 양의 손을 잡고 청혼할 생각이라면 손이 하나 더 자랄 때까지 기다려야 할 거요. 지금은 그 손을 잡고 청혼한 남자가 둘뿐인데 이미 두 남자 모두에게 결혼을 약속했으니 말이오."

이 말과 함께 클레이튼은 휘트니의 손목을 우악스럽게 쥐고 질질 끌고 갔다.

클레이튼은 넓은 발코니를 돌아 가로등 밑에서 대기하고 있던 마차로 성큼성큼 걸어갔다. 그의 큰 걸음걸이를 따라잡느라 휘트니는 뛰다시피 했다.

"이러지 말아요. 아프단 말이에요!"

휘트니가 치맛자락을 밟아 고꾸라질 지경이 되어서는 숨을 헐떡이며 말했다. 클레이튼은 손목에서 어깻죽지까지 얼얼할 정도로 휘트니의 팔을 억세게 잡아일으키더니 집어던지듯 마차 안으로 밀어넣었다.

"무슨 짓이에요?"

휘트니는 클레이튼이 자신을 사람들의 눈도 아랑곳하지 않고 질질 끌고 나와 짐짝처럼 거칠게 다루자 당혹스럽고 화가 나서 쏘아붙였다.

"당신이 뭔데 이래요?"

말들이 내달리면서 마차가 덜커덩하고 심하게 흔들리자 휘트니의 몸이 휘청거리며 뒤쪽으로 쏠렸다.

"내가 뭐냐구? 당신 주인이지. 당신 말대로 돈을 주고 당신 아버지한테서 샀으니까."

빈정거리는 클레이튼을 뚫어져라 쳐다보는 휘트니의 마음은 혼란스럽기 그지없었다. 사촌 커스버트가 심각하기 짝이 없게 청혼하는 것을 보고는 너그럽게 웃어넘겼던 그가 장난삼아 했던 칼라일의 청혼에는 왜 그토록 화를 내는지 이해할 수가 없었다. 클레이튼과 달콤한 화해의 시간을 고대하고 있던 휘트니는 클레이튼의 열정 대신 분노를 마주하자 몹시 당혹스러웠다.

그럼에도 불구하고 클레이튼이 자신의 초대를 무시하지 않았다는 사실에 휘트니는 무척 행복했다. 그래서 클레이튼이 자신에게 청혼을 하는 다른 남자를 보고 이성을 잃었다고 비난할 수가 없었다. 그녀가 아주 부드럽게 입을 열었다.

"아까 테라스에서 본 칼라일은 몹시 취해 있었어요. 그리고 그 청혼은 그저 장난이었어요. 그 사람……."

"닥쳐!"

클레이튼이 고개를 들고 소리쳤다. 휘트니는 비로소 클레이튼에게서 뿜어져나오는, 타는 듯한 분노를 보았다. 그의 반듯한 턱은 격렬한 분노로 팽팽하게 굳어 있었고 입은 비정하게 다물어져 있었다. 그리고 그의 표정은 혐오감으로 가득 차 있었다. 그는 경멸하듯 그녀를 쏘아보았다. 그러더니 마치 구역질이 나서 견딜 수 없다는 듯 고개를 돌려버렸다.

휘트니는 그토록 억제되고 위협적인 분노를 본 적이 없었다. 아무도 그렇게 냉혹한 경멸의 눈빛으로 그녀를 쳐다보지 않았다. 그녀의 아버지도 그런 눈빛으로 쳐다보지는 않았다. 그녀는 그날 밤 클레이튼의 영혼까지 꿰뚫어볼 듯한 날카로운 회색 눈에서 웃음이나 온기, 혹은 애정을 보고 싶었다. 그가 그토록 험악하고 악의에 찬 눈빛으로 자신을 바라보리라고는 상상도 하지 못했다. 충격은 서서히 상처로 변했다. 그리고 아주 천천히, 막연한 공포가 가슴속에서 똬리를 틀기 시작했다. 잠자코 창밖을 내다보니 도시의 불빛들이 점점 줄어들더니 쓸쓸한 어둠이 한참이나 이어졌다.

"날 어디로 데려가는 거죠?"

휘트니가 불안해하며 물었으나 클레이튼은 말이 없었다.

"클레이튼, 어디로 가는 거냐구요?"

휘트니가 거의 애원하다시피 다시 물었다.

클레이튼은 얼굴을 돌리고 겁에 질린 휘트니의 얼굴을 내려다보았다. 그는 휘트니의 목을 조르고 싶었다. 불결하게 다른 남자와 몸을 섞어 자신의 사랑과 신뢰를 배반하다니…… 아무 사내나 손만 뻗치면 기다렸다는 듯 관능적인 몸뚱어리를 내준, 거짓말쟁이에 사람 기만하기를 밥 먹듯 하는 더러운 계집이라는 사실을 알게 된 지금에 와서야 다정하게 이름을 부르다니.

클레이튼은 다른 남자들과 알몸으로 뒤엉켜 있는 휘트니의 모습을 상상하자 마음이 갈기갈기 찢어지는 듯했다. 그는 휘트니의 질문에 아무 대꾸도 없이 싸늘하게 고개를 돌렸다.

휘트니는 지금 달리고 있는 곳이 어디이고 어느 방향으로 가고 있는지 가늠해보려고 애쓰면서 자꾸만 커져가는 두려움과 싸웠다. 북쪽이다! 마차가 대로를 벗어나 샛길로 들어서자 휘트니는 마차가 북쪽을 향하고 있다는 사실을 깨달았다. 이제 그녀는 필사적이 되었다. 급히 숨을 들이쉰 그녀는 마지막 남은 자존심도 내팽개치고 말했다.

"당신과 결혼할 마음의 준비가 되어 있다는 걸 말하려고 기다리던 중이었어요. 그러니 날 스코틀랜드로 데려가서 결혼할 필요는 없어요. 난……."

"당신하고 결혼할 필요가 없다구?"

클레이튼이 휘트니의 말허리를 잘랐다.

"나도 그렇게 들었소. 하지만 난 사랑의 도피를 할 생각도, 내 말들을 더 이상 혹사시키고 싶은 생각도 없소. 오늘 벌써 당신을 찾아서 영국의 절반이나 되는 거리를 달렸으니까."

갑자기 마차가 방향을 틀더니 평탄하고 인적이 드문 길로 접어들었다. 그 순간 문득 휘트니의 뇌리를 스치는 것이 있었다. 이제 클레이튼이 했던 말이 제대로 이해되었다. 클레이튼이 자신을 찾아 온종일 마차를 타고 달렸다면 틀림없이 고향에 내려갔다가 자신이 폴과 약혼했다는 소문을 들었을 터였다. 휘트니는 애원이라도 하듯 클레이튼의 팔 위에 손을 얹었다.

"폴과 나에 대한 소문을 해명할게요. 그러니까……."

클레이튼은 휘트니가 비명을 지를 만큼 그녀의 손을 우악스럽게 쥐었다.

"당신이 날 그렇게 만지고 싶어 하다니 잘됐군. 머지않아 실컷 만지게 될 테니."

클레이튼은 휘트니의 손을 떼어 그녀의 무릎 위에다 떨어뜨렸다.

"하지만 이곳은 당신이 애정을 증명해 보일 곳이 못 되니 마땅한 장소에 도착할 때까지 욕정을 억제해야 할 거요."

"뭘 억제하라구요?"

휘트니는 숨이 막힐 정도로 놀랐다가는 속으로는 그가 술에 취해 있기를 바라며 무심코 말했다.

"당신 취했어요?"

클레이튼이 입술을 일그러뜨리며 대꾸했다.

"아니. 그러니까 내가 남자 구실을 제대로 못할까 걱정할 필요는 없소."

그러고는 유쾌하게 들릴 정도의 말투로 덧붙였다.

"눈을 좀 붙여두는 게 좋을 거요. 길고 노곤한 밤이 기다리고 있으니."

클레이튼의 냉소와 자신을 쳐다보는 혐오가 담긴 눈빛에 상처를 입은 휘트니는 그만 그에게서 눈을 거두었다. 그녀는 그가 무슨 말을 하고 있는지 알 수가 없었다. 자신은 거의 히스테리에 가까운 공포를 느끼고 있는데 그는 욕정을 억누르라며 남자 구실을 해낼 수 있으리라고 확신을 주었다. 어두운 마차 속에서 한동안 생각에 잠겼던 휘트니는 비로소 그의 말뜻을 이해할 수가 있었다. 공포에 질린 그녀의 눈빛은 초점을 잃을 지경이었다.

휘트니는 마을이나 인가 같은 도망칠 만한 곳을 찾아 밖을 내다보았다. 별빛이 총총할 뿐 창밖은 칠흑처럼 어두웠다. 그렇게 한참 달리다 보니 앞쪽으로 불빛이 깜빡이는 게 보였다. 역사(驛舍)나 여인숙이리라. 달리는 마차에서 뛰어내리면 얼마나 다칠지 몰랐지만 그런 건 상관없었다. 일어서서 달릴 수만 있다면, 불빛이 흘러나오는 곳으로 달려갈 수만 있다면……

휘트니는 떨리는 아랫입술을 지그시 깨물며 손잡이 쪽으로 손을 조금씩 움직여갔다. 옆에 앉은 클레이튼의 옆모습을 마지막으로 쳐다보았다. 그러자 가슴이 무너져내릴 것만 같았다.

휘트니는 눈물이 앞을 가릴까봐 눈을 질끈 감고 뜨거운 눈물을 삼키려 애썼다. 그리고 차가운 손잡이가 손에 닿을 때까지 가죽문을 따라 손가락 끝을 천천히 움직였다. 마차가 여인숙 앞마당에 도착하려면 몇십 초는 더 가야 했다. 곧 비탈길이 나타나자 말들의 속도가 느려졌다. 휘트니는 마차가 비탈길을 천천히 달리자 손잡이를 단단히 그러쥐었다. 그때였다. 클레이튼이 그녀의 팔을 꽉 붙잡더니 문에서 떼어냈다. 휘트니는 비명을 질렀다.

"조급하게 굴지 마시지. 길가의 여인숙은 우리가 첫날밤을 보낼 장소로는 적당치가 않으니까. 밀회 장소로 여인숙을 즐겨찾는 모양이군? 그렇소?"

클레이튼은 그녀의 팔을 비틀어 반대편 자리로 내팽개쳤다.

"그런 거요?"

클레이튼이 거듭 물었다.

휘트니는 방망이질치는 가슴을 달래며 차츰 멀어져가는 여인숙을 바라보았다. 여인숙과 함께, 달아날 희망도 그만큼 멀어졌다. 이젠 기습적으로 도망칠 수도, 그를 감동시켜 마음을 돌리게 할 수도 없었다.

클레이튼이 짐짓 상냥하게 말을 이었다.

"난 청결 상태가 의심스러운 여인숙 침대보다는 내 누추한 집에 있는 안락한 침대를 좋아한다오."

드디어 휘트니가 폭발했다.

"당신은, 당신은 개자식이야!"

그러자 클레이튼이 응수했다.

"개자식과 암캐라. 하룻밤을 보내기에는 더없이 어울리는 짝이군!"

휘트니는 눈을 질끈 감고 의자 등받이에 머리를 기댄 채 감정을 자제하려고 필사적으로 노력했다. 클레이튼은 폴 때문에 몹시 화가 나 있어. 그러니 어떻게든 해명을 해야 해. 그녀는 침을 꼴깍 삼키고 어둠을 바라보며 속삭이듯 조용히 입을 열었다.

"당신이 들었던 소문이 어떤 것이든 그건 모두 폴의 어머니 탓이에요. 당신은 어떻게 생각하고 있는지 모르지만 난 폴이 집에 돌아오자마자 결혼할 수 없다고 말했어요. 하지만 이미 떠도는 소문은 어떻게 할 수가 없었어요. 그래서 런던으로 가서……."

"소문이 런던까지 따라갔더군요, 아가씨. 그러니 이제 따분한 설명은 그만두시지요."

클레이튼의 말투는 그지없이 부드러워졌다.

"하지만……."

"입 다물라니까."

클레이튼이 소름이 돋을 정도로 차분하게 경고했다.

"안 그러면 안락한 침대까지 갈 것 없이 여기서 당장 해치워버릴 테니."

새로운 공포가 덩굴손처럼 휘트니의 가슴을 휘감았다.

마차는 거의 두 시간가량 달려간 뒤 속도를 늦추었다. 휘트니는 마차가 어떤 문을 통과하자 정신을 마비시켜버릴 듯한 피로가 싹 달아났다. 정신을 차리고 창밖을 내다보니 저 멀리 어렴풋이 모습을 드러낸 큰 저택에서 희미한 불빛이 흘러나오고 있었다.

마차가 그 저택 앞에 멈춰 설 무렵 휘트니는 가슴이 너무나도 세차게 두근거려 숨쉬기조차 힘들었다. 마차에서 먼저 내린 클레이튼이 휘트니를 끌어내렸다.

"난 저 집에 안 들어가요."

휘트니가 클레이튼의 손아귀에서 빠져나오려고 몸부림치며 부르짖었다.

"왜, 정절을 지키시려고? 그러기에는 이미 늦었어."

클레이튼은 비아냥거리며 휘트니를 번쩍 안아올리더니 불빛이 흐릿한 저택 안으로 들어갔다. 그러고는 길게 이어진 계단을 따라 2층으로 올라갔다.

빨강머리 하녀가 발코니로 뛰어나오자 휘트니는 소리를 지르려고 입을 열었다. 하지만 클레이튼의 손가락이 아프게 살을 파고들자 목구멍으로 억눌린 비명 소리만 간신히 새어나왔다.

"가서 잠이나 자!"

클레이튼이 하녀에게 퉁명스레 내뱉었다. 하녀는 눈을 휘둥
그렇게 뜨고 두 사람이 지나가는 것을 지켜보고만 있었다.

"제발, 제발 이러지 말아요!"

클레이튼이 침실 문을 걸어차며 안으로 들어가자 휘트니가
미친 듯이 애원했다. 그 와중에도 호화로운 가구들과 방 한쪽
에 있는 커다란 벽난로 쇠살대 안에서 타고 있는 불이 어렴풋
이 눈에 들어왔다. 그러나 눈이 휘둥그레지도록 그녀의 주의
를 끌었던 것은 커다란 침대였다. 클레이튼은 그녀를 그 침대
로 데려가는 중이었다.

클레이튼은 짐짝을 부리듯 휘트니를 침대 한가운데에 던져
놓고는 홱 돌아서서 문 쪽으로 걸어갔다. 그가 방을 나가는 줄
로 알았던 휘트니는 잠시 마음을 놓았다. 그러나 클레이튼은
그녀의 마지막 희망을 앗아가듯 거칠게 빗장을 질러 문을 잠
갔다.

휘트니는 얼어붙은 듯 꼼짝도 못하고 앉아서 클레이튼이 침
대를 지나 성큼성큼 걸어가 벽난로와 직각으로 놓여 있는 소
파 위에 털썩 몸을 던지는 것을 지켜보았다. 그로부터 몇 분
동안 그는 그대로 앉은 채 마치 산 채로 잡은, 흉측해서 보기
에 역겨운 낯선 짐승을 보듯 휘트니를 바라보았다.

마침내 침묵을 깨며 클레이튼이 차갑게 명령했다.

"이리 와, 휘트니."

휘트니는 파르르 떨리는 몸으로 도리질을 치며 주춤주춤 뒤
로 물러났다. 그리고 얼굴을 돌려 창문과 잠기지 않은 다른 문

들을 살펴보았다. 붙잡히지 않고 저 문까지 달려갈 수 있을까?

"한번 도망쳐보시지. 하지만 성공은 못할 걸."

휘트니는 겁에 질린 흐느낌을 삼키고 몸을 똑바로 세워 앉은 다음 목까지 차오른 히스테리와 싸우며 간신히 입을 열었다.

"폴에 대해서……."

"한번만 더 그 이름을 입에 올리면 죽여버리고 말겠어."

불끈 화를 냈던 그는 언제 그랬냐는 듯 겁이 날 정도로 정중하게 말투를 바꿨다.

"세버린이 아직도 당신을 원한다면 세버린한테 가도 좋소. 그러나 그 얘기는 나중에 해도 늦지 않아. 자, 내 사랑. 그냥 내게로 걸어올 테요, 아니면 내가 가서 모셔올까?"

클레이튼은 한쪽 눈썹을 치켜올리고는 휘트니에게 잠시 생각할 시간을 주더니 의자에서 몸을 반쯤 일으키며 위협했다.

"내가 갈까?"

클레이튼에게 애원하기도 싫고 그렇다고 자신을 거칠게 다루는 만족을 안겨주기도 싫었던 휘트니는 스스로 침대에서 일어났다. 고개를 꼿꼿이 치켜들고 냉소적이고 오만하게 보이려고 애썼지만 다리에 맥이 풀려 제대로 걷기도 힘들었다. 몇 걸음 남겨놓고는 더 이상 발걸음을 떼어놓을 수도 없을 정도로 다리가 후들거렸다. 그녀는 그 자리에 서서 눈물이 가득 고인 눈으로 클레이튼을 바라보았다.

"돌아서!"

클레이튼이 벌떡 일어서며 내뱉듯 말했다. 휘트니가 뭐라고 반박하기도 전에 그는 그녀의 어깨를 붙잡고 돌려세웠다. 그리고 단번에 드레스 뒤쪽을 위에서 아래로 잡아 찢었다. 옷이 찢기며 단추가 후드득 떨어져나가는 소리가 휘트니의 귀에 들렸다. 공단으로 싼 단추들이 카펫 위에 나뒹굴었다. 클레이튼이 휘트니를 앞으로 돌려세우며 내뱉었다.

"이 옷값 역시 내가 지불했으니 내 거야."

그는 다시 의자에 앉아 긴 다리를 쭉 내뻗었다. 그러고는 휘트니가 보디스를 붙들려고 애쓰는 모습을 잠깐 지켜보다가 날카롭게 명령했다.

"내려놔!"

보디스는 곧 휘트니의 손가락에서 스르르 빠져나갔다. 클레이튼은 아름다운 상아빛 공단이 쉭 소리를 내며 엉덩이와 다리를 지나 발등 위로 미끄러져내리는 것을 무표정하게 지켜보았다.

"나머지는?"

클레이튼이 온화하게 물었다.

수치심 때문에 숨이 막힐 것 같은 휘트니는 머뭇거리다가 뻣뻣한 페티코트에서 어색하게 발을 빼고는, 얇은 슈미즈만 걸친 채 클레이튼 앞에 섰다. 휘트니는 그가 슈미즈를 벗기를 기다리고 있다는 것을 깨달았다. 클레이튼은 내가 실오라기 하나 걸치지 않은 알몸이 되어 치욕을 느끼게 하려는 거야. 나를 이런 식으로 겹쳐서 폴과 약혼했다는 소문이 돌게 했던 벌을 주려는 거야. 난 이미 공포에 떨었고 치욕을 받을 만큼 받았어. 그렇게 생각한 휘트니는 뒤로 차츰 물러서기 시작했다.

하지만 휘트니가 두 걸음도 떼기 전에 클레이튼이 벌떡 일어섰다. 그리고 손을 뻗어 슈미즈의 목둘레를 잡고 단단히 비틀어 쥐더니 풍만하게 솟아오른 젖가슴 위로 잡아당겼다. 휘트니는 숨이 차서 가슴이 오르락내리락했다. 그녀는 자신의 젖가슴 위에 놓인 그의 억세고도 말끔한 손을 내려다보았다. 한때 부드러운 열정으로 그녀를 애무했던 바로 그 손이었다. 돌연 그 손에 힘이 들어가더니 얇은 슈미즈를 세게 잡아당겨 두 조각을 내면서 벗겨버렸다.

"침대로 들어가."

클레이튼이 싸늘하게 명령했다.

휘트니는 벌거벗은 몸을 숨기려고 허둥지둥 침대로 뛰어들어가 이불을 턱까지 끌어올렸다. 현실감이 느껴지지 않는 몽롱한 의식 속에서 클레이튼이 겉옷과 셔츠를 벗는 것이 보였다. 울퉁불퉁한 건장한 어깨와 팔의 근육을 멍하니 바라보던 휘트니는 벽 쪽으로 고개를 돌리고 눈을 질끈 감았다. 침대로 다가오는 그의 발소리에 눈을 뜨니 클레이튼이 위협이라도 하듯 그녀 앞에 우뚝 서 있었다.

클레이튼은 이불을 우악스럽게 잡고 휘트니의 손에서 빼냈다.

"이불을 걷어! 거금을 주고 샀던 물건을 제대로 한번 보고 싶으니까!"

휘트니는 벌벌 떨며 클레이튼의 냉혹하고 무자비한 얼굴을 쳐다보았다. 그러는 그녀의 괴로운 마음 한구석에서는 그에 대한 따뜻한 기억들이 떠올랐다. 말에서 떨어진 날 그는 놀라서 얼굴이 하얗게 변했고, 냇가 근처에서 그에게 키스하던 날

엔 그녀의 눈을 부드럽게 들여다보며 "세상에, 당신은 너무 사랑스러워."라고 속삭였다. 휘트니는 클레이튼이 카드와 칩을 사용하는 도박을 가르쳐준 밤을, 불과 며칠 전 러더포드 저택에서 자신을 약혼녀라고 자랑스럽게 소개하던 그를 떠올렸다.

이모가 옳았어. 클레이튼은 날 사랑해. 이 남자는 날 사랑하는데 나는 이 사람의 애정과 관대함에 대한 보답으로 이 자부심 강한 남자를 사람들의 웃음거리로 만들었어. 클레이튼은 나를 사랑하고 다른 남자에게 빼앗기고 싶지 않아서 지금 나한테 이토록 끔찍한 행동을 하는 거야. 내가 그를 이 지경까지 몰아붙였어. 이 사람에 대한 감정을 그렇게 부정하고 폴에게 맹목적으로 집착했던 내가 잘못한 거야. 이제 클레이튼은 강제로 나를 안으려고 해. 폴이 아니라 자신과 결혼하는 것 말고는 내게 다른 선택의 여지를 남겨두지 않으려고 말이야.

휘트니는 그것이 클레이튼의 의도라고 오해하고 있었다.

클레이튼은 휘트니를 내려다보며 서 있노라니 갑자기 그녀의 육체에 대한 갈망은 물론 복수에 대한 갈망조차 사라졌다. 그저 경멸과 극도의 혐오감만이 걷잡을 수 없이 밀려올 뿐이었다. 매끄러운 어깨 위로 윤기 흐르는 머리를 내려뜨리고 고혹적인 눈으로 그를 바라보고 있던 휘트니 스톤은 그가 철저한 바보임을, 얼간이임을 증명해주는 살아 있는 증거였다.

교활하고 천박한 매춘부에게 거금을 낭비하고 순진한 꿈을 걸었던 거야. 그리고 이제는 그런 여자 때문에 강간까지 저지를 뻔했다. 그런 생각에 사로잡힌 그는 꾸역꾸역 혐오감이 밀려왔다. 그는 휘트니를 옷을 입혀 보낼 생각으로 그녀에게 손을 뻗었다.

그때 휘트니는 클레이튼의 마음이 바뀌었다는 것을 눈치 채지 못했다. 그저 그의 표정이 훨씬 더 냉혹하게 변했다는 것만 느낄 수 있을 뿐이었다. 그러자 두려움은 사라지고 가슴 저미는 후회가 몰려들었다. 휘트니가 쓰라린 눈물을 떨구며 클레이튼의 가슴에 손을 댔다. 그러자 클레이튼이 그녀의 팔을 꽉 붙들었다.

"미, 미안해요."

휘트니가 목이 메어 속삭였다.

"미안해요. 예전처럼 한 번만 더 날 용서해줄 순 없나요?"

클레이튼은 눈을 가늘게 뜬 채 애원하는 휘트니를 바라보았다. 그러더니 입술을 씰룩거렸다.

"당신이 얼마나 후회하고 있는지 보여주겠다는 건가, 휘트니?"

휘트니의 심장은 두려움과 죄책감으로 벌렁거렸다. 그녀는 머뭇머뭇하다 고개를 살그머니 끄덕였다.

"그렇다면 내가 옷을 지나치게 많이 입고 있군."

클레이튼이 느닷없이 똑바로 서며 스스럼없이 말했다. 그가 두 손을 혁대로 가져가자 휘트니는 눈을 꼭 감았다.

침대가 흔들리더니 클레이튼이 휘트니 옆에 다리를 뻗고 누웠다. 한쪽 팔을 괴어 체중을 지탱하고 나머지 손은 휘트니의 팔을 미끄러지듯 더듬어 올라가서는 대담하게 젖가슴을 움켜쥐었다. 그러고는 엄지손가락으로 젖꼭지를 간질였다.

"내게 얼마나 미안해하고 있는지 보여봐."

휘트니는 순결을 지켜야 한다는 내면의 소리를 못 들은 척하고 클레이튼의 말에 따라 그가 손가락으로 젖꼭지를 애무하도록 그대로 내버려두었다. 그러자 짜릿한 흥분이 가슴에서 명치까지 퍼져나갔다. 그녀는 몸부림을 치지 않았다. 그녀는 자신이 얼마나 미안해하고 있는지 보여줄 준비가 되어 있었다. 아무 저항 없이 그를 받아들일 마음의 준비가 되어 있었다.

곧 클레이튼의 그녀의 입술을 벌려 길고 관능적인 키스를 했다. 그러자 휘트니는 사랑과 후회로 저미는 가슴을 안고 그의 키스에 답하려 애썼다. 클레이튼은 휘트니의 알몸을 대담하게 더듬기 시작하며 중얼거렸다.

"당신은 정말 사랑스러워. 이런 소리는 전에도 들어봤을 테지?"

클레이튼의 타는 듯 뜨거운 입이 휘트니의 목을 타고 내려가 풍만한 가슴에 달린 분홍빛 젖꼭지에 닿았다. 혀로 젖꼭지를 핥기도 하고 가볍게 건드리기도 하고 젖꼭지 둘레에 원을 그리기도 했다. 그러다가 입술로 젖꼭지를 물고 힘껏 빨아당기자 휘트니는 강렬한 쾌감에 숨을 헐떡거렸다. 이윽고 클레이튼의 손이 휘트니의 허벅지를 더듬어 내려갔다. 그런 다음 다시 가랑이를 타고 올라와 부드러운 숲에 닿자 휘트니는 본능적으로 몸을 움찔했다. 클레이튼은 휘트니의 반응 같은 것은 무시하고 몸을 노긋노긋 녹이고 정신을 몽롱하게 하는 쾌감을 휘트니의 온몸 구석구석까지 퍼지게 했다.

클레이튼은 휘트니의 목에다 코를 비벼대며 숙달된 손놀림으로 그녀의 민감한 성감대를 계속 자극했다. 그는 능숙하게 욕망을 가장 잘 자극할 수 있는 정확한 장소를 찾아 그녀의 몸을 감질나게 애무했다.

휘트니는 클레이튼이 노련하게 애무를 하자 그 뜨거운 욕구에 맥없이 굴복하고 말았다. 그러는 한편 무어라 표현할 수 없는 고통이 차츰 그녀를 죄어오기 시작했다. 키스하고 애무하는 클레이튼의 태도가 다른 때와는 무언가 달랐다! 키스에는 평소와 같은 사무치는 열정이 없었고 애무의 손길에도 절절한 애정이 담겨 있지 않았다.

마침내 클레이튼의 손가락이 몸속으로 들어오자 휘트니의 입에서는 신음이 새어나왔다.

"그러니까 이런 걸 좋아하는군, 그렇소?"

클레이튼이 속삭이듯 목소리를 낮추고 빈정거리더니 움직임을 멈췄다.

"하지만 너무 오래 즐기게는 하고 싶지는 않소, 내 사랑."

그는 돌연 휘트니의 몸에 올라타더니 그녀의 다리 사이에 억지로 무릎을 밀어넣었다. 그리고 그녀의 엉덩이를 들어올렸다. 그와 때를 같이해 그의 목소리에 담긴 냉소적인 억양이 그녀를 빨아들이고 있던 멍하고 자극적인 몽롱함을 뚫고 들어왔다. 순간 휘트니는 눈을 번쩍 떴다. 클레이튼의 커질 대로 커진 남성이 그녀의 몸속으로 밀고 들어왔다. 정신을 잃을 정도의 극심한 고통이 전신을 강타하자 휘트니는 비명을 지르며 두 손으로 얼굴을 감싸고 허리를 둥글게 말았다.

그때였다. 클레이튼은 가슴 저 밑바닥에서부터 통렬한 회한

이 솟구쳐오르는 것을 느끼며 몸을 뺐다. 그는 스스로에게 맹렬한 저주를 퍼붓고 있었다. 한편 휘트니는 그가 다시 몸속으로 들어올 때 느끼게 될 끔찍한 고통에 대비해 마음을 다잡기 위해 애쓰며 몸을 빳빳이 도사렸다.

그러나 고통은 다시 오지 않았다. 클레이튼이 몸을 뒤로 뺀 채 꼼짝도 않고 있었던 것이다.

휘트니는 흐느적흐느적 두 손을 떨어뜨렸다. 눈물 때문에 흐릿한 시야에 자신의 몸 위에 올라탄 클레이튼이 보였다. 그는 눈을 꼭 감은 채 머리를 뒤로 젖히고 있었다. 얼굴이 고문을 당하듯 일그러져 있었다. 휘트니는 클레이튼의 얼굴을 줄곧 바라보았다. 그녀의 몸은 억눌린 흐느낌 때문에 경련을 일으키듯 발작적으로 흔들렸다. 그러다 끝내는 더 이상 참지 못한 채 흐느껴 울기 시작했다. 그녀는 클레이튼의 품에 안겨 위로받고 싶었다. 모순되게도 그녀는 자신에게 고통을 준 사람에게서 위로를 찾았던 것이다. 그녀는 발작적인 울음에 몸을 떨며 팔을 뻗어 클레이튼의 늠름한 어깨를 제 쪽으로 끌어당겼다.

클레이튼은 회한에 휩싸인 채 휘트니를 부드럽게 품에 안고 그녀 옆에 몸을 뉘었다. 그녀는 잠자코 몸을 돌려 그의 맨가슴에 얼굴을 묻고 가녀린 몸이 들썩거릴 정도로 격렬하게 흐느끼면서 멍든 가슴을 달랬다. 그 흐느낌이 어찌나 격렬했던지 클레이튼은 그녀의 존재가 산산이 부서져버릴 것만 같았다. 클레이튼은 처녀를 잃은 휘트니의 벌거벗은 육체를 안고 헝클어진 머리카락을 가만가만 쓰다듬었다. 그러면서 그녀의 흐느낌 소리에 귀 기울이는 것으로 자신을 벌했고 가슴을 흠뻑 적시는 휘트니의 눈물로 자신을 고문했다.

"나, 난 폴과 결혼하지 않겠다고 폴에게 말했어요. 난 그런 소문이 나도록 한 일이 저, 전혀 없어요."

휘트니가 더듬거리며 말했다.

"그것 때문에 이런 게 아니오. 그런 일 때문이라면 절대 당신한테 이런 짓을 안 했을 거요."

이렇게 속삭이는 클레이튼의 목소리에는 자책이 그대로 묻어 있었다.

"그럼 왜 그랬죠?"

클레이튼이 긴 한숨을 토해냈다.

"나는 당신이 그 자와 잤다고 생각했소. 그리고 다른 남자들과도."

돌연 휘트니는 흐느낌을 뚝 그쳤다. 휘트니는 맨 가슴을 덮어 가리려고 이불을 끌어올렸다. 한쪽 팔꿈치로 상체를 괴고 조롱이 담긴 비취빛 눈으로 클레이튼을 빤히 노려보았다.

"아, 그러셨군요!"

그녀는 클레이튼의 품에서 빠져나와 벽 쪽으로 등을 돌렸다. 클레이튼이 자기를 사랑한다는 믿음은 물거품처럼 허망하게 사라져버렸다. 그리고 극도의 수치심에 얼굴이 달아오른 휘트니는 클레이튼이 자신에게 모욕을 주기 위해 이런 짐승 같은 짓을 했다는 것을 깨달았다. 그 대단한 자존심 때문에 확인되지도 않은 잘못을 가지고 이런 말도 안 되는 복수를 한 것이다. 휘트니는 발버둥 한번 안 치고 순순히 클레이튼에게 굴복했다는 걸 깨닫자 분노가 목까지 치밀어올랐다.

이 사람이 나를 기만한 것이 아니라 내가 나 자신을 기만한 거야. 이 사람이 내 순결을 빼앗은 게 아니고 내가 이 사람에게 순결을 바쳤어! 내가, 내 스스로! 휘트니는 수치심과 자기혐오에 빠져 두꺼운 이불을 끌어당기려 했다.

클레이튼은 그런 휘트니를 보고 다정스럽게 이불을 끌어다가 사랑스러운 알몸을 덮어주었다. 그리고 괜한 고백으로 그녀를 더욱 수치스럽게 했다는 것을 뒤늦게 깨닫고는 돌아누운 그녀를 자신 쪽으로 다시 돌아눕게 하려고 했다.

"당신이 허락한다면 설명을 하고 싶소."

휘트니는 어깨를 흔들어 클레이튼의 손을 떨쳐버렸다.

"어디 한번 들어보고 싶군요. 하지만 편지로 설명해요. 만약 당신이 나나 내 가족 근처에 다시 얼씬거리기만 하면, 그 자리에서 죽여버릴 테니까! 맹세코 그렇게 할 거야!"

그 대담무쌍한 위협은 곧 이어진 흐느낌 때문에 빛을 잃었다. 그 흐느낌은 휘트니가 지쳐 잠이 들 때까지 끝나지 않았다.

3백 년 전통을 자랑하는 귀족 가문의 후손이자 막대한 토지와 부를 소유한 클레이모어 공작 클레이튼 로버트 웨스트모어랜드가 난생 처음으로 사랑하게 된 여자 옆에 누워 그 여자를 위로하지도, 그 여자의 마음을 돌려놓지도 못한 채 누워 있었다.

클레이튼은 천장을 바라보며 불과 몇 시간 전 한 무리의 유쾌한 가짜 연주자들을 지휘하던 휘트니의 모습을 떠올렸다.

그저 휘트니를 아끼고 따뜻하게 돌보고 보호하고 싶은 게

다였는데 어쩌다 이런 짓을 했을까. 냉혹하고 고의적으로 그녀의 순결을 빼앗다니. 그 대가로 나는 그녀의 순결보다 더 많은 것을 잃었어. 멍청하게도 난생 처음 진정으로 소유하고 싶었던 유일한 것을, 자신을 혐오하면서 누워 있는 이 고집 세고 아름다운 여자를 말이다.

클레이튼은 마차 안에서, 그리고 이 방에서 휘트니에게 퍼부었던 모든 거칠고 상스러운 말들을 떠올렸다. 자신이 내뱉었던 모든 모욕적인 말들이, 그녀에게 굴욕감을 느끼게 했던 모든 기억들이 주마등처럼 스쳐지나가며 가슴을 후벼팠다. 그는 휘트니에게 말과 행동으로 저지른 온갖 못된 짓들을 되풀이해 떠올리며 스스로를 벌했다.

새벽이 가까워 올 무렵 휘트니는 침대에 바로 누웠다. 클레이튼은 상체를 들어올리고 휘트니의 뺨에 달라붙어 있는 머리카락들을 떼어냈다. 그러고 나서 휘트니의 잠든 모습을 가만히 바라보았다. 다시는 휘트니와 나란히 누울 일이 없으리라는 생각이 들자 가슴이 한없이 쓰라렸다.

이튿날 아침 눈을 뜬 휘트니는 가랑이에 희미한 통증을 느끼며 눈을 떴다. 무거운 눈꺼풀을 간신히 들어올린 그녀는 나른하고 몽롱한 상태에서 반쯤 뜬 눈으로 주위를 둘러보았다.

그녀는 여전히 커다란 침대에 누워 있었다. 넓디넓은 침실은 집에 있는 그녀의 큰 침실보다 열 배는 커 보였고 가구들은 화려하기 그지없었다. 그녀는 넓은 침실 바닥에 호화롭게 깔려 있는 두꺼운 황록색 카펫을 멍하니 바라보았다. 창살이 달린 커다란 창이 왼쪽 벽면 전체를 차지하고 있었다. 그리고 앞에 보이는 벽에는 커다란 대리석 벽난로가 있었다. 어찌나 크던지 그녀가 난로의 아궁이에 들어가도 될 정도였다. 남은 두 벽은 화려한 문양이 조각된 폭이 넓은 로즈우드 장식 판자로 덮여 있고 그 위에 근사한 장식용 벽걸이들이 걸려 있었다. 그녀가 노곤해서 눈을 감고 다시 평화로운 잠 속으로 아슴아슴 빠져들려는 찰나였다. 이상도 하지. 내가 왜 이렇게 남성 취향으로 꾸며진 방에서 자고 있을까 하는 의구심이 들었다.

휘트니는 눈을 번쩍 뜨고 튀어오르듯 일어나 앉았다. 클레이튼의 침대야! 클레이튼의 방이야! 그때 누군가 문을 열자 휘트니는 이불을 끌어당겨 맨젖가슴을 가리며 뒤로 움츠렸다. 지난밤 발코니에서 보았던, 자그마한 체구의 빨강머리 하녀가 수선한 드레스와 슈미즈를 들고 들어왔다. 하녀는 옷가지를 옷 방으로 들어가는 문에다 조심스럽게 걸쳐놓았다. 돌아서서 나가려던 하녀는 휘트니가 침대에서 웅크리고 있는 것을 보고는 의자 위에 놓여 있던 우아한 레이스 실내복을 집어들고 인사를 건넸다.

"안녕히 주무셨어요, 아가씨?"

하녀는 벌거벗은 몸으로 주인의 침대에 누워 있는 여자를 보고도 하나도 놀라는 기색이 없었다. 분명 익숙한 광경이었으리라. 그 사실을 알아챈 휘트니는 가슴이 쓰렸다.

"저는 메리라고 해요. 도와드릴까요?"

메리가 레이스 실내복을 내밀며 아일랜드 사투리로 상냥하게 물어왔다.

휘트니는 뼛속까지 수치심을 느끼며 메리가 내민 손을 잡고 휘청거리며 침대를 내려왔다.

"하느님 맙소사! 주인님이 아가씨한테 무슨 짓을 한 거죠?"

메리가 기겁을 하며 핏자국이 선명한 침대보에서 눈을 떼지 못했다.

휘트니는 메리의 바보 같은 질문에 신경질적으로 웃고 싶은 것을 참았다.

"나를 짓밟았다구요!"

휘트니가 목이 메어 소리쳤다.

메리는 홀린 듯 멍하니 핏자국을 바라보았다.

"천벌을 받으실 겁니다. 하느님께서도 이런 일은 쉽게 용서하지 않으실 거예요. 아무리 주인님이라 하더라도 처녀를 데려다 이러시다니!"

메리는 침대에서 시선을 거두고 휘트니를 침실 옆에 붙은 대리석 욕실로 이끌었다.

"하느님께서 용서하지 않았으면 좋겠어요! 지옥 불에 타죽었으면 좋겠어요! 칼로 그 사람의 심장을 도려낼 수 있다면 얼마나 좋을까?"

휘트니는 따뜻한 목욕물 속으로 들어가며 떠듬떠듬 부르짖었다. 메리가 휘트니의 등에 비누칠을 하기 시작했다. 그러나 휘트니는 메리한테서 천을 받아들고 클레이튼의 손길이 닿던 몸 구석구석을 박박 문지르기 시작했다. 그러던 휘트니가 불현듯 손을 멈추었다. 옷을 입고 도망갈 궁리를 해야 할 때에 욕조에서 몸을 씻고 있다니 이게 무슨 정신 나간 짓이란 말이지? 휘트니는 간절한 눈빛으로 메리의 손목을 꽉 붙잡고 호소했다.

"메리, 난 그 사람이 오기 전에 떠나야 해요. 여기서 나갈 수 있게 도와줘요. 그 사람이 나한테 얼마나 모진 짓을 했는지 믿지 못할 거예요. 본인 입으로 끔찍한 짓이라고 했어요. 내가 여길 빠져나가지 않으면 그 사람이 나한테 다시 그 몹쓸 짓을 할 거예요."

메리가 어리둥절하면서도 애처로운 눈으로 휘트니를 내려다보며 고개를 살래살래 저었다.

"주인님은 이 방에 들어올 마음도, 아가씨를 잡아둘 마음도 없답니다. 아가씨를 돌봐드리라고만 이르셨어요. 마차가 이미 대기하고 있으니 옷을 입으시면 제가 마차까지 모셔다드릴게요."

클레이튼은 현관 위쪽 3층 창가에 서서 휘트니의 마지막 모습을 보기 위해 기다리고 있었다. 마지막 작별을 고하기 위해. 바람이 거세게 불자 나무들이 허리를 굽히고 탄식을 토했다. 휘트니가 그의 영혼만큼이나 황량하고 음울한 바깥 날씨 속으로 나오자 나무들이 몸을 깊이 숙여 인사를 했다. 그녀가 기다리는 마차를 향해 긴 계단을 내려가는데 드레스자락과 머리카락이 바람에 마구 휘날렸다.

휘트니는 계단 끝에서 잠깐 멈춰 섰다. 영혼을 쥐어짜는 듯 괴로운 그 순간, 클레이튼은 그녀가 돌아서서 자신을 올려다보려는 줄 생각했다. 그는 손을 뻗어 손가락 마디로 그녀의 비단결처럼 고운 뺨을 어루만지고 싶은 마음이 간절했지만 손에 닿는 것은 차가운 유리창뿐이었다. 휘트니는 마치 그가 지켜보고 있는 것을 느끼고 있다는 듯, 그녀 특유의 당당한 태도로 머리를 꼿꼿이 세웠다. 그러고는 도전적으로 고개를 쳐들더니 뒤도 돌아보지 않고 마차를 향해 걸음을 뗴었다.

클레이튼은 들고 있던 잔을 꽉 움켜쥐어 산산조각을 내고는 손가락에서 흘러나오는 선홍색 핏방울을 내려다보았다.

휘트니는 마차 한구석에 몸을 웅크리고 앉았다. 머릿속에서는 치욕과 불행과 분노가 어지럽게 맴돌았다. 그녀는 클레이튼이 했던 상스러운 말들과, 마음과 따로 노는 몸으로부터 원치 않는 반응을 능숙하게 이끌어내던 감정이 배제된 손길을 떠올렸다.

쓰디쓴 분노가 목까지 차올라 숨쉬기조차 힘들었다. 죽어버렸으면 좋겠어. 아니, 내가 아니라 클레이튼이 죽어버렸으면 좋겠어! 지난밤 일은 내가 견뎌야 할 치욕스런 악몽의 시작일 뿐이야. 마이클 아치볼드는 틀림없이 에밀리한테 나를 집으로 돌려보내라고 할 것이다. 그는 아내가 정조가 의심스러운 여자와 어울리는 것을 결코 허락하지 않을 거야.

휘트니는 행여 마이클에게 자신이 강제로 클레이튼과 하룻밤을 보내야 했다고 납득시킨다 해도 자신은 여전히 더럽혀진 여자이자 사교계에 드나들 수 없는 여자가 될 것이라고 생각했다.

휘트니는 한 차례 구역질이 나는 것을 애써 가라앉히고는 머리를 등받이에 기댔다. 어떻게든 밤새 사라졌다가 나타난 것을 그럴듯하게 설명할 구실을 생각해내야 했다. 그렇지 않으면 가장 절친한 친구한테서, 그리고 점잖은 사람들한테서 배척을 당할 판이었다. 그렇게 되면 그녀는 외로움 속에서 사람들의 따가운 눈총을 받으며 아버지하고만 살아야 할 터였다.

한 시간가량을 고심한 끝에 휘트니는 마이클과 에밀리에게 둘러댈 핑계거리를 생각해냈다. 조금 어설프기는 했지만 두 사람이 캐묻지만 않는다면 그런 대로 괜찮을 것 같았다. 그러자 걱정은 덜 됐지만 훨씬 더 쓸쓸하고 마음이 쓰라렸다. 위로를 받거나 이해를 구할 수 있는 이가 아무도 없었던 것이다.

링컨셔의 사촌 댁에 머물고 있는 이모에게 편지를 써서 런던으로 와달라고 할 수는 있었다. 그러나 이모는 클레이튼과 당장 결혼하라고 요구할 게 분명했다. 그게 무슨 벌이란 말인가? 휘트니는 쓸쓸했다. 그렇게 되면 그는 정확히 자신이 그토록 원하던 것을 얻게 될 테고 자신은 평생 동안 증오할 남자와 결혼하게 되는 운명이 되는 것이다. 만약 내가 클레이튼과의 결혼을 거부한다면 이모는 당연히 에드워드 이모부에게 조언을 구할 것이다. 이모부는 클레이튼이 한 짓을 알게 되면 아마 결투를 신청하겠지? 하지만 결투는 무슨 일이 있어도 피해야 해. 결투는 불법 행위인데다 두 사람이 결투를 했다가는 분명 그 나쁜 자식이 이모부를 죽이고 말리라.

유일한 대안은 이모부가 법원에 고소를 해서 벌을 받게 하는 것이다. 그렇지만 그렇게 되면 그 추문이 평생을 따라다니며 그녀의 인생을 파멸로 몰고 갈 터였다.

그래서 어쩔 수 없이 혼자서 마음의 상처와 치욕을 견뎌내며 이렇게 속수무책으로 앉아 있는 거야. 그 악마 같은 인간에게 복수할 길도 없이! 하지만 뭔가 방법이 있을 거야, 하고 생각하며 휘트니는 기운을 냈다. 다시 한 번 클레이튼이 접근해 오면 그때는 가만히 있지 않으리라. 그가 다시 접근해 온다? 그 생각을 하자 손이 땀으로 축축해졌고 이마에도 땀이 맺혔다. 그가 다시 내 근처에 얼씬거리면 죽어버리고 말 거야. 다시 내 몸에 손을 댔다가는 목숨을 끊어버리고 말 거야. 말을 붙이려고 하거나 몸에 손을 댄다면 피를 토하고 죽을 때까지 비명을 멈추지 않을 거야!

휘트니가 아치볼드 저택 안으로 들어서자 집안 하인들 모두가 현관을 빙빙 맴돌며 그녀를 지켜보는 것 같았다. 휘트니는 턱을 치켜들고 고개를 빳빳이 든 채 집사를 포함해 열 명쯤 되는 하인 및 하녀들의 옆을 당당하게 지나갔다.

하지만 그녀는 침실 문을 닫자마자 문에 등을 대고 무너져 내렸다. 몸은 부들부들, 이는 덜덜 떨렸다. 잠시 후 클라리사가 달려와서는 발광한 호저(설치류에 딸린 포유동물)처럼 안절부절못하며 서랍을 쾅 소리가 나게 열었다 닫았다 하며 '부끄러운 줄도 모르는 여자'니 '가문의 치욕'이니 하는 소리들을 중얼거렸다.

휘트니는 무표정한 얼굴 뒤에 수치심을 감추고 보기만 해도 역겨운 상아색 공단 드레스를 벗어던졌다. 그러고는 벌거벗은 몸을 의심스럽게 샅샅이 훑어보는 클라리사의 눈길을 의식하며 허둥지둥 실내복을 걸쳤다.

"무덤에 누워 계신 가엾은 어머니께서 분명 속깨나 썩고 계실 거예요.”

클라리사가 자신의 엉덩이를 철썩 치며 호통을 쳤다.

“그런 잔인한 말은 그만둬요. 어머니는 고이 잠들어 계실 거예요. 어머니는 내가 손톱만큼도 부끄러운 짓을 하지 않았다는 걸 알고 계실 테니까.”

휘트니가 대꾸했다.

“그런데 안됐지만 이 집안의 하인들이 그런 사실을 몰라요.”

클라리사가 성을 발끈 내며 휘트니의 말을 받았다.

“왕족은 저리 가라 할 정도로 점잔을 빼는 이 집 하인들이 다들 아가씨를 두고 쑥덕거리고 있단 말예요!”

그날 오후 에밀리와 마주 앉은 휘트니는 하인들 앞에 있는 것보다 더욱 창피스러웠다. 에밀리는 잠자코 앉아서 휘트니의 이야기를 주의 깊게 듣기만 했다. 휘트니는 클레이튼이 다른 파티에 데려갔다가 돌아오기에는 시간이 너무 늦어지자 그 집에서 할 수 없이 밤을 새고 왔다고 둘러댔다. 휘트니의 말이 끝나자 에밀리는 어떻게 된 일인지 완전히 이해한다는 듯 고개를 끄덕였다. 하지만 충격 때문에 어리벙벙한 에밀리의 정직한 얼굴은 다른 어떤 비난보다도 휘트니의 가슴을 파고들었다.

에밀리는 곧장 남편의 서재로 가서 휘트니에게서 들은 이야기를 그대로 들려주었다. 그녀는 남편의 얼굴을 살피며 확신에 찬 목소리로 말을 맺었다.

“그러니까 어젯밤에 아무 일도 없었어요. 휘트니에게 나쁜 소문이 돌 만한 일은 조금도 없었어요. 휘트니 얘기를 믿는 거죠, 그렇죠?”

에밀리가 남편에게 물었다.

마이클은 의자에 등을 기대고 젊은 아내를 침착하게 바라보며 나직하게 말했다.

"아니, 믿지 않소."

그는 에밀리를 끌어당겨 무릎 위에 앉혔다. 한참 동안 아내의 걱정스런 얼굴을 유심히 살펴보던 마이클이 조용하게 입을 뗐다.

"하지만 당신은 믿어. 휘트니가 아무 잘못도 저지르지 않았다고 당신이 말한다면, 난 그 말을 믿겠소."

"고마워요, 마이클."

에밀리는 큰 시름을 놓게 되자 몸이 축 늘어졌다.

"휘트니는 남부끄러운 짓을 하고 다닐 친구가 절대 아니에요. 전 알아요!"

휘트니는 에밀리 부부와 얼굴을 마주할 저녁 식사 자리가 몹시 두려웠다. 그러나 에밀리와 마이클은 평소와 다름없이 아주 편안하게 그녀를 대했다. 게다가 마이클은 한 달쯤 뒤에 있을 엘리자베스의 결혼식 때까지 머물러 있으라고 권하기까지 했다. 그런 그의 태도가 너무 진지한 데다 에밀리 역시 그것을 간절히 바라자 휘트니는 기꺼운 마음으로 두 사람의 권유를 받아들였다. 그 즈음 휘트니가 가장 피하고 싶은 일은 고향으로 내려가 아버지를 만나고 또 폴과 약혼했다는 소문과 마주하는 것이었다.

그날 밤 침대에 눕자 고독과 절망이 밀물처럼 밀려들었다. 이모가 곁에 있다면 얼마나 좋을까, 하고 생각했지만 이모가 아니라 그 누구도 자기를 도울 수 없다는 사실을 그녀는 잘 알고 있었다. 혼자서 견뎌낼 수밖에 없다는 사실을.

이제부터는 나는 남편이나 아이도 없이 늘 혼자일 거야. 품위를 아는 점잖은 남자라면 다른 남자한테 순결을 잃은 여자와 결혼하려 하지 않겠지? 난 언제나 아이를 갖고 싶어 했는데, 이제 그런 꿈은 모두 물거품이 되어버렸어. 이런 생각을 하자 고독감이 뼛속까지 스며들었다.

그렇지만 남편은 필요 없어, 하고 휘트니는 씁쓸하게 생각했다. 그녀는 결코 다른 남자를 좋아할 수도 다른 남자의 손길을 견딜 수도 없을 것 같았다. 이제까지 결혼하고 싶었던 남자는 폴과 클레이튼 두 명밖에 없었다. 그런데 폴은 사람이 얇고 우유부단했고 클레이튼은 한마디로 짐승이었다. 폴은 실망을 안겨주는 데 그쳤지만 클레이튼은 내 인생을 송두리째 망쳐놓았어. 그는 내 마음속으로 슬며시 들어와 교묘하게 마음을 사고는 농락한 다음 내팽개쳤어. 사과의 말도 한마디 없이 날 보내버렸어!

휘트니는 자신도 모르게 눈물이 흘러내렸다. 클레이튼 웨스트모어랜드 때문에 우는 건 이걸로 마지막이야! 다시 그를 만난다면 그때는 나도 단단하고 냉정해져 있을 거야. 휘트니는 두 번 다시 지난밤 일을 떠올리지 않으리라 다짐하며 클레이튼에 대한 생각을 그만두었다.

그런 모진 결심에도 불구하고 휘트니의 인생에서 가장 비참한 나날들이 계속되었다. 집사가 누가 찾아왔다고 알리러 나타날 때마다 혹시 찾아온 사람이 클레이튼이면 어쩌나 하는 두려움으로 가슴이 사정없이 뛰었다. 휘트니는, 클레이튼과 한 집에 있고 싶지 않다고 에밀리에게 말하고 싶은 마음이 간절했다. 그러나 그럴 수는 없었다. 클레이튼과 마이클이 아는 사이였기 때문이다. 게다가 자신은 마이클의 집에 머무르는 손님이지 않는가? 그렇게 되면 에밀리는 왜 그러는지 알고 싶어 할 것이다. 그러잖아도 에밀리는 벌써 몇 번이나 클레이튼 얘기를 꺼내려고 했다. 결국 휘트니는 아치볼드 저택에 방문객이 찾아올 때마다 마음을 졸이는 수밖에 없었다.

휘트니가 에밀리와 외출하는 일은 거의 없었다. 행여 그랬다가 클레이튼과 얼굴을 마주칠 거라는 병적인 확신에 사로잡혀 있었기 때문이다. 하루하루 지날수록 긴장감은 점점 심해져 급기야는 두려움과 공포 때문에 미쳐버릴 지경이 되었다.

그러나 휘트니는 거의 1주일 동안 자신과 했던 약속을 지켰다. 그녀는 의식적으로 그 소름 끼치는 밤에 대한 기억을 떠올리지 않으려고 애썼고 울지도 않았다.

25

반들반들 윤이 나고 탄력이 좋아 보이는 유람마차 두 대가 클레이모어 공작 관저 앞에 대기하고 있었다. 그 웅장한 3층 석조 건물은 클레이튼이 주로 머무는 곳이었다. 그 저택과 저택을 둘러싸고 있는 아름다운 정원은 클레이튼과 그의 선친, 또 그의 조부를 비롯한 선대 클레이모어 공작들이 애정을 갖고 복원하고 대대적으로 증축한 결과 현재의 모습을 갖추게 되었다.

클레이모어 저택을 찾는 사람들은 천장이 둥근 유리로 덮인 공간이며, 우아한 고딕풍의 기둥들이 3층 높이의 천장을 떠받치고 있는 웅장하고 화려한 공간들을 넋을 잃고 둘러보았다. 고개를 젖히고 천장을 올려다보면 천재 화가 루벤스가 풍부한

색감과 상상력을 아낌없이 쏟아 그린 작품들이 보였다.

그러나 클레이튼은 밤마다 따라붙는 괴로운 기억 때문에 잠을 이룰 수가 없었다. 어쩌다 겨우 잠이 들어도 1주일 전에 있었던 일이 꿈속까지 따라와 악몽에 시달려야 했다. 그런 그에게 이곳은 탈출해야 할 지옥이었다.

클레이튼은 널찍한 서재에 앉아 방금 받았던 지시를 되풀이하는 변호사의 말을 초조하게 듣고 있었다.

"각하, 제가 제대로 이해한 겁니까? 스톤 양에 대한 청혼을 취소하신다는 말씀이지요? 하지만 그 계약을 성사시키는 데 들어간 돈은 다시 찾으실 의향이 없으시구요?"

"정확해요. 오늘 그랜드 오크로 떠났다가 2주 후에 돌아올 테니 서명은 그때 하도록 하겠소."

클레이튼은 자리에게 벌떡 일어서며 유쾌하지 못한 면담을 끝냈다.

집사가 문간에 나타나자 클레이모어 공작 미망인은 눈을 빛내며 고개를 들었다.

"공작님의 마차가 이제 막 도착했습니다."

클레이모어 가에서 오랫동안 일해온 집사의 위엄 있는 얼굴은 기쁨으로 빛나고 있었다.

공작 미망인은 미소를 지으며 창가로 걸어갔다. 그 저택은 남편이 몇 년 전 세상을 떠나면서 그녀의 몫으로 떼어준 유산이었다. 그곳 그랜드 오크는 웅장한 클레이모어 저택에 비하면 아담한 편이었지만 공작 미망인은 손님용 별채가 다섯이나 딸리고 멋진 정원과 정자들로 에워싸인 그 넓은 집에 틈만 나면 사람들을 초대해서 화려한 파티를 열었다.

마차에서 내리는 아들을 지켜보던 공작 미망인은 거울에 자신의 모습을 비춰보았다. 클레이모어 공작 미망인 알리사 웨스트모어랜드는 쉰여섯이라는 나이에도 불구하고 여전히 날씬하고 우아했다. 검은 머리칼에 몇 가닥 섞인 은발조차 변함없는 미모에 기품을 더해주었다. 우아하게 손질한 머리를 매만지는 그녀의 회색 눈에 언뜻 그늘이 스쳤다. 그녀는 사흘 전 2주 동안 머물겠다고 짤막하게 써 보낸 클레이튼의 편지를 받았다.

여간해서는 찾아오지도 않는 데다 찾아오더라고 고작 며칠 묵고 가는 게 보통이던 아들이 2주씩이나 머물 계획을 그렇게 짧은 편지에 담아 보낸 것이 아무래도 마음에 걸렸다.

클레이튼이 현관으로 들어오는 소리가 들리자 알리사는 환하게 웃으며 맏아들을 맞아들이기 위해 걸음을 옮겼다.

클레이튼은 연청색 카펫 위를 성큼성큼 걸어가 알리사와 가볍게 포옹을 한 다음 고운 이마에 다정하게 입을 맞추었다.

"더 아름다워지셨군요."

알리사는 상체를 뒤로 젖히고 눈가와 입가에 선명하게 주름이 패이도록 피로에 지친 아들의 얼굴을 살펴보았다.

"그동안 어디 아팠니? 얼굴이 많이 상했구나."

"걱정해주셔서 고맙습니다, 어머니. 이렇게 뵈니 기쁘군요."

클레이튼의 대답은 형식적이고 건조했다.

"물론 나도 널 보니 기쁘구나."

알리사는 안타까운 마음에 한숨을 지으면서도 웃음을 잃지 않았다.

"하지만 네 얼굴이 이렇게 상하지 않았으면 더 반가웠을 게다."

알리사는 그런 이야기는 그만 하자는 듯 경쾌하게 손을 내젓고는 아들을 소파에 앉혔다. 하지만 그녀의 눈은 여전히 아들의 헬쑥한 얼굴을 살피고 있었다.

"스티븐은 2주 동안이나 너하고 함께 지내게 될 생각에 아주 들떠 있단다. 파티를 열 계획을 세워놓고 있는데 지금도 사람들을 몰고 이리로 오고 있는 중이란다. 그러니 네가 편안하고 조용하게 쉴 수 있을지 모르겠구나. 그럴 생각으로 여길 찾았을 텐데 말이다. 사람들이 널 보려고 불시에 들이닥칠까 걱정이야."

"괜찮습니다."

클레이튼이 침울하게 대답했다. 그러고는 테이블로 걸어가 위스키를 한 잔 가득 따라 마셨다.

"어머니의 둘째 아들을 빈털터리로 만든 건달은 어디 있죠?"

스티븐 웨스트모어랜드가 복도에서부터 소리를 질러댔다. 응접실로 들어온 그는 어머니에게 눈을 찡긋해 보인 다음 클레이튼의 손을 다정하게 꼭 쥐었다. 그러고는 현관에서 들리는 시끌벅적한 소리에 대해 익살스럽게 해명했다.

"런던의 미녀들한테 형이 갑자기 사라진 이유를 둘러대는 데도 지쳤어. 그래서 그 중 몇몇을 데려왔지. 곧 보게 될 거야."

"잘했다."

클레이튼이 어깨를 으쓱해 보이며 심드렁하게 대꾸했다.

스티븐이 파란 눈을 가늘게 뜨며 미간을 살짝 좁혔다. 그렇게 골똘히 생각에 잠긴 모습을 보면 그들 형제는 무척 닮아 보였다. 스티븐도 형 클레이튼처럼 머리색이 검고 키도 컸다. 클레이튼에게서 풍기는 힘과 위엄은 부족했지만 붙임성이 좋아 사람들과 쉽게 친해졌다. 사교계 사람들이 흔히 말하듯 스티븐은 웨스트모어랜드 가문 남자들 특유의 전설적인 매력을 상당 부분 지니고 있었다. 좀 전에 빈털터리라고 한 것과는 달리 수중에 막대한 재산을 쥐고 있는 그는 형이 그 듬직한 어깨 위에 공작의 작위와 그에 따르는 수백 가지 책임을 짊어지게 된 사실에 무척 흡족해하고 있었다.

클레이튼을 잠깐 뜯어보고 난 스티븐이 입을 열었다.

"형, 얼굴이 영 개판인데."

스티븐은 점잖지 못한 말을 입에 담아 겸연쩍은지 어머니를 보고 싱긋이 웃었다.

"죄송합니다, 어머니."

"글쎄, 내가 보기에도 그래서 나도 같은 말을 했단다."

"어머니도 형 얼굴이 개판이라고 하셨다구요?"

스티븐이 어머니를 놀리며 어머니의 반지 낀 손에 뒤늦게 입을 맞췄다.

그러자 클레이튼이 어머니와 동생을 한꺼번에 놀렸다.

"인사는 제쳐두고 사람 얼굴부터 뜯어보는 게 집안 내력인가보군. 그동안 잘 지냈니, 스티븐?"

조금 뒤 클레이튼은 먼 길을 오느라 피곤하다는 핑계를 대고 먼저 자리를 떴다. 맏아들이 방을 나가자마자 알리사는 차남한테 진지하게 당부했다.

"스티븐, 형한테 무슨 문제가 있는지 한번 알아보렴."

스티븐이 고개를 절레절레 흔들었다.

"어머니도 잘 아시다시피 형은 사생활을 캐묻는 걸 질색하잖아요. 그저 피곤해서 그러는지도 몰라요."

말은 그렇게 했지만 스티븐은 함께 지내는 2주 동안 형을 유심히 지켜보았다. 파티에 온 사람들은 낮 동안엔 승마와 사냥을 즐기고, 쇼핑도 하고 구경도 할 겸 이웃 마을로 산책을 나가기도 했다. 하지만 클레이튼이 즐기는 것은 승마뿐인 것 같았다. 무모하게 위험한 장애물을 뛰어넘고 난폭하게 말을 몰았다. 그런 형의 모습을 보고 있노라면 스티븐은 가슴이 철렁 내려앉곤 했다.

밤에는 성대하게 차린 음식을 먹고 마시며 재기 넘치는 대화를 나누기도 하고 당구도 즐겼다. 미모를 자랑하는 양가 규수들과 어디 한 곳 빠지지 않는 총각들이 2주 가까이 어울려 지내다 보니 남녀가 서로 희롱하는 모습도 쉽게 눈에 띄었다.

클레이튼은 여느 때와 다름없이 무심한 듯 기품 있는 태도로 주인으로서의 역할을 다했다. 스티븐은 식사 때마다 여자들이 부끄러움도 모르고 형에게 알랑거리는 모습을 흥미롭게 지켜보았다. 보통은 숙녀의 체면을 지키는 한에서 그랬지만 어떤 때는 체면이고 뭐고 다 내팽개치면서까지 여자들은 클레이튼의 관심을 끌어보려 애썼다. 가끔 여자들의 재잘거림에 귀를 기울이는 그의 얼굴에 나른한 미소가 스치기도 했지만, 눈빛을 보면 마음이 굳게 닫혀 있다는 것을 알 수 있었다.

어느덧 12일이 훌쩍 지나갔다. 손님들이 떠나기로 되어 있는 전날 밤, 주인이나 객이 모두 응접실에 모였을 때 스티븐이 걱정스러워하며 형을 살펴보았다.

"형님은 우리와 있는 게 따분한가봐요."

쟈넷 케임브리지가 홀로 창틀에 한쪽 어깨를 기대고 서서 어두운 창밖을 내다보고 있는 클레이튼을 가리키며 쾌활한 목소리로 스티븐에게 말을 건넸다. 클레이튼이 들으라고 한 말이었다. 하지만 클레이튼은 굳이 따분하지 않다고 변명하거나 그녀에게 관심을 기울이며 비위를 맞춰주고 싶은 생각이 없었다. 그는 묵묵히 잔을 들어 술을 쭉 들이킬 뿐이었다. 창밖의 어둠 속에 낮게 깔린 안개가 소용돌이를 일으키며 밀려오고 있었다. 그는 제 앞에 있는 것이면 무엇이든 다 삼켜버리며 다가오는 안개가 아픈 기억들을 모두 지워주길 간절히 바랐다.

클레이튼은 유리창에 비친 쟈넷 케임브리지의 모습을 보았고, 그녀의 목 뒤에서 울려나오는 듯 낮은 목소리를 들었다. 몇 달 전까지만 해도 그녀의 관능미와 귀를 자극하는 매혹적인 목소리를 좋아했었지만 이제는 뭔가가 빠져 있는 것처럼 느껴졌다. 그녀의 눈은 비췃빛이 아니었고 그를 장난스럽게 바라보지도 않았다. 또 그녀는 사람을 평가하듯 건방진 태도를 보이거나 곁눈질을 하지도 않았고 수줍은 듯 품에 안겨 정체 모를 감정에 눈을 뜨며 전율하지도 않았다. 그녀는 자신을 기쁘게 해주려고 열을 올리는, 너무도 손에 넣기 쉬운 여자였다. 그건 다른 모든 여자들도 마찬가지였다. 그런 여자들은 그에게 대들지도 않았고 고집스레 반항하지도 않았다. 그들은 생기도 없고 발랄하지도 않았으며 재치도 없고 멋도 없었다. 그들은 그런 것과는 거리가 멀었다.

휘트니.

클레이튼은 휘트니라는 이름만 떠올려도 밀려드는 괴로움을 달래려고 다시 한 번 술을 쭉 들이켰다. 휘트니는 지금 무얼 하고 있을까? 세버린과 결혼할 계획을 세우고 있을까? 아니면 뒤비에와 함께 있을까? 지금 런던에 머물고 있는 뒤비에가 그녀를 위로하고 즐겁게 해주면서 몹쓸 기억을 잊도록 도와주고 있을지도 모른다. 휘트니한테는 세버린보다 뒤비에가 더 잘 어울리지. 그런 생각이 들자 속이 뒤틀리듯 아팠다. 세버린은 둔한 약골이지만 뒤비에는 지적이고 세련된 남자다. 클레이튼은 휘트니가 그 프랑스 남자를 선택하길 진심으로 바랐다. 아니, 마음의 절반만 그랬다. 남은 절반의 마음은 다른 남자의 아내가 된 휘트니를 떠올리자 고통으로 찢어질 것만 같았다.

클레이튼은 휘트니가 했던 말을 떠올리며 자신을 괴롭혔다.

'당신과 결혼하고 싶다는 말을 하려고 했었어요.'

그런데 나는 그녀를 조롱했어. 짐승 같은 놈! 고의적으로 비정하게 그녀의 순결한 몸을 더럽혔어. 그런데 그녀는 그런 일을 당하고도 나를 끌어안고 울지 않았던가. 오, 하느님! 휘트니는 자신을 겁탈한 내 품에 안겨 울었어.

클레이튼은 그날 밤의 기억들을 애써 떨쳐내고 휘트니의 밝은 모습을 떠올렸다. 헌데 그것은 한결 예리한 자학이었다. 승마 실력을 겨루려고 경마 출발선에 서 있을 때 총소리가 울리기 직전, 휘트니는 그를 바라보며 생글거렸었다.

'날 따라오고 싶다면 기꺼이 길을 안내해드리죠.'

아르망 가의 가장무도회가 열렸던 날 정원에서 본 휘트니 모습이 눈에 선했다. 그가 공작이라고 하자 그녀의 고운 얼굴은 불손하면서도 쾌활하게 달아올랐었다.

'당신은 공작이 아니에요.'

휘트니는 이렇게 말하고는 깔깔 웃었다.

'댁은 지팡이에 의지해 걷지도 않고 숨이 차서 씨근거리지도, 코방귀를 끼지도 않아요. 그리고 솔직히 말하자면 댁은 조금도 통풍 환자처럼 보이지도 않아요. 다른 작위를 골라볼 생각은 없나요?'

핫지 별장의 정자에서 휘트니가 화가 난 자신을 달래려고 뜨겁게 키스해오던 그날이 떠올랐다. 고집을 피우지 않고 반항하지 않을 때 그녀는 얼마나 따스하고 열정적이며 사랑스럽고 매혹적인 여자였던가!

클레이튼은 두 눈을 감고 휘트니가 클레이모어 저택을 떠나도록 했던 자신을 저주했다. 사제를 부르고 그가 도착하는 대로 바로 결혼식을 올려야 한다고 설득하는 게 마땅했다. 그렇게는 못한다고 끝까지 버텼더라도 이미 순결을 빼앗겼기 때문에 선택의 여지가 없다는 사실을 직시하도록 할 수도 있었다. 그런 다음 천천히 시간을 갖고 그날 있었던 일을 보상할 길을 찾았어야 했다.

클레이튼은 잔을 탁 내려놓고 손님들을 지나쳐 방을 나갔다. 휘트니에게 저지른, 천벌을 받아 마땅한 짓을 속죄할 수 있는 길은 전혀 없었다. 전혀!

다음 날 손님들이 떠나고 나자 형제는 코가 삐뚤어질 때까지 술을 퍼마시며 함께 보내는 마지막 밤을 자축했다. 어린 시절 일삼았던 짓궂은 장난질을 회상하다가 이야깃거리가 바닥나자 선술집에서나 들어봄직한 음담패설을 주고받으며 킬킬거렸다. 그러면서 잠시도 쉬지 않고 술잔을 비워댔다.

클레이튼은 브랜디 병을 집어들고 마지막 한 방울까지 톡톡 털어 빈 잔에 따랐다.

"우와! 정신없이…… 마셔대더니…… 술 한 병을 바닥냈군."

스티븐은 술병을 또 하나 꺼내 클레이튼에게 밀어주었다.

"자, 위스키야. 위스키로는 얼마나 버티는지 볼까?"

클레이튼은 아무래도 좋다는 듯 어깨를 으쓱해 보이고는 병마개를 뽑았다.

스티븐은 아물거리는 눈으로 잔이 넘치도록 술을 따르는 형을 지켜보았다.

"어쩔 셈이야? 빠져 죽기라도 하려구?"

"너보다 먼저 망각의 세계로 들어가려고 그런다."

클레이튼은 취기에 젖은 목소리로 자신만만하게 대꾸했다.

"그럴지도 모르겠군."

스티븐이 얼른 고개를 끄덕이며 형의 말을 받았다.

"하지만 내가 항상 형을 이겼잖아. 형은 태어나지 않는 게 좋았다구."

"네 말이 맞아. 태어나지 말았어야 했어. 그러지 말았어야 했어. 그랬다면 얼마나 좋았을까. 나는…… 지금 그 대가를 열 배로 받고 있어."

취한 가운데 횡설수설하는 말이라 제대로 알아듣기 힘들었지만 클레이튼의 말에는 애절한 고통과 절망이 절절이 배어 있었다. 스티븐은 정신이 몽롱한 가운데서도 고개를 번쩍 쳐들고 형을 바라보았다.

"대가를 치르게 하는 게 누군데?"

"그 여자."

스티븐은 알코올 기운을 떨쳐버리고 정신을 집중하기 위해 고개를 세차게 흔들었다.

"어떤…… 여자 말이야?"

"비취빛 눈을 가진 여자."

클레이튼이 고뇌에 찬 목소리로 중얼거렸다.

"그 여자가 내게 대가를 치르게 하고 있어."

"왜? 형이 어쨌는데?"

"그 여자한테 결혼하는 대가로 멍청한 그 여자 아버지한테 10만 파운드를 줬어. 그런데도 휘트니는 날 받아들이지 않았어."

웅얼웅얼 말을 끝낸 클레이튼이 얼굴을 찡그리고 위스키를 쭉 들이켰다.

"그 여자는 다른 남자와 약혼했어. 소문이 파다하게 났지. 아니, 사실은 약혼하지 않았어. 하지만 난 그 여자가 약혼한 줄 알았어. 그래서 난…… 난……."

"그래서 뭐……?"

클레이튼의 얼굴이 심하게 일그러졌다. 그리고 자신을 이해해달라는 듯 손을 들어올렸다가는 테이블 위로 떨어뜨렸다.

"그 여자가 처녀인 줄 몰랐어. 정말 몰랐어……. 그 여자를 강제로 안을 때까지는……. 그리고……."

잠시 팽팽한 침묵이 흐른 뒤 클레이튼이 가슴 저 밑바닥에서 터져나오는 끔찍한 신음을 토해냈다.

"오, 하느님. 그 여자에게 상처를 입혔어. 너무도 끔찍한 상처를!"

클레이튼이 두 손으로 얼굴을 감싼 채 쉬고 갈라진 목소리로 말을 이었다.

"나는 상처를 입혔는데 그녀는 나를 껴안았어, 스티븐."

클레이튼은 목이 메어 더듬거렸다.

"그 여잔 울면서도 내가 안아주길 바랐어!"

클레이튼은 테이블 위에 팔을 겹쳐 얼굴을 파묻고는 마침내 밤새도록 소원하던 망각 속으로 빠져들면서 들릴락 말락 작은 소리로 웅얼거렸다.

"아직도 휘트니의 울음소리가 들려."

어안이 벙벙해진 스티븐은 두 팔에 고개를 묻고 엎드려 있는 형을 가만히 바라보며 동강동강 잘린 이야기를 이어 맞춰보았다. 웬만한 일에는 끄떡도 않는, 자신감 넘치는 형이 비취빛 눈을 가진 휘트니라는 여자한테 마음을 완전히 빼앗긴 게 틀림없었다.

클레이튼이 어떤 여자와 약혼했다거나 곧 약혼을 하리라는 소문이 얼마 전 런던을 떠들썩하게 휩쓸고 지나갔지만 스티븐은 그런 소문이 도는 게 하루 이틀도 아니어서 여느 때처럼 하릴없는 사람들이 지어낸 뜬소문이려니 하고 그냥 넘겼다. 그런데 그게 사실인 모양이었다. 그 휘트니란 여자가 소문 속 여자임이 분명했다.

스티븐은 멀거니 잠든 형을 바라보았다. 여자를 그저 즐거움과 쾌락을 나누는 대상으로 여기며 어떤 여자에게도 집착하지 않던 형이 겁탈을 할 지경까지 한 여자에게 푹 빠져들었다니 믿을 수 없는 일이야. 그런데 왜 그랬을까? 그 여자가 결혼하기 싫다고 해서? 질투 때문에? 말도 안 돼! 그런데 그 증거가 여기 테이블 맞은편에 있지 않은가. 형이 저렇게 자책하며 괴로워하고 있지 않은가.

스티븐은 한숨을 내쉬며 생각에 잠겼다. 형은 늘 눈부신 미녀들에게 둘러싸여 지냈어. 하지만 휘트니라는 여자는 형한테 아주 특별한 존재였던 모양이야. 저렇게 괴로워하는 걸 보면 그 여자를 지독하게 사랑한 게 분명해. 게다가 아직도 사랑하고 있어.

스티븐은 점점 흐릿해지는 의식을 붙들고 늘어졌다. 강제로 순결을 빼앗긴 뒤에도 형의 품에서 위로를 찾으려 했다면 그 여자도 형을 조금은 사랑했던 게 틀림없어. 아니, 그 이상일 거야.

이튿날 아침 현관 층계에서 작별의 악수를 나누는 형제는 심한 숙취 때문에 밝고 따사로운 햇살을 쏘이자 움찔했다. 알리사는 환한 표정으로 잘 가라며 클레이튼에게 손을 흔들고는 스티븐에게로 고개를 돌렸다.

"네 형 얼굴이 말이 아니구나!"

"기분도 그럴 거예요."

스티븐이 관자놀이를 살살 문지르며 대답했다.

"스티븐, 얘기 좀 하자꾸나."

알리사는 이렇게 딱 부러지게 말을 하고는 응접실로 들어가 문을 닫고 가까운 의자에 앉았다. 그러고는 평소답지 않게 스커트 자락을 매만지며 한참을 머뭇거린 뒤 입을 열었다.

"어젯밤 잠이 쉬 오지 않더구나. 그래서 너희들하고 좀 더 같이 있을 생각으로 아래층으로 내려갔다. 서재로 갔더니 너희 둘이 아예 술로 목욕을 하고 있더구나. 내가 술주정뱅이들을 키웠다는 사실을 알고 얼마나 대경실색을 했는지 말해주려고 안으로 들어가려고 했다. 그런데…… 그런데……."

스티븐은 술주정뱅이라는 말에 입술을 씰룩거렸지만 곧 진지한 표정으로 어머니를 바라보았다.

"형이 제게 했던 이야기를 들으셨군요?"

알리사가 괴로운 얼굴로 고개를 끄덕였다.

"그 애가 어떻게 그런 짓을 할 수 있니?"

"형이 왜 그랬는지 저도 잘 모르겠어요."

스티븐이 조심스럽게 대답했다.

"분명 그 여자를 좋아했어요. 게다가 형은 남자……."

"어밀 바보 취급하지 마라, 스티븐. 나도 알 만큼은 안다. 결혼해서 아들을 둘이나 낳았어. 클레이튼이 남자이니만큼 그

애한테도 어떤…… 어떤…….”

알리사가 달아오른 얼굴에 부채질을 하며 거북한 기색을 보이자 스티븐이 차마 말을 잇지 못하는 어머니를 거들어주었다.

“성적 충동 말씀이세요?”

알리사가 고개를 끄덕이자 스티븐이 말을 이었다.

“제가 말씀드리려고 했던 건 항상 여자들한테 둘러싸여 있었지만 아무한테도 청혼할 만큼 깊은 관심을 보이지 않던 형이 마침내 원하던 여자를 찾아냈다는 거죠. 그런데 그 여자 아버지한테 10만 파운드를 줬다면 상속받은 재산이 없는 가난한 집의 여자인 게 확실해요. 그런데도 그 여자는 형의 청혼을 거절했다는 거죠.”

“네 형을 마다하다니 바보도 그런 바보가 어디 있겠니?”

스티븐이 싱긋 웃으며 고개를 저었다.

“어리석거나 멍청한 여자는 아닐 거예요. 형은 머리에 든 게 없는 여자한테는 절대로 관심이 없으니까요.”

“네 말이 맞는 것 같구나.”

알리사가 한숨을 내쉬며 자리에서 일어났다. 그러더니 고개를 뒤로 돌려 스티븐에게 나직이 말했다.

“네 형이 그 여자를 정말 사랑하는 모양이구나.”

“제 생각도 그래요.”

약혼 계약을 철회하는 서류를 읽고 난 클레이튼은 서명을 하고는 쳐다보기도 싫은 서류를 책상 맞은편에 앉아 있는 변호사에게 재빨리 밀쳤다. 서류를 보고 있는 것조차 견딜 수가 없었던 것이다. 변호사가 일어서려 하자 클레이튼이 입을 열었다.

"한 가지 더 있소. 이 편지와 1만 파운드짜리 어음을 그 서류와 함께 스톤 양에게 전해주시오."

클레이튼은 화려한 문양이 조각된 육중한 책상 서랍을 열고 상단에 은빛으로 인장이 돋을새김된 하얀 양피지 한 장을 꺼냈다.

멍하니 빈 종이를 응시하고 있던 잠깐 동안의 시간이 마치 영원처럼 느껴졌다.

클레이튼은 그런 황당한 결말을 도저히 믿을 수가 없었다. 몇 주 전까지만 해도 휘트니와 부부가 되고 아내가 된 휘트니와 나란히 눕게 되리라는 생각에 얼마나 부풀었던가? 그런데 이렇게 허망하게 끝나다니. 이렇듯 가슴 찢어지는 상실의 고통을 안게 되다니.

클레이튼은 내키지 않는 마음으로 깃펜을 들고 편지를 썼다.

'부디 당신의 행복을 비는 내 진정을 받아주기 바라오. 폴에게도 축하하다고 전해주오. 동봉한 어음은 결혼 선물이오.'

돈을 보면 휘트니가 불같이 화를 내리라는 생각이 들자 망설여졌다. 하지만 휘트니가 새 옷 하나 사려고 푼돈까지 탈탈 털어 그러모을 생각을 하니 견딜 수가 없었다. 세버린의 아내가 되면 아마 그래야 할 터였다. 기적이라도 일어나서 세버린과 결혼하지 않으면 이 돈은 온전히 그녀의 것이 되리라. 적어도 그녀의 멍청한 아버지가 다시 한 번 딸의 전 재산을 탕진하는 일은 없을 테니까.

"어음과 이 편지를 서류와 같은 봉투에 넣어주시오."

클레이튼은 쳐다보기도 싫은 서류를 턱짓으로 가리킨 다음 자리에서 일어섰다. 그리고 변호사에게 그만 가보라는 뜻으로 말없이 고개를 끄덕였다.

변호사가 나가자 다시 의자에 털썩 주저앉은 클레이튼은 변호사를 당장 불러들여서 서류 봉투를 낚아채 갈기갈기 찢어버리고 싶은 충동과 싸웠다. 그는 푹신푹신한 가죽 등받이에 머리를 기댄 채 눈을 감고는 중얼거렸다.

"아, 사랑스러운 그대. 내가 왜 그 빌어먹을 봉투를 당신한테 보내야 하는 거지?"

클레이튼이 편지에 정말로 쓰고 싶었던 말은 따로 있었다.

"내게 돌아와주오. 당신을 내 품에 안게 해주오. 그러면 그 끔찍했던 기억을 잊게 해주겠소. 당신의 낮은 웃음으로 채우고 당신의 밤은 사랑으로 채워주겠소. 내 아들딸을 낳아주시오. 당신의 눈을 닮은, 당신의 웃음을 닮은, 당신의……."

클레이튼은 스스로에게 욕설을 퍼부으며 자신이 없는 동안에 수북이 쌓인 보고서와 우편물 더미를 구기듯 움켜쥐었다.

클레이튼은 마음을 굳게 먹고 애써 휘트니를 잊어버리려 애썼다. 진행 중인 사업의 투자현황과 미래의 투자계획에 관한 보고서를 꼼꼼히 살펴보며 일에 파묻힌 채 하루하루를 보냈다. 어찌나 몰아대던지 비서 허드긴스는 폭증한 업무를 처리하기 위해 조수를 따로 고용해야 했다. 클레이튼은 사업 관리자들과 재산 관리자들, 토지 관리자들과 소작인들을 만나며 밤늦은 시간까지 일에 파묻혔다가 무도회나 오페라, 연극 무대를 찾았다.

클레이튼은 의도적으로 매번 동행하는 여자를 바꿨다. 그때마다 이 여자가 4주 전 가슴속에서 꺼져버린 불꽃을 다시 지펴주지 않을까 하는 희망을 품고서. 그러나 상대가 금발이면 머리색이 밝아서 싫었고, 머리칼이 짙더라도 휘트니의 머릿결처럼 윤기가 흐르지 않아 싫었다. 생기발랄한 여자는 신경에 거슬렸고 관능미가 있는 여자를 보면 혐오감이 일었다. 말이 없는 여자면 "제기랄, 뭐라고 말 좀 하란 말이야!" 하면서 붙잡아 흔들고 싶은 거센 충동을 느꼈다.

그러나 천천히, 아주 천천히 그는 다시금 마음의 평정을 되찾아갔다. 생글거리는 한 쌍의 비취빛 눈을 계속 떠올리지 않는다면 언젠가는 휘트니를 잊을 수 있을 것도 같았다.

몇 주가 지나면서 클레이튼은 조금씩 좀 더 쉽게 미소를 지었고 가끔은 소리 내어 웃을 수도 있게 되었다.

26

휘트니의 런던 생활은 일정한 틀에 짜여 있었다. 엘리자베스나 에밀리와 쇼핑을 하였고 이따금씩 마차를 타고 공원 나들이를 했다. 니콜라가 정기적으로 찾아주었는데, 그의 에스코트를 받으며 외출하는 일은 되도록 삼갔다. 하지만 니콜라는 적어도 휘트니를 웃게 했고, 무엇보다 휘트니가 들어줄 수 없는 무리한 요구를 하지 않았다.

엘리자베스는 매일같이 찾아왔다. 그녀는 나흘 앞으로 다가온 결혼식 준비로 너무나 들떠 있었다. 드레스며 부케며 피로연을 위해 준비할 음식 등 결혼에 필요한 것들에 대한 이야기를 끊임없이 늘어놓았다. 휘트니는 그렇게 열정적으로 기뻐하는 엘리자베스 옆에 있는 것이 무척 괴로웠다. 참다못해 자리를 뜰 핑계를 궁리하는 자신을 발견하고는 엘리자베스의 행복에 기쁜 마음으로 동참해주지 못하는 자신이 정말 싫었다.

이제는 더 이상 클레이튼과 마주치기라도 하면 어쩌나 하는 불안감은 사라졌지만 그렇다고 마음이 마냥 편하지도 않았다. 휘트니는 돌이켜 생각하고 싶지 않은 과거와 생각만 해도 불안한 미래 사이에 긴 팽팽한 망각의 구렁에서 살았다.

그날도 다른 날과 별로 다르지 않았다. 하지만 엘리자베스가 피터 자랑을 늘어놓기 시작하자 휘트니는 벌떡 일어나 양해를 구한 다음 방으로 올라가 망토를 걸치고는 뛰쳐나오다시피 밖으로 나왔다. 양가 규수가 밖으로 나오려면 보호자 역할을 할 사람과 함께 나와야 한다는 범절도 무시하고 근처에 있는 작은 공원으로 도망치듯 달려가서는 사람들의 왕래가 드문 호젓한 길을 정처 없이 거닐었다.

앤 이모와 아버지는 엘리자베스의 결혼식에 참석하러 런던으로 오실 것이다. 엘리자베스는 런던에서 성대하고 화려한 결혼식을 올리겠다고 해서 주위 사람들을 놀라게 했다. 휘트니는 사랑하는 이모를 보고 싶은 만큼 마주할 일도 두려웠다. 나흘만 있으면 이모가 도착할 것이다. 비록 공식적으로 약혼한 사이처럼은 아니더라도 클레이튼과 다정하게 어울리는 모습을 보여주기를 기대하면서 말이다. 그러나 휘트니는 클레이모어 공작과 결코 결혼할 마음이 없다고 말할 생각이었다. 그러면 이모는 그 이유를 캐물을 것이다.

이유? 휘트니는 이 궁리 저 궁리를 하면서 이모와 대면했을 때 뭐라고 할 것인지 연습을 했다.

"클레이튼이 에밀리의 파티에서 억지로 끌어내 집으로 데려가더니 제 옷을 찢고 침대로 들어가게 했기 때문이에요."

앤 이모는 경악을 금치 못할 테지만, 그 일이 있기 전에 어떤 일이 있었는지도 알고 싶어 하실 것이다. 휘트니는 혼란과 절망감에 어깨를 축 늘어뜨리고 공원 벤치에 털썩 주저앉았다. 어째서 클레이튼은 내가 폴에게 몸을 주었다고 생각했을까? 어째서 나한테 먼저 그게 사실인지 확인조차 하지 않았을까? 어째서 자기가 무엇을 하려는지 말해주지 않았을까?

휘트니는 지난 4주 동안 그날 밤의 일을 떠올리지 않으려 애썼다. 그러나 일단 머리에 떠오르자 중간에서 생각을 그만둘 수가 없었다. 휘트니는 냉혹하고 난폭하게 옷을 찢던 클레이튼을 기억하려 애썼지만 자신이 처녀임을 확인하고 난 뒤 끔찍할 정도로 고통스러운 표정을 짓던 모습만 떠올랐다. 괴로움과 회한으로 일그러진 얼굴을 뻣뻣해진 어깨 뒤로 젖히고 있었다.

그녀는 클레이튼이 자신을 부르던 상스러운 말과 모욕적인 언사들을 기억하려 했지만 흐느끼는 자신을 품에 안고 북받쳐 오르는 회한이 그대로 묻어나는 목소리로 속삭이던 말밖에는 기억나지 않았다.

"울지 마오, 내 사랑. 제발 그만 울어요."

칼로 찌르는 듯한 통증이 점점 더 세게 목을 조여왔다. 하지만 지금 느끼는 이 고통은 자기 때문이 아니라 클레이튼 때문에 느끼는 것이었다. 그 사실을 깨달은 휘트니는 화가 나서 벌떡 일어났다. 내가 미쳤지. 미쳐도 단단히 미쳤어! 내 순결을 짓밟은 남자를 안쓰러워하다니. 다시는 그 남자를 보지 않을 거야. 영원히!

휘트니가 급히 발길을 돌리는데 갑작스럽게 거센 바람이 불어 망토가 붕대처럼 그녀의 몸을 휘감았다. 돌풍은 불 때처럼이나 갑작스레 멎었다. 다람쥐 한 마리가 그녀 쪽으로 쪼르르 달려와 멈춰 서더니 두려움 반 기대 반으로 그녀를 지켜보았다. 휘트니도 멈춰 서서 다람쥐가 움직이기를 기다렸지만 녀석은 엉덩이를 땅에 붙이고 앉아 그녀를 원망하듯 바라보고만 있었다.

휘트니는 자기 발 옆에서 도토리 한 알을 발견하고는 그것을 주워 다람쥐에게 내밀었다. 그런데 녀석은 눈만 깜박거릴 뿐 가까이 다가올 기미를 보이지 않았다. 휘트니는 할 수 없이 다람쥐에게 도토리를 던져주었다.

"가져가는 게 좋을 거야. 곧 겨울이 닥칠 테니."

녀석은 이제 제 코앞에 떨어져 있는 소중한 도토리를 쳐다보았다. 잠깐 동안 망설이던 다람쥐는 휙 돌아서더니 잽싸게 발을 놀려 화닥닥 달아나버렸다.

그 운명의 밤 이후 지난 몇 주 동안, 절대 울지 않겠다고 스스로에게 했던 약속을 휘트니는 한번도 깨지 않았다. 그 약속은 지켰지만 그만큼 표출되지 못한 감정은 가슴 한구석에 차곡차곡 쌓였다. 그렇게 억눌려 있던 슬픔이 도토리를 가져가기보다는 배고픔을 택한 작은 다람쥐 한 마리 때문에 그만 터져버렸다.

"굶어 죽어버려!"

목은 메고 눈물은 솟구쳐 뺨을 타고 흘러내렸다. 휘트니는 몸을 돌려 타박타박 걸어서 공원 정문을 나왔다.

바람에 눈이 쓰라렸지만 휘트니는 울음을 그치지 않았다. 쓰라린 기억과 마음의 상처가 다 씻겨내려갈 때까지 울었다. 그런데 그렇게 실컷 울고 나니 이상하게도 조금씩 활기가 솟는 것 같았다. 에밀리 부부의 타운하우스에 도착할 즈음에는 '그 일'이 있은 이래 기분이 가장 가벼워져 있었다.

그날 저녁 마이클이 외출을 해서 휘트니와 에밀리는 휘트니가 묵는 방에서 오붓하게 식사를 했다. 휘트니는 오랜만에 예전의 쾌활함을 되찾고 있었다.

"오늘밤엔 기분이 한결 나아 보이는데?"

에밀리가 차를 따르며 물었다.

"그래, 훨씬 좋아졌어."

휘트니가 빙그레 웃으며 대꾸했다.

"잘됐다. 그렇지 않아도 물어보고 싶은 게 있었는데."

"뭐든 물어봐."

휘트니가 차를 홀짝이며 말했다.

"어머니가 편지를 보내오셨는데 너 폴 세버린하고 약혼했다며? 정말이니?"

"아니, 내가 약혼한 남자는 폴이 아니라 클레이튼 웨스트모어랜드야."

사실을 털어놓은 휘트니는 재빨리 방어태세에 들어갔다.

오래되고 값비싼 찻잔이 에밀리의 손에서 미끄러져 산산조각이 났다. 에밀리의 동그란 눈이 점점 커져 화등잔만 해지더니 얼굴에 천천히 미소가 피어올랐다.

"너…… 농담하는 거 아니지?"

휘트니가 고개를 저었다.

"확실해?"

"그래, 확실해."

"믿어지지가 않아."

"새로 산 네 검은담비 망토를 걸고 내기할까?"

"거짓말을 할 정도로 망토가 탐이 나니?"

"물론, 그래. 하지만 거짓말은 아냐."

"하지만 어떻게, 언제 약혼을 한 거야?"

휘트니는 설명해주려고 입을 열려다가 마음을 바꾸었다. 누군가에게 진실을 털어놓고 싶었지만 막상 말을 꺼내려니 두려워졌다. 간신히 되찾은 마음의 평정을 깨고 싶지 않았던 것이다.

"안 돼, 에밀리. 그 얘긴 안 하는 게 좋겠어."

휘트니가 초조해하며 일어나자 에밀리도 따라 일어서더니 환하게 웃으면서 재촉했다.

"아니, 얘기하게 될 걸! 내가 목을 졸라 자백을 받아내기 전에 그 믿어지지 않는 로맨스를 자세하게 털어놓는 게 좋을 걸. 자, 처음부터 얘기해봐."

휘트니는 말을 하지 않으려고 했지만 에밀리의 얼굴이 하도 기쁨으로 가득 차고 단호해 보여서 마음이 흔들렸다. 그리고 왠지 별안간 모든 것을 털어놓고 싶은 마음이 들었다. 휘트니가 다시 의자에 앉자 에밀리가 옆에 바싹 붙어앉았다.

"얘기를 하자면 몇 년 전 내가 사교계에 데뷔하기 전으로 거슬러 올라가. 이모하고 모자 가게에 간 적이 있었는데 거기서 날 처음으로 봤대. 가게 여주인이 인조 과일로 뒤덮인 괴상한 모자를 나한테 떠넘기려고 하는데……."

이야기가 끝나자 에밀리는 기쁨과 놀라움이 섞인 눈으로 휘트니를 쳐다보았다.

"오 어쩜, 너무 달콤하고 낭만적이야. 생각해봐. 공작이 그 엄청난 돈을 네 아버지한테 주고 영국으로 와보니 넌 폴한테 푹 빠져 있었으니."

에밀리가 쿡쿡 터져나오려는 웃음을 삼키며 말을 이었다.

"마이클은 공작이 너한테 실연의 상처를 입힐까봐 걱정했지만 난 하나도 걱정하지 않았어. 공작이 널 러더포드 가에서 열리는 무도회로 데려가려고 왔을 때 널 바라보던 눈빛을 보고 알게 됐거든."

"뭘 알았는데?"

"공작이 널 사랑한다는 거지 뭐긴 뭐니, 이 바보야!"

갑자기 에밀리가 어리둥절한 표정을 짓더니 말을 끊었다.

"그러고 보니 공작이 몇 주씩이나 널 찾아오지 않았어. 오페라나 극장에 모습을 보이는 걸 보면 런던에 있는 게 분명한데."

에밀리는 휘트니의 얼굴에 다시 그늘이 지는 것을 보았다.

"휘트니, 뭐가 잘못된 거니? 넌 외박한 밤 이후로 계속 어두운 얼굴을 하고 있었어. 도대체 그날 밤 무슨 일이 있었던 거니?"

"그 이야기는 하고 싶지 않아."

휘트니가 착 가라앉은 목소리로 대꾸했다.

에밀리는 휘트니의 차가운 손을 그러쥐며 설득했다.

"얘기해야 해. 넌 그 일 때문에 줄곧 마음을 못 잡고 있어. 호기심 때문에 캐묻는 게 아냐. 난 네가 외박한 이유에 대해서 거짓말을 했다는 걸 알고 있어. 네가 외박을 하고 돌아오던 날 아침, 난 창가에 서 있었어. 네가 타고 온 마차 문에 새겨진 금빛 문장을 봤어. 그건 공작의 마차였어. 아니었니?"

"알고 있었구나."

휘트니가 부끄러운 듯 고개를 떨궜다.

"게다가 네가 그날 공작과 함께 우리 집을 나간 것도 알아. 네 입으로도 그렇게 말했고 칼라일도 그렇게 말했어. 칼라일은 클레이모어 공작이 불쑥 나타나 너를 강제로 끌고 사라졌다고 우겼지. 하지만 칼라일은 그때 술에 잔뜩 취한 상태라 그 말이 사실이라고는 한순간도 믿지 않았어. 그런데 그게 사실이었니?"

휘트니가 고개를 끄덕였다.

"널 어디로 데리고 갔니?"

이렇게 다그치는 에밀리의 목소리는 팽팽하게 긴장되어 있었다.

"다른 파티로 데려간 거니?"

"아니."

"칼라일의 말을 비웃어 넘기는 게 아니었어."

에밀리는 휘트니의 손을 잡은 제 손에 경련이 일 정도로 힘을 주고는 고통스럽게 속삭였다.

"널 어디로 끌고 갔니? 너한테 무슨 짓을 했어?"

휘트니의 흔들리는 비취빛 눈동자 속에서 에밀리는 대답을 읽었다.

"이 짐승!"

에밀리가 씩씩거리며 벌떡 일어섰다.

"불한당! 악마! 그런 몹쓸 인간은 교수형에 처해야 해! 그런 작자는……"

광분하던 에밀리가 멈칫했다. 지금 휘트니에게 필요한 건 상처와 분노를 돋우는 게 아니라 기운을 내게 하는 것이라는 생각이 문득 들었던 것이다.

"우린 이 일의 밝은 면을 봐야 해."

"밝은 면?"

휘트니가 지친 목소리로 물었다.

"언뜻 보면 암담한 것 같지만 밝은 면이 하나 있긴 있어. 들어봐."

에밀리는 무릎을 꿇고 휘트니의 두 손을 꼭 잡았다.

"난 법에 대해선 잘 모르지만, 네 아버지가 강제로 널 그…… 짐승과 결혼시킬 수 없다는 것 정도는 알고 있어! 그리고 너한테 몹쓸 짓을 저지른 공작은 네가 자진해서 자신과 결혼하는 일은 결코 없으리란 걸 알고 있어. 그러면 그에겐 선택의 여지가 없겠지. 약혼 계약에서 너를 풀어주고 네 아버지한테 줬던 돈을 잃어버린 셈 치는 것밖에는."

휘트니는 숙이고 있던 고개를 번쩍 쳐들고 한참 동안 맞은

편 벽을 물끄러미 바라보았다. 그래, 클레이튼은 나를 놓아주려는 거야. 그러니까 나를 찾아오지도 않는 거야. 파혼을 하려는 거야. 그런 생각을 하자 왠지 모르게 울적해졌다.

"아니, 클레이튼은 파혼하지 않을 거야. 절대 그러지 않을 거야. 난 알아. 오, 에밀리, 넌 정말 그 사람이 날 놓아줄 거라고 생각하니?"

휘트니는 거의 울먹이고 있었다.

"물론이지! 그러지 않으면 달리 어쩌……."

에밀리는 휘트니의 얼굴을 보고는 눈이 휘둥그레졌다. 에밀리가 일어서면서 말했다.

"휘트니? 설마 넌…… 맙소사! 넌 공작이 널 놓아주는 걸 원치 않는구나."

휘트니가 얼른 눈을 치켜떴다.

"그 사람이 나를 놓아줄 수도 있다는 생각을 한번도 해본 적이 없어서 그럴 뿐이야."

"너는 공작이 너를 놓아주는 것을 바라지 않아! 네 얼굴에 그렇게 쓰여 있어."

휘트니도 일어나면서 손바닥을 드레스자락에 문질렀다. 그녀는 클레이튼이 제발 나를 자유롭게 해주었으면 좋겠다는 말을 하고 싶었지만 그 말은 목에 걸린 듯 나오지 않았다.

"나도 내가 뭘 원하는지 모르겠어."

휘트니가 참담한 심정으로 인정했다.

에밀리가 손을 내저으며 걱정스럽게 휘트니를 바라보았다.

"그날 밤 이후로 공작한테서 연락이 있었니? 아니면 어떤 식으로든 너한테 접근해왔니?"

"아니! 그랬다가는 내가 가만히 안 있지."

"그럼 넌 공작을 만나볼 생각이 전혀 없니?"

"전혀."

휘트니가 완강하게 대꾸했다.

"공작은 네가 사과를 받아들일 기미를 조금이라도 보인다면 모를까, 너한테 쉽게 접근하지 못할 거야. 하지만 넌 그럴 생각이 없지, 그렇지?"

"그러느니 차라리 죽어버리겠어."

휘트니는 진심으로 말했다.

"공작이 널 사랑한다면 자신의 행동을 후회하고 있을 기야. 네가 자기를 증오한다고 생각할 거야."

휘트니는 침대로 걸어가서 천개를 떠받치는 기둥에 이마를 기댔다.

"그 사람은 날 놔주지 않을 거야, 에밀리. 그 사람은 나를 많이 좋아하니…… 많이 좋아했으니까."

이렇게 말하는 휘트니의 음성에는 낙담보다는 자신을 놓아주지 않기를 바라는 희망이 더 많이 실려 있었다.

"그래? 공작은 참 별나게도 좋아하는 표시를 하는구나."

"나도 마찬가지야. 툭하면 대들었어. 뿐만 아니라 계속 거짓말만 늘어놓으며 폴이랑 달아날 생각까지 했었어. 그랬다면 그 사람은 공개적으로 망신을 당했을 텐데도."

휘트니는 눈을 감고 고개를 돌리며 목멘 소리로 말했다.

"미안하지만, 이제 그만 자고 싶어."

에밀리도 침대에 들었지만 쉽게 잠이 오지 않았다. 몇 시간을 뜬눈으로 뒤척이던 에밀리는 결국 잠들기를 포기하고 일어나 앉아 곁에서 평화롭게 잠들어 있는 마이클을 바라보았다.

"당신이 내게 그런 짓을 해도 당신을 사랑할 수 있을까요? 그래요. 난 당신이 무슨 짓을 해도 용서할 수 있을 거예요."

에밀리는 자고 있는 마이클에게 속삭이며 남편의 관자놀이 부근의 머리칼을 부드럽게 쓰다듬었다.

하지만 마이클의 경우에는 그런 잘못을 보상할 기회가 있다. 두 사람은 결혼한 상태니까 그녀가 아무리 마음의 상처를 크게 입고 화가 나 있더라도 남들의 이목 때문에 싫어도 함께 지내야 할 테니까. 그러다 보면 얼마 뒤에 곪은 종기가 터지고 상처가 아물듯 불화는 해소되고 소원했던 두 사람도 다정했던 옛날처럼 돌아갈 것이다. 하지만 휘트니와 클레이튼은 부부가 아니다. 두 사람은 서로를 피하고 있으며 앞으로도 계속 그럴 것이다. 휘트니는 자존심이 강한 데다 마음의 상처가 깊어 먼저 화해의 손짓을 보내지 않을 것이다. 그러면 공작은 휘트니가 자신을 증오하며 자신과 어떤 식으로든 관련되고 싶어 하지 않을 것이라고 여기게 될 것이다. 어떻게든 두 사람이 대면하도록-그것도 빠른 시일 내에-하지 않으면 두 사람은 영영 헤어지고 말리라.

에밀리는 자신이 금방이라도 폭발해버릴 것 같은 그 상황에 끼어들 것인지 아니면 조용히 지켜보고만 있을 것인지 고민을 했다. 얼마 동안 심사숙고한 끝에 에밀리는 천천히 이불을 옆으로 밀쳤다. 그러고는 죄책감과 불안에 떨며 침대에서 빠져나왔다. 아래층으로 내려온 그녀는 어둠 속에서 더듬더듬 성냥을 찾아 촛불을 켰다. 발꿈치를 들고 응접실로 들어간 그녀는 촛불을 책상 위에 내려놓고는 서랍들을 뒤져 주소 적는 일을 거들다가 남겨둔 엘리자베스의 청첩장을 찾아냈다.

에밀리는 의자에 앉아 펜 끝을 잘근잘근 깨물며 뭐라고 써야 할지 머리를 쥐어짰다. 중요한 것은 휘트니가 시켜서 하는 일이라는 인상을 주면 절대 안 된다는 것이었다. 휘트니가 공작을 보면 상처와 분노로 그를 외면해버릴 가능성이 다분하기 때문이었다. 중요한 것은 두 사람을 대면하게 하는 것이었다. 나머지는 운명이 알아서 하리라.

에밀리는 용기가 사라져 마음이 바뀌기 전에 서둘러 청첩장 밑에다 간단히 적었다.

'공작님과 저에게 참으로 소중한 사람이 결혼식에 신부 들러리로 참석합니다. 에밀리 아치볼드.'

클레이튼은 어렴풋이 눈에 익은 하인이 어퍼 브룩에 있는 자신의 서재로 들어서는 걸 보았다.

"제 안주인께서 이 청첩장을 공작님께 직접 전해드리라고 하셨습니다."

그러자 오전 일과로 우편물을 살펴보는 데 여념이 없던 클레이튼이 건성으로 물었다.

"답장을 받아가야 하나?"

"아닙니다, 공작님."

"그럼 거기 두고 가게."

클레이튼이 문가에 있는 작은 테이블을 턱짓으로 가리켰다.

한참 지난 뒤 저녁 외출을 위해 옷을 차려입고 있던 클레이튼은 문득 오전에 서재에서 받아둔 청첩장 생각이 났다.

"암스트롱, 서재에서 청첩장을 가져오라고 하게."

그는 눈부시게 하얀 넥타이를 맨 자신의 모습을 거울에 비춰보면서 시종에게 일렀다.

클레이튼이 저고리에 팔을 집어넣고 있을 때 하인이 청첩장을 들고 막 들어섰다. 클레이튼은 건네받은 청첩장을 개봉하며 보나마나 비서를 대신 참석하게 해도 될 평범한 청첩장이려니 생각했다.

하지만 '애쉬튼'이라는 이름이 눈에 들어오자 즉시 괴로운 기억으로 가슴이 조여들었다.

"허드긴스한테 참석하지 못한다는 전갈을 보내라고 하게. 대신 내 이름으로 적당한 선물을 보내도록 하고."

클레이튼이 청첩장을 암스트롱에게 내밀며 조용히 일렀다.

그런데 청첩장 하단에 깨알같이 적힌 글자가 언뜻 눈에 들어왔다. 클레이튼은 그 메모를 읽고 또 읽었다. 가슴이 세차게 고동치기 시작했다. 도대체 에밀리는 무슨 말이 하고 싶었던 걸까? 휘트니가 나를 보고 싶어 한다고? 아니면 나더러 휘트니를 만나봐달라고? 클레이튼은 초조한 마음으로 에밀리의 글을 세 번이나 더 읽었다. 읽을수록 마음에 동요가 커졌다. 휘트니가 그를 용서했다는 표시를 찾으려고 했지만 부질없는 짓이었다.

그날 밤 클레이튼은 크라운 극장에 연극이 끝날 때까지 앉아 있었지만, 곁에 있는 검은머리 미인에게도 무대 위에서 공연되는 연극에도 아무런 관심을 기울이지 않았다. 그는 극장에 앉아 있는 동안 줄곧 희망과 절망 사이를 왔다 갔다 했다. 에밀리가 써 보낸 글에서는 그녀가 그 글을 써 보냈다는 사실 외에는 그에게 용기를 줄 만한 것은 아무것도 찾을 수가 없었다. 에밀리와 휘트니는 어릴 적부터 아주 가까운 친구였다. 만일 휘트니가 그를 혐오하고 있다면 에밀리는 지금쯤 그 사실을 알아챘을 테고, 그렇다면 에밀리는 절대 청첩장을 보내지 않았을 것이다. 반면, 휘트니가 그를 용서했다면 그녀가 직접 청첩장을 보냈을 것이다.

휘트니가 나를 보고 싶어 하지 않는다고 하자. 그러면 결혼식장에서 나를 보자마자 기절해버릴까? 클레이튼의 눈에는 서글픈 미소가 어렸다. 휘트니는 내 얼굴에 부케를 내던졌으면 내던졌지 기절 같은 것은 절대 하지 않을 것이다. 그녀는 용감하고 씩씩한 여자니까.

27

사람들로 북적대는 성당 뒤쪽에서 세 번째 신부 들러리가 카펫이 깔린 중앙 통로를 천천히 걸어가는 모습을 지켜보던 엘리자베스 애쉬튼은 다음 차례인 휘트니를 돌아보았다.

"오늘 주인공은 내가 아니라 너 같구나."

엘리자베스가 방긋이 웃으며 윤기 흐르는 머리에 노랗고 하얀 장미꽃을 꽂고 노란 벨벳 신부 들러리옷을 곱게 차려 입은 휘트니를 바라보았다.

"봄에 핀 노란 수선화 같아."

휘트니가 빙그레 웃으며 엘리자베스의 말을 받았다.

"넌 천사 같아. 그리고 감히 나하고 다시 칭찬하기 시합을 벌일 생각은 마. 게다가 넌 오늘 신부라서 마음이 떨릴 테니까

날 이길 수가 없어. 그렇지 않니, 에밀리?"

휘트니는 곧 자기 뒤를 따라올 에밀리를 어깨 너머로 쳐다보며 동의를 구했다.

"그래."

에밀리가 건성으로 대꾸했다. 에밀리는 이날 아침 서로 소원해진 휘트니와 클레이튼을 화해시킬 수 있지 않을까 하는 희망에서 공작에게 청첩장을 보냈다는 사실을 마이클에게 털어놓았다. 그런데 마이클의 반응은 뜻밖에도 부정적이었다. 괜히 서로 불편하게 해서 나중에 두 사람 모두에게서 원망을 살지도 모르니 그 일에 끼어들지 말았어야 했다는 것이다.

지금은 엘리자베스까지도 계획에 가담하고 있는 상태였다. 처음 하객 명단을 작성할 때 '클레이튼 웨스트랜드 씨'도 그중에 있었는데, 휘트니가 경기라도 일으킬 것처럼 격렬히 반대하자 어쩔 수 없이 그의 이름을 뺐었다. 그런데 에밀리는 사흘 전 엘리자베스에게 휘트니와 클레이튼이 은밀하게 사랑을 꽃피우다가 최근에 사이가 틀어졌다는 얘기를 들려주었다. 그러자 엘리자베스는 클레이튼에게 비밀리에 청첩장을 보내서 두 사람을 화해시켜보자는 에밀리의 계획에 흔쾌히 동의했다. 물론 엘리자베스는 여전히 클레이튼 웨스트랜드가 클레이모어 공작이라는 사실을 모르고 있었다. 런던에서 여러 주를 보냈지만 클레이튼과 아는 사람들하고 접촉할 일이 별로 없었기 때문이다.

그러나 결혼식 당일의 에밀리는 자신의 계획이 최악이라며 저주하고 있었다.

"아가씨, 준비하세요. 다음이 아가씨 차례예요."

에밀리의 하녀가 휘트니의 드레스자락을 펴주며 귀띔했다.

다른 신부 들러리들은 긴 통로를 불안에 떨며 걸어갔지만 휘트니는 조금도 긴장하지 않았다. 파리에 있을 때 테레즈 뒤비에를 비롯해 다른 친구들의 결혼식에서 여러 차례 들러리를 서본 경험이 있었기 때문이다. 하지만 그날 휘트니는 유난히 기분이 좋았다. 자신이 그 결혼을 성사시키는 데 큰 몫을 했으니 말이다. 휘트니는 상큼한 미소를 머금고 노랗고 하얀 장미 부케를 하녀에게서 받아들었다.

"엘리자베스, 처녀인 너랑 이야기를 나누는 것도 이젠 마지막이구나."

이런 다정한 말을 남기고 휘트니는 통로로 걸어나갔다.

클레이튼은 휘트니가 시야에 들어오는 순간부터 눈을 떼지 못했다. 휘트니의 모습을 보자 바윗덩어리가 가슴을 짓누르는 듯한 충격이 느껴졌다. 저토록 눈부시게 아름답고 평온한 그녀의 모습은 일찍이 본 적이 없었다. 휘트니는 촛불이 밝혀진 통로 한가운데로 쏟아져내리는 한줄기 달빛이었다.

휘트니가 우아하게 바로 눈앞을 지나가자 클레이튼은 팔다리를 잡아늘이는 중세의 고문대 위에 누워 있는 기분이었다. 휘트니를 손에 잡힐 듯 가까이 두고 보는 것은 그에게는 끔찍한 고문이었다. 그 고문을 참아내느라 온몸의 근육이 뻣뻣하고 팽팽해졌다. 하지만 그것은 싫지 않은, 물리치고 싶지 않은 고문이기도 했다.

휘트니는 앞쪽의 정해진 자리에 가 서서는 평온한 마음으로 결혼식을 지켜보았다. 그런데 엘리자베스가 침착하게 결혼 서약을 따라하자 한 마디 한 마디 서약의 말이 비수처럼 가슴을 찌르는 걸 느꼈다. 슬픔이 북받쳐오르며 별안간 눈물이 솟구쳤다. 휘트니는 고개를 거의 돌리지 않고도 성당 안에 모인 하객들의 절반쯤은 볼 수 있었다. 좌석을 가득 메운 하객들로 빼곡이 들어찬 식장을 둘러보니 여자들 대부분은 손수건으로 눈물을 찍어내고 있었다. 휘트니는 이모가 반가운 미소를 지어 보이자 따스한 위안을 느끼며 살그머니 고개를 끄덕여 인사했다.

다행히 눈물이 가라앉고 복받치는 슬픔이 잦아들자 휘트니는 뒤쪽 좌석에 자리를 잡은 하객들을 훑어보았다. 아버지, 마거릿 메리튼의 부모, 멋진 터번을 두른 레이디 유뱅크가 보였고, 검은 머리카락의 훤칠한 남자가-한 쌍의 날카로운 회색 눈이-그녀의 눈을 똑바로 들여다보았다. 그녀는 가슴이 콩닥거리더니 곧 사정없이 쿵쾅거리기 시작했다. 뻣뻣하게 얼어붙은 휘트니는 쓰라린 후회가 담긴 그의 잘생긴 얼굴과 애틋한 애정을 담고 있는 두 눈을 바라보다가 얼굴을 돌렸다.

휘트니는 길게 숨을 들이키며 물끄러미 앞을 바라보았다. 그가 왔어. 드디어 나를 보러 온 거야. 휘트니는 다시금 가슴이 두근거렸다. 초청을 받지 못했으니 참석할 수 없었을 텐데 어쨌든 그는 지금 여기에 있어! 그것도 전에는 한번도 보인 적 없는 애틋하고 그윽한 눈길로 나를 바라보면서. 휘트니는 그런 사실을 그의 표정에서 읽었다.

휘트니는 비명을 지르고 싶었다. 무릎을 꿇고 울고 싶었다. 그가 상처를 준 만큼 되돌려주고도 싶었다. 분노와 치욕감과 격렬한 혼란이 서로 충돌하며 마구 뒤엉켰다. 지금은 그한테 앙갚음을 할, 그를 경멸하고 있다는 걸 보여줄 수 있는 절호의 기회야. 지금이 아니면 이런 기회는 다시 오지 않을 거야. 이제까지 나를 보러 오지도 않았으며 결혼식이 끝나면 떠나버릴 테니까. 청첩장이 없으니 피로연에는 참석하지 못할 거야. 에밀리가 말했지. 클레이튼은 내가 용서한다는 기미를 보이지 않으면 내게 쉽게 접근하지 못할 거라고. 그런데 지금 클레이튼은 나한테서 용서의 표시를 찾고 있는 거야.

오, 하느님! 클레이튼이 저기에 우뚝 서서 묵묵히 용서를 구하고 있어. 내가 용서한다는 뜻을 비치지 않으면 그는 결혼식이 끝나는 대로 성당을 떠날 거야. 그럼 내 인생에서도 영영 떠나가고 말 거야.

휘트니는 어떤 선택을 해야 할지 고민스러웠다. 그런 모습을 보고 클레이튼이 그녀 마음속에 갈등이 일고 있음을 알아차릴 수도 있었지만 그런 건 아무래도 좋았다. 그는 내 몸을 짓밟음으로써 내 영혼까지 황폐하게 만들었고, 그 사실은 그도 알고 있어. 그녀의 자존심은 고개를 들고 당신을 경멸할 뿐이라는 시선으로 그를 매섭게 노려보라고 다그쳤지만 그녀의 가슴은 그가 성당을 걸어나가도록 보고만 있지 말라고 소리치고 있었다.

"울지 마, 내 사랑. 제발 더는 울지 마."

기억 속의 클레이튼이 속삭였다.

휘트니는 숨을 쉴 수도, 꼼짝할 수도 없었다.

"도와줘요! 제발, 제발 도와줘요!"

그녀는 누군가에게 간절히 빌었다.

그런데 간절히 빌고 있는 그 '누군가'가 다름 아닌 클레이튼이라는 것을 깨달았다. 그녀는 그를 사랑하고 있었던 것이다.

휘트니가 움직이는 순간 클레이튼은 그녀가 자신을 보고 답을 주려 한다는 사실을 알 수 있었다. 마음을 다지며 의자를 꽉 붙잡는 그의 손가락 마디가 하얗게 변했다. 휘트니가 눈을 들어 그를 바라보았다. 그때 휘트니의 비취빛 눈동자 깊은 곳에 어른거리는 용서의 빛을 본 클레이튼은 그만 무릎을 꿇을 뻔했다. 그는 그 비취빛 눈동자 속으로 빠져들고 싶었다. 떨리는 두 팔로 그녀를 껴안고 싶었다. 그녀를 성당 밖으로 데리고 나가 그녀가 방금 눈빛으로 대신했던 말을 크게 외쳐보라고 애원하고 싶었다.

신혼부부가 통로를 따라 밖으로 행진해 나가자 하객들은 서로 밀고 밀치며 떠들썩하게 신랑신부의 뒤를 따라 나갔다. 클레이튼은 맨 끝으로 걸음을 떼었다. 높다랗고 둥근 천장 아래의 통로를 천천히 걸어 나오려니 자신의 발자국 소리가 공허하게 귓전을 울렸다. 그는 육중한 성당 문 밖으로 나가 발걸음을 멈췄다. 늦은 오후의 햇빛에 머리칼을 반짝이며 휘트니가 방긋이 웃으며 고개를 살짝 끄덕이고 있었다. 클레이튼은 그런 휘트니의 모습을 지켜보며 망설였다. 지금 그녀에게 가면 몇 마디 말밖에 나눠보지 못할 터이기 때문이다. 그렇다고 피로연 때까지 마냥 기다릴 수만은 없었다. 클레이튼은 예전 '이웃들'과 되도록 눈을 마주치지 않으려고 애쓰며 하객들 속으로 뚫고 들어가서 휘트니의 뒤로 바싹 붙어 섰다.

순간 휘트니는 클레이튼이 실체가 있는 힘인 양, 사람을 끌어들이는 강력한 자석이라도 되는 양 그의 존재를 감지했다. 그녀는 그의 은은한 향수 냄새까지 구별할 수 있었다. 하지만 그의 목소리는 쉽게 알아챌 수 없었다. 북받쳐오르는 감정 때문에 목이 꽉 잠겨 있었기 때문이다.

"휘트니, 당신을 흠모하오."

그 숨 막힐 듯 감미로운 말이 끝나자 짜릿한 느낌이 등줄기를 타고 온몸으로 퍼져갔다. 클레이튼은 휘트니의 그런 미세한 반응을 눈치 채지 못했다. 그래서 뻣뻣하게 굳은 휘트니를 보고는 잠시 결혼식장에서 그녀와 눈으로 주고받은 무언의 대화가 순전히 자신만의 착각인지도 모른다는 생각을 했다. 그러나 다음 순간 그녀가 보일 듯 말 듯 뒤로 물러서며 살짝 기대오자 그는 숨을 쉴 수가 없었다. 그는 한 손으로 그녀의 허리를 살며시 감싸고는 제 쪽으로 가까이 끌어당겼다. 휘트니는 아무런 저항도 하지 않고 그의 품에 안긴 채 가만히 있었다. 클레이튼은 마음 같아서는 당장이라도 성당 안에 있는 사제에게 달려가고 싶었다. 휘트니를 지금 성당 안으로 데려간다면 과연 그녀는 고혹적인 꽃처럼 그와 나란히 서서 조금 전 엘리자베스가 했던 결혼 서약을 해줄까?

클레이튼은 당장이라도 휘트니와 결혼하고 싶은 마음을 힘겹게 떨쳐버렸다. 휘트니는 눈부시도록 황홀한 신부가 되어야 한다. 그녀에게서 아름다운 신부가 될 기회까지 빼앗으려고 해서는 안 된다. 이미 너무 많은 것을 빼앗았으니 말이다.

그때 에밀리가 휘트니 쪽으로 몸을 돌렸다. 그녀는 클레이튼이 휘트니의 뒤에 바싹 붙어 서서 그녀의 허리를 감고 있는 것을 못 본 체하며 말했다.

"사람들이 가자고 부르고 있어."

휘트니가 고개를 끄덕이긴 했지만 자신과 떨어지기 싫어 한다는 것을 눈치 챈 클레이튼은 휘트니의 허리를 더욱 세게 감싸고 싶은 충동을 가까스로 참았다. 이윽고 휘트니는 발걸음을 떼더니 뒤도 한번 돌아보지 않고 재빨리 신부 들러리들 속으로 섞여들었다.

에밀리는 휘트니를 따라 마차에 오르기 전에 머뭇거리면서 뒤를 돌아보았다. 공작이 수수께끼 같은 눈으로 자신을 바라보고 있었다. 에밀리 역시 알 듯 모를 듯한 미소를 지어 보였다. 그녀의 분명치 않은 인사에 공작은 정중하게 고개를 숙이고는 감사의 표시로 소년처럼 활짝 웃어 보였다.

"그 사람이 왔어!"

휘트니가 점점 작아지는 클레이튼의 모습에 시선을 붙박은 채 에밀리에게 말했다. 클레이튼은 아직도 성당 계단에 서서 휘트니를 태운 마차가 다른 마차들 속으로 묻혀 들어가는 것을 지켜보고 있었다.

"너도 그 사람 봤니?"

"봤지 그럼. 네 뒤에 바싹 붙어서 네 허리를 감고 있던 걸."

에밀리가 소리 내어 웃으며 대답했다.

"그 사람이 나한테 했던 행동 때문에 미워하지는 마. 너까지 그 사람을 미워하면 난 견딜 수 없을 거야. 에밀리, 난 그를 아주 사랑해."

"알고 있어."

에밀리가 부드럽게 대꾸했다.

클레이튼은 휘트니가 탄 마차가 시야에서 사라질 때까지 그대로 서 있었다. 그는 기뻐서 가슴이 터져버릴 것만 같았다. 그는 휘트니가 아까 왜 뒤 한번 돌아보지 않고 사람들에게로 달려갔는지 잘 알고 있었다. 그것은 그가 사랑한다는 말을 하지 않은 이유와 같았다. 둘 다 낯선 사람들에게 둘러싸인 상태에서 새롭게 시작하고 싶지 않았던 것이다.

주위를 둘러본 클레이튼은 낯선 사람들만 있는 게 아니란 걸 깨달았다. 런던의 지인들 몇몇이 눈에 띄었다. 그 사실을 깨닫는 순간 하객들이 술렁거리기 시작하더니 점점 더 큰 소리로 웅성거렸다. 그가 계단을 내려가자 여자들은 무릎을 굽혀 절을 했고 남자들은 '각하……'하고 공손히 인사를 했다.

클레이튼은 갑자기 걸음을 멈추고 길가에 말쑥한 자태를 뽐내며 서 있는 마차를 바라보았다. 아, 마차! 클레이튼은 휘트니를 보게 된다는 기쁨에 들뜬 나머지 전에 휘트니의 이웃으로 행세하기 위해 마련했던 검소한 마차를 준비하라고 맥레이에게 이른다는 것을 깜빡했던 것이다.

돌아보니 자신을 '웨스트랜드 씨'로 알고 있는 예전 이웃 사람들이 입을 딱 벌리고 서 있었다. 클레이튼은 그동안 정체를 속여서 미안하다는 듯 그들에게 희미하게 웃어 보였다. 그리고는 은빛 공작 문장이 장식된 암청색 마차에 올랐다.

휘트니는 결혼식과 피로연 사이의 시간을 에밀리 부부의 타운하우스에서 이모와 함께 보내기로 했었다. 이모한테 클레이튼과는 영원히 헤어지게 됐다는 이야기를 할 작정이었다. 오랫동안 오늘의 이 만남을 걱정해왔지만 이제는 오히려 한시라도 빨리 이모를 보고 싶었다.

"얼굴이 아주 환하구나!"

앤이 빙그레 웃으며 응접실로 들어와서는 휘트니를 꼭 껴안았다. 앤은 장갑을 벗고 휘트니와 소파에 나란히 앉았다.

"휘트니, 성당에서 보니 공작과 네가 잠시도 눈을 떼지 못하더구나."

그러자 휘트니가 밝게 웃으며 대꾸했다.

"이모한테는 정말이지 아무것도 못 숨기겠어요."

"숨겨? 아예 숨기려고 하지도 않고선. 결혼식이 끝나자 하객들 절반은 목을 길게 빼고 성당 밖에 서 있는 너희 두 사람을 쳐다봤단다."

휘트니가 어찌나 깜짝 놀라던지 앤은 웃음을 터뜨렸다.

"그리고 결혼식장에서 공작을 알아본 사람들이 있다는 사실도 알고 있는 게 좋을 거다. 공작이 성당에 들어서는 순간부터 하객들이 공작의 이름을 입에 올리며 수군거렸으니까. 지금쯤은 거기 모였던 사람들 전부가 공작의 정체를 알게 됐을 거다. 고향에서 올라온 네 이웃들도 포함해서 말이다. '웨스트랜드 씨'의 정체가 마침내 들통 난 것 같구나."

그 말을 들은 휘트니는 가슴이 뿌듯해졌다. 휘트니는 세상 모든 사람들이 그 남자가 누군지 알아주었으면 싶었다. 그리고 자신이 그 남자의 약혼녀라는 사실도 다 알아주었으면 싶었다. 그 사실을 세상 사람들 모두에게 소리쳐 알리고 싶었다!

휘트니는 이모랑 두어 시간쯤 즐겁게 이야기를 나눈 뒤에야 에드워드 이모부의 안부를 물었다.

"지금 스페인에 계신단다. 편지를 보내셨는데 네 편지만큼이나 간단하더구나. 사람들 말을 들어보니 스페인에 심상치 않은 일이 생겼는데 일이 걷잡을 수 없는 상황으로 치닫기 전에 수습하도록 파견되신 것 같아. 6주 안에 이리로 오신다고 약속하셨는데, 보아하니 그동안 내가 보낸 편지는 한 통도 못 받아보신 모양이야."

앤이 잠시 잠자코 있다가 다시 입을 열었다.

"너만 괜찮다면 난 오늘밤 피로연에 안 갔으면 싶은데? 내가 여기까지 온 이유는 한 가지뿐이다. 네 편지엔 공작에 대한 얘기가 한 마디도 없더구나. 그래서 두 사람 사이가 어떻게 되어가는지 내 직접 확인하고 싶었단다. 그런데 둘이 잘 지내는 것 같으니 난 바로 링컨셔로 내려가야겠다. 내 사촌은 다정다감한 데다 사람을 많이 그리워해서 내가 곁에 있는 걸 아주 좋아하거든. 너와 공작이 런던을 긴장의 도가니로 몰아넣으며 정식으로 약혼을 발표하면 그때 돌아와서 결혼식 준비를 같이 하마."

시간은 쏜살같이 흘러갔다. 그래서 이모와 작별할 시간이 되자 휘트니는 못내 아쉬워하며 이모를 껴안았다.

앤이 현관문을 나가다 말고 말했다.

"그런데 네 아버지가 네 옷을 두 트렁크씩이나 더 가져오셨단다. 내가 위층으로 올려 보냈는데 클라리사가 풀고 있을 게

다. 아, 네 아버지가 그러시는데 너한테 온 편지도 있다더라."

휘트니는 날듯이 위층으로 올라가서 화장대 앞 의자에 앉았다. 클라리사가 머리에 장미꽃을 꽂으며 부산을 떠는 동안 휘트니는 이튿날 클레이튼과 재회할 행복한 상상에 젖어들었다. 물론 그는 일찍 올 것이다. 그러면 두 사람은……. 그때 휘트니의 눈에는 거울에 기대어놓은 두툼한 서류 봉투가 보였다. 휘트니는 그 봉투를 뜯고는 꿈꾸는 듯한 표정으로 공식 문서처럼 보이는 것을 끄집어내어 쓱 한번 훑어보았다. '갑'이니 '을'이니, '……라는 사실에 비추어'니 '그러므로' 등, 딱딱한 법률 용어로 가득 차 있어서 휘트니는 그 편지가 마이클에게 온 것인데 누가 실수로 자기 방에 놓아둔 것이려니 여겼다. 그런데 서류의 마지막 장을 넘길 때 눈에 익은 이름의 서명이 눈에 확 띄었다. 클레이모어 제9대 공작, 클레이튼 로버트 웨스트모어랜드. 휘트니는 클라리사를 내보내고 서류를 찬찬히 읽어내려갔다.

서류에는 차가운 법률 용어로 휘트니는 더 이상 클레이모어 공작과 약혼한 사이가 아니며 이로써 공작의 청혼은 무효가 되고, 스톤 가문이 공작한테서 받은 돈이나 보석 등은 선물로 여기라는 내용이 적혀 있었다.

그 서류와 함께 들어 있는, 클레이튼의 호방한 필체로 쓰인 편지를 펼치던 휘트니의 손은 심하게 떨렸다.

'부디 당신의 행복을 비는 내 진정을 받아주기 바라오. 폴에게도 축하한다고 전해주오. 동봉한 어음은 결혼 선물이오.'

감각을 잃다시피 한 휘트니의 손가락 사이로 1만 파운드짜리 어음이 빠져나가 바닥으로 떨어졌다. 그녀의 목구멍에서는 욕지기가 치밀어 올랐다. 클레이튼은 휘트니가 여느 매춘부나 정부라도 되는 양 돈을 쥐어주며 자신이 더럽혀놓은 몸으로 폴과 결혼하라고 넌지시 권하고 있었다.

"아, 세상에! 아, 세상에!"

탄식이 저절로 새어나왔다. 그때 에밀리가 문을 두드리고 떠날 준비가 되었는지 물어왔다.

"조금 있다 내려갈게."

휘트니는 꽉 잠긴 목소리고 대꾸하고는 가슴을 조여오는 고통 속에서 간신히 짜낸 목소리로 물었다.

"에밀리, 너 말야, 공작이 어떻게 결혼식에 오게 됐는지 아니? 그러니까 엘리자베스가 그 사람을 초대한 거니?"

에밀리는 죄책감을 느꼈지만 짐짓 쾌활하게 대답했다.

"그래. 그래서 결국 공작과 네가 화해를 했잖니?"

눈앞이 캄캄하고 어질어질했다. 휘트니는 금방이라도 구토를 할 것 같아 비틀거리는 몸으로 일어나려고 했지만 다리가 말을 듣지 않았다. 길고 거친 숨을 들이키며 그 자리에 가만히 서 있으니 맹렬하게 몰아치던 흥분이 조금씩 가라앉는 대신 무직하고 욱신욱신하는 고통이 점차 거세어졌다.

클레이튼은 나를 보러 결혼식에 온 게 아니었어. 그냥 초대를 받고 온 거였어. 휘트니는 그런 생각이 들자 질식할 것만 같았다. 편지와 서류상에 적힌 날짜가 몇 주 전으로 되어 있으니 클레이튼은 아까 만났을 때 내가 서류와 편지에 대해서 알고 있다고 당연히 생각했을 거야. 그녀는 히스테리컬한 웃음이 가슴 저 밑바닥에서부터 솟아나올 것 같았다. 클레이튼은 별 생각 없이 결혼식에 참석했던 거야. 그런데 내가 그에게 웃어 보였으니 그는 얼마나 뿌듯했을까?

아니, 그냥 웃어 보이기만 한 게 아니었어. 그한테 기대기까지 했어! 그 생각을 하노라니 억울하고 분해서 미칠 지경이었다. 그가 팔로 허리를 감고 안아도 가만히 있었어! 그 우쭐대기 좋아하는 야비하고 오만한 호색가는 내가 한번 더 몸을 섞고 싶어서 유혹한다고 생각했을 거야! 그는 피로연이 끝나면 나를 집으로 데려가려고 작정하고 있을 거야. 결혼식장에서 내가 보인 행동에 고무돼서 그는 내가 기꺼이 따라나설 거라고 자신하고 있을 거야.

피로연. 휘트니는 두 손으로 얼굴을 감싸고 신음을 토했다. 클레이튼은 피로연에 참석할 것이다. 그녀는 거기서 그를 대면해야 했다.

잠시 후 휘트니는 아래층에 있는 에밀리 부부에게 내려왔다. 얼굴이 창백했고 눈에서는 묘한 광채가 번득였다. 하지만 머리를 꼿꼿이 세우고 섬세한 턱을 도도하게 치켜든 그녀는 겉보기에 평온하고 아주 침착했다. 하지만 그것은 태풍이 몰아치기 직전의 고요함과 같았다.

엘리자베스의 조부모 댁에 도착한 휘트니가 맨 먼저 한 행동은 잘생긴 신랑 들러리 두 명에게 매혹적인 웃음을 보내는 것이었다. 언젠가 클레이튼은 아첨을 떠는 숭배자들을 끌어 모으길 좋아한다고 빈정거린 것을 기억해내고 부러 그런 것이었다.

휘트니는 신랑 들러리 두 사람 사이에 끼어서 피로연장으로 들어오는 하객들을 맞이했다. 그러다가 미혼 남자가 지나갈 때면 유달리 환하게 웃어 보였다. 15분도 채 지나기 전에 휘트니는 여섯 명의 신사들에게 둘러싸이게 됐는데 하나같이 경쟁적으로 그녀의 관심을 끌어보려고 애쓰고 있었다. 단 한 번 그녀가 다소 침착함을 잃은 것은 폴이 나타나 손에 입을 맞추었을 때였다. 폴의 잘생긴 얼굴을 들여다보던 휘트니의 얼굴에서는 환한 미소가 슬며시 사라졌다. 하지만 폴이 부끄럽고 미안해하는 기색을 보이자 그 역시 자신을 둘러싸고 있는 남자들 틈에 끼워주기로 마음먹고 그의 손을 살짝 잡아 남자들 사이로 이끌었다.

이제 휘트니는 남자들로 빈틈없이 둘러싸여 있어 클레이튼이 접근하지 못할 터였다. 그 순간 그녀에게 필요한 것은 그것뿐이었다.

손님들을 맞이하기 위해 나란히 서 있던 사람들이 막 흩어졌을 때 예복을 차려입은, 훤칠하고 위엄이 당당한 클레이튼이 도착했다. 휘트니는 클레이튼이 손님들을 쭉 훑어보다 자신을 발견하고는 머뭇거리는 것을 지켜보았다. 그녀는 클레이튼에게서 눈길을 거두고 주위를 에워싸고 있는 남자들에게 시선을 돌렸다. 그러는 그녀의 도드라진 볼은 복숭앗빛으로 물들었다.

"그러고 보니 우리가 신부를 너무 소홀히 했군요."

화사한 미소를 지으며 장난스럽게 말한 휘트니는 뒤도 돌아보지 않고 남자들을 이끌고 엘리자베스에게로 갔다.

클레이튼은 휘트니가 자신을 봤다고 확신했다. 그런데 그녀는 자신을 본 체 만 체 하고 다른 남자들과 어딘가로 사라져 버렸다. 그는 그 놀랍고 당혹스러운 모습에 가슴이 내려앉았다. 그러나 그는 곧 휘트니가 신부를 돌봐야 할 들러리라는 사실을 기억해내고 기분이 다소 나아졌다. 그럼에도 뒤따르는 남자들과 즐겁게 웃고 있는, 아니 시시덕거리는 그녀를 보니 차츰 혼란스러워지기 시작했다.

하인이 쟁반을 들고 지나가자 클레이튼은 샴페인 잔을 집어 들었다. 그의 굶주린 눈은 여전히 휘트니를 뒤쫓고 있었다. 휘트니는 내가 여기에 온 걸 알고 있으니 나한테 다가올 적당한 때를 기다리고 있는 게 분명해. 그녀를 포옹하고 그녀의 부드러운 목소리를 간절히 듣고 싶었던 클레이튼은 지난 두 시간 동안 그녀와 함께 있게 된다는 생각으로 정신이 반쯤은 나가 있었다.

만찬이 준비되었다는 발표가 있었지만 클레이튼은 휘트니가 피로연장으로 들어가기 전에 자신에게 올지 모른다는 희망을 걸고 있었다.

"아, 클레이모어! 다시 만나 반갑네."

그때 한 신사의 유쾌한 목소리가 바로 옆에서 들렸다.

클레이튼은 자그마한 키에 나이가 지긋한 남자를 힐끗 쳐다보았다. 선친의 옛 친구였던 안소니 경이었다.

"모친은 무고하신가?"

안소니가 샴페인을 홀짝이며 물었다.

클레이튼은 자신에게 오지 않고 피로연장으로 들어가는 휘트니를 눈으로 좇는 데 정신이 팔려 안소니 경의 질문에 건성으로 대답을 했다.

"잘 지내십니다. 경의 모친께서는 어떠신지요?"

"아마 잘 지내고 계실 걸세. 30년 전에 돌아가셨으니."

"아, 네. 다행이군요."

클레이튼은 잔을 내려놓고 피로연장의 지정된 좌석에 가 앉았다.

엘리자베스는 낯선 두 남녀를 중매라도 하듯 클레이튼과 휘트니가 서로 마주보고 앉도록 좌석을 배치했다. 클레이튼은 휘트니에게 마음을 쏙 뺏겨 음식을 거의 먹지 못했고 그나마 입에 넣은 것조차 무슨 맛인지 모르고 먹었다. 그에게는 휘트니가 자신과 눈을 마주치기를 두려워하거나 꺼려하는 것처럼 보였다. 클레이튼은 휘트니가 양옆에 앉은 신랑 들러리들과 유쾌하게 이야기를 나누며 그들을 쥐었다 놓았다 하고 있는 모습을 지켜보며 피가 끓어올랐다.

그런 클레이튼의 괴로운 심사에 부채질이라도 하듯 양옆에 앉은 나이 든 부인 둘이 그의 지위를 알아내고는 딸 자랑들을 늘어놓았다.

"우리 딸 마리는 천사처럼 피아노를 잘 친답니다. 연주회에 꼭 한번 들러주세요, 각하."

한 여자가 그렇게 말하자 이에 질세라 반대편 여자가 제 딸 자랑을 했다.

"우리 딸 샬로트는 새처럼 노래를 잘 부르지요."

"난 음치랍니다."

클레이튼이 휘트니에게 눈을 떼지 못한 채 심드렁하게 대꾸했다.

영원처럼 길게 느껴지던 시간이 지나고 하객들이 무도회장으로 자리를 옮겼다. 피터는 엘리자베스를 플로어 한가운데로 이끌고 가 춤을 추었다. 두 사람은 서로 호흡을 착착 맞춰가며 플로어 위에서 움직였다. 그러자 신랑신부의 들러리들이 두 사람 주위로 몰려가서 함께 춤을 추었다. 첫 번째 춤이 끝나자 클레이튼은 휘트니가 다가오길 기다렸다. 그러나 휘트니는 신랑 들러리들과 돌아가며 춤을 추기에 바빴다. 그녀가 신랑 들러리들의 품에 안긴 채 눈웃음을 짓는 것을 본 클레이튼은 당장이라도 달려가 그녀의 목을 비틀어버리고 싶었다!

휘트니는 네 번째 춤을 폴 세버린과 추고 있었다. 그때서야 클레이튼은 휘트니가 자신이 다가와주기를 기다리고 있으리라는 생각이 들었다. 그는 자신의 어리석음에 발등이라도 찍고 싶었다. 자신이 성당에서 화해의 첫걸음을 내딛었으니 다음 걸음은 내가 뗄 차례라고 생각하고 있을 거야.

춤이 끝나자 클레이튼은 곧장 휘트니에게로 걸어갔다.

"다시 만나서 반갑소, 세버린."

그는 폴에게 마음에도 없는 인사를 건네며 휘트니의 손을 낚아채 자신의 팔에 얹었다.

"다음 춤은 내 차례인 것 같은데."

그는 휘트니를 플로어로 이끌었다.

비록 저항은 하지 않았지만 휘트니가 깍듯하게 예절을 갖추면서도 차갑게 웃자 클레이튼은 다소 당혹스러웠다.

품에 안고 보니 휘트니는 예전보다 많이 야위어 있었다. 그녀를 보호라도 하듯 가까이 끌어당기는 클레이튼은 그녀가 자신 때문에 상심해서 야위었다고 자책을 했다.

"즐겁소?"

그렇게 묻는 클레이튼의 목소리에는 애틋한 정과 죄책감이 함께 묻어 있었다.

휘트니는 아무 말도 없이 고개만 살짝 끄덕였다. 행여 목소리가 떨려 나올까봐 두려웠던 것이다. 휘트니는 클레이튼이 피로연장에 발을 들여놓은 순간부터 온 감각으로 그의 존재를 의식하고 있었다. 그녀는 목이 졸려 차츰 고통스럽게 죽어가는 기분이 들었다. 클레이튼은 그녀의 순결을 짓밟고 나서 일방적으로 파혼을 선언했다. 그리고 그녀를 달래려고 돈을 쥐어주며 폴과 결혼할 것을 은근히 권했다. 이런 상황에서 그녀가 할 수 있는 최선의 행동은 왜 그런 행동을 했는지 이유를 말해달라고 애원하거나 다시 한 번 사랑을 구걸하지 않는 것이었다! 지금 휘트니가 화를 누르고 똑바로 버틸 수 있는 것은 바로 고집스럽고 씩씩하며 독한 자존심 덕분이었다. 얼굴은 계속 억지 미소를 짓느라 근육이 당겨 아팠지만 지금까지 죽 그랬던 것처럼 클레이튼이 이곳을 나갈 때까지 계속 웃음을 거두지 않을 터였다. 그러고 나면 죽어버릴 생각이었다.

클레이튼은 휘트니를 알고 난 이래 처음으로 무슨 말을 해야 할지 몰라 망설여졌다. 마치 꿈결을 헤매고 있는 기분이었다. 행여 말을 잘못하면 이 꿈결 같은 마법이 풀리지 않을까 두려워 입을 열기가 망설여졌다. 그녀의 순결을 빼앗은 일을 후회한다고 사과를 할까 생각해봤지만 자신이 저지른 죄의 심각성에 비춰볼 때 사과라니, 그것은 가당찮은 일이었다. 그가 정말로 하고 싶은 말은 "내일 결혼합시다."였다. 하지만 이미 그녀의 처녀를 유린했으니 결혼식만큼은 온갖 격식을 다 갖춰 화려하고 당당하게 올리겠다고, 휘트니가 공작의 신부로서 누릴 수 있는 모든 영광을 누리게 하겠다고 굳게 다짐했다.

클레이튼은 지금 당장 용서를 구하거나 결혼식을 올리자고 할 수 없는 대신 마음속에 간직해온 아주 중요한 한마디를 하기로 했다. 그는 고개 숙인 휘트니를 내려다보며 다른 여자한테는 한번도 해본 적이 없는 말을 그윽하고 부드럽게 했다.

"당신을 사랑하오."

그 말이 휘트니한테는 충격인 것 같았다. 품에 안겼던 그녀의 몸은 갑자기 뻣뻣해졌다. 하지만 그녀가 아름다운 얼굴을 들어올렸을 때 그 눈에 어린 웃음기를 본 클레이튼은 너무 당황해서 휘청거릴 뻔했다.

"내가 그 말을 듣고 충격을 받았다고 생각하면 착각이에요."

휘트니가 경쾌한 말투로 빈정거렸다.

"난 이번 시즌에 아주 인기가 많아요. 특히 키 큰 남자들 사이에서는요."

휘트니는 그럴듯한 이유를 생각해내려고 고개를 갸우뚱 기울였다.

"아마 내가 여자치고는 키가 큰 편이라서 그런 거 같아요. 키 큰 남자가 작은 여자한테 계속 몸을 숙이고 이야기하는 모습은 볼썽사납잖아요? 아니면 내 치아가 깨끗하기 때문일 수도 있어요. 나는 치아 관리에 신경을 많이 쓰고……."

"그만!"

클레이튼은 휘트니가 조롱을 그만두게 하려고 명령하듯 내뱉었다.

"안 그래도 양치질은 그만둘 생각이에요."

휘트니가 짐짓 진지하게 대꾸했다.

클레이튼은 뺨이 장밋빛으로 발그레하게 물든 휘트니의 매혹적인 크림색 얼굴을 내려다보며 자신의 사랑 고백이 도대체 어쩌다 치아를 청결히 가꾸는 따위의 공허한 말장난으로 끝났는지 의아해했다. 그의 마음이 그토록 혼란스럽지만 않았다면, 또 둘 사이의 분위기를 바꾸려고 그렇게 필사적인 노력을 기울이지 않았다면 그는 휘트니의 눈이 지나칠 정도로 빛나 보이는 것이 웃음 때문이 아니라 눈물 때문이라는 사실을, 또 그녀의 가느다란 목 근육이 발작적으로 떨리고 있다는 것을 알아보았을 것이다. 하지만 그는 혼란에 빠져 있었고 그래서 그런 사실을 알아채지 못했다.

"신부가 참 아름답군."

클레이튼이 화제를 결혼 쪽으로 돌리려고 꺼낸 말이었다.

그러자 휘트니가 까르르 웃었다.

"신부는 다 아름다워요. 오래 전부터 신부는 마땅히 아름다워야 한다고, 부끄러워 얼굴을 붉혀야 한다고 정해져 있어요. 틀림없이 어떤 공작이 그렇게 정했을 거예요."

"당신도 얼굴을 붉힐 거요?"

클레이튼이 부드럽게 물었다.

"물론 아니죠."

휘트니는 목이 메었지만 애써 웃으며 대꾸했다.

"내겐 얼굴을 붉힐 일이 남아 있지 않아요. 하지만 상관없어요. 난 원래 사소한 일에도 얼굴을 붉히고 기절하는 여자들을 경멸하니까요."

좌절과 혼란에 휩싸인 클레이튼이 잦아든 목소리로 물었다.

"도대체 왜 이러는 거요? 성당 밖에서 내 품에 안겨 있을 때는 이렇지 않았지……."

휘트니는 짐짓 당혹스럽다는 듯 눈을 동그랗게 떴다.

"그게 당신이었어요?"

클레이튼은 사람들의 호기심 어린 시선에도 아랑곳하지 않고 휘트니를 와락 끌어당기며 물었다.

"그럼 도대체 그게 누군 줄 알았소?"

"사실 난 그게 누군지 정확히 몰랐어요. 아마……."

휘트니는 미어지는 가슴으로 대꾸하며 피로연 내내 그녀를 졸졸 따라다니던 신랑 들러리 두 사람 쪽으로 고개를 돌렸다.

"존 클리포드 아니면 길모어 경이라고 생각했죠. 두 사람 다 날 흠모한다고 했거든요. 아니면 폴일 수도 있어요. 폴은 날 '흠모'하니까요. 폴도 아니면……."

순간 클레이튼은 휘트니를 확 잡아끌고 플로어를 나왔다. 그는 싸늘한 눈으로 그녀를 내려다보며 무시무시할 정도로 낮은 목소리로 내뱉었다.

"난 당신이 다른 여자들과 다를 줄 알았는데, 이제 보니 평범한 바람둥이에 지나지 않았어!"

휘트니는 턱을 치켜들고 대꾸했다.

"나는 결코 '평범한 바람둥이 여자'가 아니에요. 나는 당신한테서 11만 파운드나 되는 거금을 울궈냈죠. 그런데도 난 웃기만 하면 돼요. 그러면 당신은 오늘처럼 여전히 내 꽁무니를 따라다니잖아요? 우린 둘 다 평범하지 않답니다, 공작님. 전 능란한 바람둥이 여자고 공작님은 천하에 없는 바보거든요."

순간 휘트니는 클레이튼이 뺨을 내리칠 거라고 생각했다. 하지만 그는 휙 돌아서서 피로연장을 나가버렸다. 클레이튼은 자신을 빤히 쳐다보는 하객들과 문 옆에 늘어선 하인들을 지나쳤다. 그 뒷모습을 지켜보던 휘트니는 그가 방금 자신의 삶 속에서 영원히 떠났다는 사실을 알았다. 휘트니는 솟구치는 눈물을 억지로 삼키며 하객들 사이에서 에밀리를 찾았다.

"에밀리. 엘리자베스한테 내, 내가 몸이 너무 안 좋아서 먼저 자리를 뜬다고 얘기해줘. 마부가 날 네 집에 내려주는 대로 마차를 돌려보낼게."

휘트니는 얼굴을 숙인 채 더듬더듬 말했다. 그러자 에밀리가 얼른 나섰다.

"나도 같이 갈게."

"아니, 혼자 있고 싶어. 혼자 있어야겠어."

그날 밤 늦게 에밀리와 마이클은 휘트니의 방 밖에 서서 휘트니가 베개에 얼굴을 묻고 쥐어짜내는 애달픈 흐느낌에 귀를 기울이고 있었다. 마이클이 연민에 차서 말했다.

"속히 후련해질 때까지 울게 내버려둡시다."

하지만 다음날 아침 휘트니는 아침을 먹으러 내려오지 않았다. 걱정이 된 에밀리가 휘트니의 방으로 올라갔다. 휘트니는 고치 속에 든 애벌레처럼 두 무릎을 가슴에 모으고 침대 위에 웅크리고 앉아 있었다. 얼굴은 해쓱하고 기운이 하나도 없어 보였지만 에밀리를 보자 희미하게 웃어 보였다.

"몸은 좀 어떠니?"

"오, 오늘은 한결 나아."

"휘트니, 어젯밤엔 무슨 일이……."

"그만! 제발 그 얘긴 꺼내지 말아줘!"

에밀리가 고개를 끄덕이자 휘트니가 긴장을 풀고 고맙다는 표정을 지어 보이며 베개에 기댔다.

"런던에 있는 동안 마음껏 즐길 생각이야. 가끔 사람들을 여기로 불러들여도 괜찮겠니?"

"괜찮고 말고. 사실은 길모어 경을 비롯해서 신랑 들러리를 섰던 사람들이 널 보려고 지금 아래층에 와 있어."

겉으로는 짐짓 쾌활해 보였지만 에밀리의 목소리는 흔들렸다. 그녀는 휘트니 옆으로 바짝 다가앉아 한 팔로 휘트니를 감싸안았다.

"마이클과 나는 가능하다면 네가 여기서 오래 머물기를 바라고 있어. 마이클은 널 내 친구라기보다는 자매로 여겨."

휘트니는 친구를 꼭 껴안고 애써 웃으려 했다.

"자매는 툭하면 싸우잖니? 친구가 더 좋아."

<3권에 계속>

내사랑 휘트니
2

주디스 맥노트 지음 ㅣ 김문유 옮김

WHITNEY MY LOVE

Copyright ⓒ 1985, 1999 by Judith McNaught
All rights reserved.
Korean translation copyright ⓒ 2004 by Hyundae Moonhwa Center
Korean translation rights arranged with Pocket Books.
through Eric Yang Agency, Seoul.

이 책의 한국어판 저작권은 에릭양 에이전시를 통한 Pocket Books.사와의
독점계약으로 '현대문화센타'가 소유합니다.
저작권법에 의하여 한국 내에서 보호를 받는 저작물이므로 무단전재와
복제를 금합니다.

초판 1쇄 인쇄일 ㅣ 2004년 5월 10일
초판 1쇄 발행일 ㅣ 2004년 5월 15일

발행처 현대문화센타 ㅣ 발행인 양장목 ㅣ 출판등록 1992년 11월 19일 ㅣ 등록번호 제3-448호
주소 서울특별시 은평구 대조동 191-1 (122-842) ㅣ 전화번호 384-0690~1 ㅣ 팩시밀리 384-0692
이메일 hdpub@chol.com ㅣ 홈페이지 http://www.hdbook.co.kr ㅣ ISBN 89-7428-246-1 03840

◆ 잘못 만들어진 책은 구입하신 서점에서 교환하여 드립니다.